江藤文夫の仕事

4

1983-2004

影書房

2004. 7 撮影・高田英子

江藤文夫の仕事 4

目次

君はいかにとり戻すか——私の十代とその反省から　1983.6　1
せりふを読むこと　1983.10　7
読点、を考える　1984.4　13
テレビドラマは〝地〟がものをいうということ　1984.4　16
兆民の文章を読む　1984.5　23
報道における〈主観の介入〉について　1988.3　28
ジャーナリズム　あるいはジャーナリストの主体について　1988.4　48
龍馬の〝構想〟について　1988.5　61
対談が対談になるとき　1989.1　81
戦後五十年の歩みの意味を問い直す—書評　1990.3　86
既知のチャップリン・未知のチャップリン　1990.9　88
木下戯曲における〝夕焼け〟　1990.10　91
語りの意味について—『巨匠』を観て　1992.1　96
あるチャップリン　1993.6　101
報道の主体または報道のことばについて　1993.7　107
山本安英の声が聞こえる　1994.1　124

ある人生に　1994. 2……127
言葉の力とは何か　1994. 6……130
事件と報道・序説　1996. 3……134
ある戦後史―映画雑誌五〇年　1996. 10……155
観世栄夫という人　1996. 11……165
ことばの健康・不健康　1997. 2……167
木下順二と「夕鶴」　1997. 5……169
書評『天皇と接吻　アメリカ占領下の日本映画検閲』　1998. 5……184
〈受け手主体〉とは何か――教養―リテラシー――について　2000. 4……195
日常を学問する　2000. 7……220
『歌行燈』賛　2002. 4……223
テレヴィジョンの昨日・今日・明日　2003. 4……227
〈平和の思想〉について　2003. 6……232
E・W・サイードを悼んで　2003. 12……234

◇

ことばを読む・映像を読む
1 断章・眼と耳 2003.5 …… 238
2 〝青空〟という言葉 2003.7 …… 248
3 三つのラスト・シーン――チャップリン・一九三〇年代 2003.9 …… 258
4 名訳と誤訳の間――翻訳題名の魅力と魔力 2003.11 …… 268
5 小津安二郎の世界 I――小津の〝戦争〟 2004.1 …… 277
6 小津安二郎の世界 II――小津の方法と主題 2004.3 …… 286
7 願い・意志・言葉――木下恵介の創造 2004.5 …… 296
8 〈間〉を読む――『雪国』の冒頭文 2004.7 …… 306
9 いま〝劇〟とは何か――『巨匠』が問うもの 2004.9 …… 316
10 戯曲と映像『父と暮せば』 2004.11 …… 326

*

戦後の歩みを共有して――奥平康弘氏にきく …… 337

初出一覧

編集にあたって

i 「江藤文夫の仕事」全四巻は、著者により発表された文章を年月日順に編成した。各巻の区切りは収録分量によった。そのさい、講演・談話・対談などは除外し、また著者単独の著作も収録しなかった。

ii 本著作集に収録した文章量は、五〇年にわたって発表されたものの四分の一に充たない。未収録の文章については後日を期したい。

iii 収録作品の底本としては、初出紙・誌等によったが、著者自身による加筆訂正の残されたものは、適宜採用した。

iv 収録にさいし、明らかな誤植と思われるものはこれを訂正した。原則として、著者の流義を尊重し、その他の改変・用字用語の統一・整序はしなかった。

v 本文は、引用資料等を除き、新字体・新仮名遣いに改めた。

vi 巻末に、多領域にわたった著者の諸活動についての「聞き書き」を付した。

「江藤文夫の仕事」編集委員
井家上隆幸
石原 重治
藤久 ミネ
鷲巣 力

——

装幀 篠塚 明夫

君はいかにとり戻すか　1983. 6

——私の十代とその反省から——

「私は」と語り出すとき、そこに他者の介入が感じられない。社会と、またさまざまな人々と、ついぞ〝関係する〟ことのなかったように見える〝私〟なのです。性体験でさえ〝関係する〟という言葉から遠い。

最近、〝十代の喪失〟とも呼び得る現象が気になっています。十代の収奪、収奪された十代、と呼ぶべきなのかも知れません。二十歳を迎えようという多くの若い人たちに、どうも十代体験が感じられないのです。私自身の十代は戦時下にあった。十代を迎えたのは、もう盧溝橋事件の起こされた後のことでした。花月園（横浜・鶴見）の菊人形は、銃を小脇に、対岸をにらんで立つ兵士の姿であり、〝南京陥落〟の提灯行列が、十代の出発を彩っていました。

〝十代の喪失〟は、戦争のなかにあった、ほかならぬ私自身の十代に痛感されるのですが、目を今日に戻すと、あの戦時下よりも、さらに深刻なとも言い得る十代の喪失が、とりわけ高度成長後の現在の状況下にひろがっているのを感じます。何よりも〝ことば〟の問題があります。おそらく十歳頃までに獲得したのであろう。幼児期に習得されたことばが、その後の組みかえを経ていない。一つには教育のありかたでしょうが、同時に、自己形成の糧となるような、身体の深部に突き刺さってくる陶酔や興奮を味わっていないように見えます。人生どう生くべきかの問いは、十代において、観念的なものであれ、社会の現実との何らかのふれ合いを通したものであれ、何度かくり返されて、青春の夢を形づくってゆくものなのでしょうが、社会や芸術諸作品とのそうした出会いの機会が奪われているようであります。十代の日常に、そうした時間の余裕も空間のひろがりも与えられていない。さまざまな情報も、個々人と社会との間の通路を作るものとならず（むしろ両者間を遮断する諸情報の氾濫）、また情報の受容に関しても、まるでそれを側眼でとらえてでもいるように、それぞれがひとりひとりの主体の内部でから み合い、交流し合うことがない。教育も、また十代ジャーナリズムも、そうした習性の形成に手をかしているようでさえあります。そうした喪失あるいは収奪に対して、十代をいかにとり戻すか。私自身の十代をまず顧みてみたいと思います。

出発点には彩りも

横浜市の、小人数（一学年男女あわせて三〇人）の私立の小学校で、保守的な、だからこそ当時の時代状況のなかでは比較的自由主義的な、教育の場を与えられていました。日本史の教室では〝悪人〟であった井伊直弼が、同時に、学校全体の雰囲気のもとでは〝恩人〟（開港の）でもありました。幸いなことに、そこに微かながら矛盾の感覚があった。それがやがて戦争の進行とともに意識の頽廃にもつながってゆくのですが、一人の人物像に関する矛盾した認識が、〝悪人〟のリアリティを稀薄なものにしていた。運動場（休み時間）では、相撲、キック・ボール、デッド・ボール、海戦ゲームなどが流行り、職業野球は〝公認〟の話題にはなっていなかったが、イーグルスの中河の名を知ったのも、この頃です。

いま思い起こして贅沢であったと思われるのは、中村勘三郎がもしほを名乗っていた頃の、何度かの歌舞伎見物、六代目、吉右衛門、左団次、十五代目羽左衛門、先々代幸四郎、猿之助（猿翁）らの名優の舞台の印象で（これらの演技に〝じかに〟ふれ得るのは、はるかに後のオーディオ、ヴィデオのカセット・テープを通じてですが）、小学生の目はむしろ荒次郎に奇妙な共感をもった。私にとっての歌舞伎の解き口ではあったのでしょう。映画では、『シピオネ』をはじめ、『マルコ・ポーロの冒険』や、原節子・霧立のぼる主演の、何だかわからない作品の変なエロティシズムを発散していた（少年の目に）数シーン等々。いまもやや不可解な思いを抱かせるのは、『マドリード最終列車』という作品の鑑賞体験です。父に連れられて観に行った。当時の家庭の空気からはちょっと考えられないのですが、これも、主題も筋もわからなかった。しかし、数カットの印象は強烈だったのです。怖れを抱かせる映画ではあった。（後に鶴見俊輔氏から「え？　あれ、日本で公開したの？」と驚かれました。）戦時のラジオの記憶は、「外掛け、外掛け、外掛けーッ。双葉山、敗けました！」の絶叫調のアナウンスがいまも鮮明で（但しこれは担当アナウンサーの記憶と少々食い違っています。多分私の記憶のほうが正確だと思っております。）、「安芸の海、泣いております」のアナウンスも耳に残っています。不勉強を叱られつつ聞いたラジオ落語の数々があった。後のラジオの印象は〝大本営発表〟と〝東部軍管区情報〟に尽きます。

戦時下における十代の出発には、それでも当時は、少なくとも私生活においてはかなりさまざまな彩りがあった。それが、その後の自身の〝不勉強〟もあって、急速に消されてゆきます。十代の出発点の彩りがいわば凍結されてゆくのですが、そのきっかけはやはり、肋膜炎の病床で聴いた真珠湾攻撃の発表だったのでしょうか。

過去が未来を指向

都立の中学校の空気も、比較的自由でした。戦争の深化・深刻化にはやや冷淡な姿勢を保って、が、そのために軍からにらまれたこともあったようであり、そのことがまた生徒にも何となく伝わる。もとより言論は基本的に封殺されていたのですが、中学二〜三年次には、ひたすら世界文学全集を読みあさり、小説の世界のなかに、現実には失われた〝言論〟を無意識のうちにとり戻しかけていた。私の十代の最も大きな糧であったかも知れません。アフォリズムのノートを作った。英語の教科書を一ランク落とすことを余儀なくされて、それに対して、困ったものだという感懐を抱く程度の余地は残されていたように思います。エリート主義が、やや屈折した戦争観を生徒たちにも抱かせた。と言って反戦の主張や厭戦の気分でもなく、軍国少年の頽廃に裏腹に通じる頽廃であった。それは、空襲の激化の下での勤労動員で工場内の防空壕に爆撃を避けながら、その壕内でミッドウエーの敗戦などを囁き合う、その当人が軍の学校を志願している、という馬鹿々々しい不可思議さとしても発露していました。

軍の学校への入校。殴られた数で月日の経過がはかられました。閉ざされた空間の内部で、時間は進行しない。時計の針が〝生きている時間〟の進行を再び刻み始めるのは、十七歳で〝終戦〟を迎えた、その直後からです。これは敗戦でなく終戦であった。明確な戦争否定の主張でもなく、戦時体制をそのまま戦後社会に流しこもうとする企みに乗る気持もなかった。ただ〝終った〟という感覚です。十代の自己の喪失の上に、ただちに一個の主張が生まれようもなかった。そして私のなかに〝戦後〟が到来するのは、一九四七年、約二年後のことであったと、いまにして思います。私の〝八・一五〟は、したがって、何年かの戦後過程、戦後体験をくるんで成立しています。それは、喪失した十代のとり戻しの過程でもあったのでしょうか。新しい体験の意味の獲得と、それは二重の過程であった。

一九三〇年代のフランス名画群、私より少し前の世代には戦前のものであった諸作品が、私にとっては〝戦後〟のものでありました。失われていた過去が未来を指向していました。同時に、これらの名画群をこえる新しい映像とその潮流が眼の前にありました。私の内部では、この両者が重なって〝戦後〟です。そうしたさまざまな体験を含んで言うならば、私の〝八・一五〟（戦後思想の形成）は、十代の終りから二十代の前半にかけての、ほぼ十年にわたる年月の全体を指すのでしょう。そして、この間に獲得したと自身では思い込んでいた思想や理論を、自己主張の根にどうにか据え得るのは、それ以後のことであったと、これもいまにして思います。十代初期の諸体験の凍結が徐々に解かれてゆくのは、さらにその後のことでした。考えてみれば、一度収奪されたものをとり戻すには、それなりの年月と手続きを経なければならなかった。

〝非体験〟を獲得する

十代のとり戻し作業は、私の場合、戦後体験のなかでの自己改造を、十代の発足時における凍結を解き放って、その後の空白を埋めるということと重ね合わせてゆくという、二重の過程を持っていたように思います。そのことはまた、一九三〇年代の諸作品(映画には限りません)を〝戦後〟のものとして受けとめると同時に、それらを三〇年代のものとして正当な位置に戻してゆくという作業をも含みます。また、戦時下に読みふけった世界文学を、三〇年代の復活を媒介に、第二次大戦期におけるレジスタンス文学にもつなぎつつ再読する。そして、第二次大戦の研究は、戦後の確定のためばかりでなく、自己の内部での〝非体験〟(喪失)をとり戻す作業でもありました。喪失された十代は、後からでもどうにかとり戻すことができるし、またとり戻さなければならない。戦時下に十代を送った人々は、誰もが、意識的であれ半ば無意識的であれ、戦後初期から、それぞれのとり戻し作業をおこないつつ、それぞれの戦後思想を作り上げていったのだと思います。いまの十代の人々にも、十代の内部で、あるいは十代の終りに、その作業がもとめられているのではないか。そのことをいま切実に思っています。

せりふを読むこと　1983. 10

信長の名せりふ――「デアルカ」――を知ったのは、戦後間もなくのことである。以後、私の信長像は、この「デアルカ」とともに生き続けてきた。

一個のせりふが像を呪縛する好例でもあろうか。「デアルカ」は後に、司馬遼太郎の『国盗り物語』にも顔を出す。が、いずれはまた信長像は、この一語から解き放たれて、異なる姿を見せるのだろう。人物の像は、時代ごとに変容することによって、それぞれの時代の性格や、その時代に生きるひとびとの趣味・嗜好を映し出す。「デアルカ」は、そのやや甲高い声音とともに、信長像を鮮明に提示したが、一語によって像を象徴し得たこのせりふは、小説のせりふにはなり得ても、そのままドラマのせりふにはなりにくい。その文学性の高さが、このせりふがドラマの世界のなかに生きることを阻むのである。その声音の甲高さも、あるイメージの提示以上のものではなかった。

役者の身体を通してその意味を実現するドラマのせりふは、その声音も、現実音として、その音程の高低までを含めて正確に発声さるべきものであり、戯曲においてすでにそのように書かれている。役者は、せりふから、さらにそのせりふを吐く人物から、その声音までを読みとるのである。竜馬には竜馬の声があり、知盛には知盛の声がある。誰も聞いたことのないそれぞれの人物の声を、役者が舞台上で発声するときに、観客は、あ、知盛だと納得し、竜馬ではない、と首をかしげる。役の人物は、生身の人間の発する〝自分〟の声を待っているのである。

　ドラマのせりふは、この生身の人間に向けて書かれるのであり、せりふを語る人間を離れて、単にその意味内容をのみあらわに記したせりふは、ドラマにはあり得ない。（昨今のテレビドラマでは、やたらにこうした〝せりふ〟が流行る。生身の人間をくぐることのない、したがってそのときどきの場の空気を説明するにすぎない、せりふ以前の〝せりふ〟群を、不思議なことに、ひとは〝わかりやすい〟と言う。）

　と言って、ドラマのせりふは、生身の人間の日常感覚にそのまま通じ得るものではない。「どうしただ、つう」という、『夕鶴』のなかでしばしばくりかえされる与ひょうのせりふは、単にその場その場での、与ひょうのつうを気づかうせりふではない。与ひょうのもつ唯一の〝ことば〟であるこのせりふは、したがって与ひょうの像をその心性においてとらえているこのせりふは、もともと彼の無言の行為をせりふに移したものであった。それは、かつて与ひょうが一羽の鶴を助けたとき、傷ついた鶴をいとおしみ矢を抜いてやった彼の心情と行為を、そのまま映している言葉である。だからこそこの言葉は、与ひょうの口をついて吐かれるたびに、つうに〝あのとき〟をよびおこし、彼女を息づかせる。それは鶴をつうに変えるせりふなのである。もとより与ひょうは無意識であり、しかもかつての情景は、与ひょうのそのときどきの内面のありかたに沿って、時に鮮明に、また時には淡くよびおこされる。「どうしただ、つう」は、したがって、そのときどきで響きの異なるせりふなのである。役者の生身の声が、また彼の正確な戯曲の読みが、このせりふの複雑で微妙な響きを、舞台上に生かすのであろう。ドラマのせりふの文学性の質とその高さは、小説のそれとは全く異なるものだということを、観客は、役者は、そして誰よりも作者自身が、認識しなければならない。

＊

「一つのせりふを読むと、次に誰がどういうせりふをいうかということがはっきり分るのです。一つの場を読み終ると、次の場はどういうことになるかということが実に明確に分る。そして読んでみると果してその通りになっている。」と、木下順二はアルベール・カミュの戯曲『誤解』の読後感を、こう記している。それは〝一つの古典的必然とでもいうべきもの〟だと木下は述べているが、この〝はっきり〟また〝実に明確に〟また〝果してその通りに〟と表現されているのは全くその通りだと思うし、私自身、最近芸術座の舞台で上演されたロベール・トマの戯曲『泥棒家族 part 2』（原題『一人二役』）に、同様のことを味わった（舞台上では必ずしもそのようには演じられていなかったが）。が、この〝はっきり〟とか〝果してその通りに〟とかの表現は、表現としてその通りなのであって、しかし次のせりふをその文句通りにあらかじめ分っているということではない。講義や講演を筆記しているうちに、次第に筆記の方が先行し得るようになったり、野球放送を聴きつつ、監督の作戦を先読みするということにも、一脈通ずるものがある。その場合にも、自分の読みと異なった監督の作戦が効を奏さなかったのを見て、自分の作戦の方が正しく、自分の力倆が監督よりも上まわると錯覚・誤認することの愚かさと等しく、次のせりふに自身の予測の正しさを立証したかに思いこむのも空しいことである。木下は続けて、

「いや、そうではない。もっと正確に言えば次の部分を読んでみると、ああ果してやっぱりこうなる筈だったのだと、実にきちんと納得が行くのです。」と述べている。私が次のせりふを予測し得るのは、何よりも戯曲全体がそうあるべく書かれているからであって、その構造を私たちの前に明確に提示しつつドラマが展開しているということなのである。それをなお木下が、「次に誰がどういうせりふをいうかということがはっきり分る」と記しているのは、そういう読みの姿勢を保ってはじめて、戯曲の構造をつかむことができるということなのであって、このようであってはじめて、そこに書かれているせりふが「それ以外ではあり得ない」ものだということがわかる。これは、戯曲の読者あるいは舞台に観(聴き)入る観客にもとめられる姿勢であるばかりでなく、誰よりも、役者が自身の出演する予定の舞台の台本を読むさいに、必要不可欠な読みの作業なのである。最近の舞台には、どうもこの作業と無縁な〝アドリブ〟が多い。

ある役の人物が舞台に登場してきたときに、彼や彼女は、その登場のしかたによって、自分の像の性格を提示する。いろりばたに眠りこけているから与ひょうなのであって、同じいろりばたで縄をなっていたり、まして本など読んでいたりしたらもはや与ひょうではない。せりふも同様で、ある人物のせりふは、その人物以外の誰のでもあり得ないせりふであって、仮に舞台上の数人の人物たちの誰が言ってもおかしくないせりふをある人物が語ったとしたら、やはりそれは、そのせりふを真っ先に語るはずの人物が彼なのであり、それをまた別の人物が語るとしたら、それは何かの確実な理由があってそうなのである。もとより戯曲には、AでないBなどという指定はない。その場合、戯曲を読む者は、Bのせりふに、AではないBのせりふを読みとらなければならない。そして、この読みは、戯曲全体の構造を理解することによって可能である。一つ一つのせりふは、そのせりふによって、何よりもそのせりふを吐く人物自身を語るものであれば、同一のせりふを他の人物に譲り渡すことはできない。〝譲り渡すことの出来ぬ権利〟を簡単に他人に譲渡する者は、そのような安易な読みかたをする者は、もはや役者ではない。

さらにこのことは、一つ一つのせりふに、舞台上の動きを読みとることにも通じる。ドラマのせりふは、その人物の動きをも言外に記しているものである。したがって稽古の過程で、本読みと立ち稽古とはいやおうなく連動するものであり、それぞれに別の〝解釈〟が入りこむような分裂症的な稽古は、これもはや稽古ではあり得ない。そうした本の読みを離れての、演出・演技における〝ある解釈〟なども、同じく空しいものである。そこには、せりふ自体の指示する動きが、それぞれの、生身の人間を通してどう発現されるか、ということのみがある。動きにも、声と同様のことがある。

＊

山本安英の会の主宰する「ことばの勉強会」が、昨年六月から十三回にわたって〝せりふを考える〟というシリーズを組んだのは、ドラマのせりふとはいかなるものかを考えるとともに、この作業を通して、とりわけ日本語のせりふ、さらに日本のドラマのありようを探ってゆこう、という試みであった。講師陣は、このシリーズの発想の土台となった『戯曲の日本語』（中央公論社刊――日本語の世界に――）の著者である木下順二氏をはじめ、清水邦夫、田中千禾夫、別役実、尾崎宏次、菅井幸雄、森永道夫、倉橋健、団伊玖磨、西山松之助、茂山千之丞、武田清子、三國一朗、船木拓、宇野重吉の各氏、さらに役者たちによる実際にせりふを朗読する試みを加えて、せりふをどう書くか、どう読むかを考えていった。せりふの翻訳や、伝統芸能におけるせりふと語りとの関係にまで問題をひろげて考えを進めていったこの試みは、現代のドラマ、より正確に言えば日本のドラマの今後を、せりふの問題を通して探索しようとするものだったが、とくにここでは、日本の伝統芸能における語り手の、主体の自在な変移ということが、その追求が、課題として残った。そしてこれは、すぐれて現代的な問題であった。

現代劇のせりふは、おそらく、その一つ一つが個々の人物の発するものでありながら、その点で余人をもって代えがたいものでありながら、同時に、個々の人物の内的必然というよりも、人物の一人一人と状況（それはまたおそらく、そのドラマの世界をこえたひろがりを見せるものであり、そのことでこのドラマの世界が状況のひろがりのなかにどう位置するかを示すものである）とのかかわりを提示するものである。したがって一つのせりふは〝次のせりふ〟とただちにかかわるものではない。それはいわば間接的なかかわりであり、両者のあいだにたえず同時代の状況が介在する。

しかし、そのドラマの世界の内部に確実に位置しながら、そのドラマの世界をこえたひろがりをもつ人物のせりふとはいかなるものか。多分それは、個々の人物のせりふが、同時代のひとびとの時代に対する感じかたをもあわせて映し出す、あるいは探りあててゆくものである、ということなのでもあろうか。謡曲に登場する人物たちが、その人物であると同時に、異なる人物にもなり、状況の語り手でもあるというその変移のありようは、その方向への一つの暗示でもあろう。せりふをそのように読む、その読みかたを考え始めねばならない。

読点、を考える　1984.4

日本語の文章において、句読点は、かなり恣意的に、用いられている。一定の法則があるようなないような、そこが面白いと思う。とりわけ、書き手の思考の連鎖を断ち切って、そこに他者を介入させる働きが興味深い。

「私はそれが好きだ。」という、ごく短い文のなかにも、読点は入り込み得る。「私は、それが好きだ。」とも、「私は、それが、好きだ。」とも、書くことができるし、少々わずらわしいが、「私、はそれが好きだ。」あるいは「私は、それ、が好きだ。」と書いても、間違いとは言えない。

が、ここで言いたのは、「私はそれが好きだ。」という文に「私は、」と読点を打ったとき、ストレートな好みの表明でなく、他の人びととの好みの相違についても表明する文になり得る、ということである。いうまでもなく、読点を打ったからそうなるのではなく、読点にそういう働きがあるということなのだが、若しこの読点に濃淡があれば、そこに介入してくる《他の人びと》が、どれほどの幅や広さをもっているかも、表現し得るかも知れない。「それ」に関しても、単に眼の前にある「それ」だけを表現するのでなく、他のさまざまなものと比較し、選択した「それ」を、読点は表現し得るであろう。

英文には、'I, like, it.' などという表現は、ちょっと考えられない。日本文の読点には、読み手にそこで立ち止まることを軽く要請する働きがあったり、ともかく読点には、書き手の内部においても、また書き手と読み手とのコミュニケーションにおいても、微妙な、多岐にわたる働きが見られる。こうした句読点の働きひとつ見ても、日本語には豊かな表現力がある、などということを、しかし、ここで言おうとしているわけではない。

「私はそれが好きだ。」は、'I like it.' と同様に、わざわざ読点を打つ必要はないのだ。同じ「私はそれが好きだ。」であっても、幼児の場合と成人の場合とでは、異なる意味合いをもとう。'I like it.' だって同様のはずだ。私にはどうも多分に幼児性が残っていて、テレビドラマで誰かがおいしそうな料理を食べていたり、喫茶店の場面が出てきたりすると、途端にその料理が食べたくなったり、コーヒーが飲みたくなったりするので、昨今はなるべくそういうテレビドラマを視ないようにしているのだが（料理番組を視ていてもそういうことはない）、幼児の場合には、「私」と言い「それ」と言っても、それはまさに「私」であり、また「それ」以外のものではないのだろうが、生活体験を積み重ねるなかで、「私」にも「それ」にもしだいに他者が介入するようになり、その他者を認識し、そのことで「私」も「それ」も相対化しつつ、「私はそれが好きだ」と好みを表明する。同じ文の意味のそうした変化は当然のことなのだが、どうも昨今、この《他者の介入》を許容しない、そんなことをまるで考えてもいない、と思われるような「私」にぶつかることが多いのだ。読点にこだわる所以である。

何らかの《ことば教育》を経ていれば、同じ文のままでよいはずのことが、わざわざ点を打ってみるような、厄介な手続きを踏まなければならなくなるようでは、困るのである。考えてみれば、映像の時代とも呼ばれながら、眼の前の映像を、あゝ、何々が映っている、ということで済ませてしまい、映像を読もうとしない、そんな習性も、同根のものかも知れない。

自然とか、自由とか、科学とか、技術とか、常識とか、市民とか、あるいは国家や国民という言葉群にしても、その言葉はすでに知っているということで、その言葉群の上をただ通り過ぎてしまうような風潮も見られて、怖い。「現代の……」と書かれた文を読んでみると、「現在」としか言っていない、ということもある。《いま》という言葉は伸縮自在である、というある哲学者の名言を、あらためて、立ち止まって、味わいたいものである。

テレビドラマは〝地〟がものをいうということ　1984. 4

1

「あれは地だね」とか、「地で演ってるんだ」とか、ある演技が〝地〟という言葉で語られたとき、それは概ね、芳ばしからぬ評言である。が、時に、その評言には親しみがこもり、また稀には、高い評価を伴うことすらある。〝地〟とは、わかりにくい言葉である。

何がしかの〝地〟を伴わぬ演技はない。地と演技との境界は、きわめて不明確なのである。と言うより、両者は分離できぬものだ。分離すれば、俳優の肉体は消滅する。

声にしても、俳優それぞれの地声がある。それはまだ演技の前提にすぎぬものだとしても、演技者はそれぞれの地声を引っ提げて舞台に、またマイクの前に立つことで、演技者としての彼や彼女の存在を証明する。

ところで、役の人物には、その人物の声がある。ガリレイにもノラにも、彼らの声が厳に具わっている。と言うのは、それらの人間たちが、それぞれに、そういう声を出すべく描かれている、ということなのだが、「そういう声」とか、そういう声を出すべく「描かれている」ということも、そう簡単なことではない。

かつて実在した人物が、現にそういう声音をもっていた、ということではもちろんない。仮に描かれた人物が、ある実在の人物をモデルにしていたとしても、その実在の人物の声と、描かれた人物の声とは、明らかに異なるものであろう。両者は全く無関係とは言い難いが、実在の人物には、時に、彼（彼女）自身に相応しからぬ声の持ち主がいるものである。描かれた人物の声のほうが、彼や彼女に相応しい、ということが、十分にあり得る。よく描かれた人物は、そのモデルの望ましい声を探り当てている。顔かたちや姿態についても同様である。

声は、このように、作家の内部で厳密に想定されてはいるが、いうまでもなく、それはまだ肉声を伴ったものではない。俳優にとっては、それは、これから彼や彼女が出すべく用意している声の素材にすぎない。俳優がその肉体を役の人物に籍《か》すことがなければ、人物の声は依然として〝無音〟のまま、聞こえるものとはならない。

音として聞こえず、しかも聞こえてくる声を、俳優は聴かなければならない。それはあくまで一個の声であり、しかも幾通りもの音で表現し得るものである。

俳優の、人物の声を聴く作業は、台本のなかに人物の像を読む作業として行われる。が、声の場合、俳優は自身の地声を通して、あるいは地声をたよりに、人物の声を聴いているはずである。地声を生かさなければ、実際に声が聴けないからだが、そのとき、自分の地声が人物に届いているかどうか、発する地声と聞こえてくる声とのあいだにズレが（どのようにか）生じていないかどうか、を測らなければならない。自分の声質ないしは声の幅が、そのどこかで、人物の声と重なり合う部分をもち得ているかどうか。おそらくそれ以前に、人物の発する〝声〟（それはまだ無音である）を聴くことがあるのだが、それはまだ具体的な作業ではなくて、多分に心構えの問題である。これは俳優の作業というよりも、誰もが戯曲なり小説なりを読むさいに、半ば無意識に、行なっていることである。俳優が、その誰でもと同じことを、俳優なるが故に捨てているとしたら、彼や彼女は自身の〝地〟の最も大切な部分を半ば放棄している、だけでなく、演技の前提にも背を向けてしまっているのだが、昨今は、その〝地〟〝演技〟の双方に関して、〝演技者の日常〟の喪失が目立つ。ブレヒトの『日常の演技』における俳優への提言を、あらためて思い起こすこのごろである。

人物の発する声を聴く耳をもたなければ、俳優はその地声によって人物に迫ることはできない。聞こえてくる自分自身の声のなかに、俳優は、人物の声を聴いているはずなのである。人物の声を探り当ててゆく作業、と言ってもよい。これは、人物の姿かたちについても同様に言えることであり、総じて戯曲なり、台本なりに描かれている人物を起こしてゆく作業なのだが、この作業を自覚的に行ない得ているかどうか、演技と地が云々される理由の一つがそこにある。

俳優が役の人物に自分の肉体を藉す。人物のなかに自分の肉体をもぐり込ませて、姿のない、声もない人物に、姿と声を与えてゆくというこの作業の上では、「地で演っている」と言われる時も、基本的には変わりがない。「自分のなかに役を実体化する」のでなく、「役のなかに自分を非実体化する」のだ、という演技の説明もあるが、この説明も、演技に関して十分な説明とは言えない。その前者の道か後者の道か、ということでもなく、演技には、その双方の関係が成り立っているのだろう。

2

画面から、役の人物に扮した俳優が、じかに私たちに語りかけるとき、彼は彼女はドラマの場を離れて、多少とも現実世界に足を踏み入れている。実際には、人物Ａは、ドラマの世界の中で他の人物Ｂに向かって語りかけているのだが、またそのことを、私たちもよく承知した上でのことなのだが、少なくとも一瞬、私たちは、彼や彼女の語る言葉を、私たち自身に向けられたものとして受けとめる。このことは、台本の中でもしばしば意識してそう書かれており、また演出の配慮によるものでもあるのだが、このとき、俳優は、役の人物とともに自身の顔を私たちに見せるのである。このときまた私たちは、人物の語る内容とともに、俳優自身の声や語りかたをもあわせて聴いている。

ＢＢＣ制作のシェイクスピア劇場『ハムレット』では、ハムレットの独白の場面で、実に巧みな独白の演出・演技が行われていた。ハムレット俳優は注意深く、ドラマの場から、また時にその場をやや離れて、ハムレットのメッセージを、またハムレットをいま演じている彼自身からのメッセージを、私たちのところに送ってきた。私はハムレット俳優のその演じかたを通して、ハムレットの独白のせりふをあらためて、新鮮に、味わうことができた。この俳優自身の提示のしかたは、ふつう〝地〟という言葉では呼ばれないようだ。それは演技そのものとも言えるのだが、レンズに視線を当てる行為によって役の人物の姿を消し、そこに俳優自身の姿を浮かび上がらせて、あらためて人物に扮してゆく道程を見せるのは、やはり一種の〝地〟の主張である。ドラマの場にスタジオの情景が重なる。そのスタジオをドラマの場にしてゆくのは、彼の吐くせりふである。こういう操作が、ブラウン管のなかの世界（と言っても、それは画面をいわば通路にして、スタジオと視聴の場をつないでゆくものであり、送り手と受け手とのコミュニケーションと言い直してもよいのだが）を息づかせ、同時にドラマの感興を高めてゆく。『ハムレット』はそのみごとな一例を示した。そこに『ハムレット』というドラマがあり、またこのドラマの報道があった。

しかし昨今、そういうドラマの例は、むしろ稀少なのである。人物の声の聞こえてこないドラマである。そもそも、これをドラマの名で呼び得るのだろうか。もともと、せりふが、それを語る人物のものとして書かれていなかったりするのである。そこに集まった人物たちが、交替に、事情を説明してゆく。誰が、どの〝せりふ〟を語るかは、順番をジャンケンできめたかのように、きわめて恣意的なのである。確かにどういう事態が進行しているかということを知るには、実に都合が好い。が、実にわかりにくいドラマなのである。人物の声が聞こえないドラマほど、聴きづらいものはない。

俳優にとって、テレビドラマが面白く、またむづかしいものであるとは、その聞こえない人物の声を聴きとる苦労に関してではなく、まして、ドラマでないものをドラマらしく仕立てることではなく、人物を演じつつ、ドラマを報道してゆくことに関してである。報道のなかでドラマを仕立ててゆく面白さ、と言ってもよい。俳優が〝地〟を問われるのは、何よりもそのことに関してであろう。

その〝地〟がまた、昨今のテレビでは、どうも低く見積もられている。実の夫婦が夫婦を演じているコマーシャル・フィルムが失敗例を多く生んだのは、実の夫婦だからこそ夫婦を演ずるのがむつかしいにもかかわらず、実の夫婦だからそのまま夫婦として通じるはずだという錯誤の上に、ＣＦが制作されたからであった。同様の錯誤がドラマのなかにしばしば見られる。

あるいは、テレビドラマの演技は、舞台のそれよりも一段とむつかしいものだ。あるいはまた、そこには舞台上と異なるむつかしさがある。舞台の演技がある肉体的性格を帯びるのに対して、テレビドラマの演技には、ある知的性格がある。（舞台のほうが知的に低い、ということではない。舞台のほうでは、肉体の知的意味が問われるのに対して、テレビドラマでは、俳優が自己の肉体をそのように扱いにくいということである）それは、俳優がその地声をどのように響かせるか、ということに関わってこよう。俳優がその地声によって人物の声を探り当てるという点では、演技であるかぎり、両者の間に変わりはないのだが、テレビドラマにおける俳優は、同時に、自分がいまの時代にどう呼吸しているかを、その地声（の出しかた）を通して、私たちの前に提示しなければならない。舞台俳優よりも、その肉体を通しての表現力を稀薄にされたテレビ（ドラマ）俳優は、私たちと同時代に生きるその生きかたを、さらにその同時代観を、提示することにより、自身の存在を〝地〟として、画面に映し出すことができる。テレビにおいて、〝地〟が強調される所以であろうか。

いつごろからか、それが、〝地〟でいい、ということになった。見識のなさをさらけ出すことで、それが時代を映すとも強弁された。知的であるはずの〝地〟が、異なる「地」に変容した。ドラマは多く、いま、テレビ界ドキュメンタリーである。〝地〟の重視が、そして〝地〟の回復が、急務なのではないか。いうまでもなく、演ずる、というなかでの〝地〟である。あるいは、演ずることの前提としての〝地〟である。

しかし、例えば詩や小説の朗読をするさいにも、その〝本〟を読むのにふさわしいトーンというのが、その本によってきめられているのだ。ある本は高い声を、ある本は低い声を要求する。そしてこれも、一定の音の高さということではなく、読み手ごとの地声による高低の調節によって、ある高さがきまってくるのだ。この調節が朗読の第一課であろう。そして、ここまでは〝地〟に属する。

そうした〝地〟の修練が、修練以前のこととして、あるいは修練を要さぬこととして、軽視されるとき、演技は、俳優自身の存在を前提とせぬ、正体不明のものとなる。テレビでは、同様の意味で、タレントという存在が、タレントという言葉とともに、正体不明のものとなった。正体不明の故に、したがって誰もが、ドラマに出演する。そして、演ずる必要のないものであればこそ、演じ得る、という不思議な事態が現出する。

〝地〟が〝地〟になるために、ことばの感覚を取り戻さなければなるまい。ことばの感覚とは、ひとりひとりが自身のことばを取り返す作業とともにある。「いいとも」の大合唱が、どこで止まるか。「黙ってような」は三球・照代のせりふだが、このせりふがいつまでもそういう時代を映しているのでは困るのである。

兆民の文章を読む　1984. 5

『資本論』フランス語版へのマルクスの序言（一八七二年三月十八日付、モーリス・ラ・シャートルに宛てたもの）の最後に、「学問にとっては平安の大道はない、そしてその嶮岨な小径をよじ登るに疲れることを厭わない人々のみが、ひとりその輝ける絶頂に到達する仕合せをもつのである。」（長谷部文雄訳）という有名な文章がある。

かつて、と言っても三十数年も前のことだが、この文章を感動して読んだ記憶があり、原文でも、また、いま引用した訳文とは少々異なるが日本文でも、まだ暗記している。耳に入りやすい名文であるためだろう。が、実はマルクスがここで言おうとしているのは、少々難しいかも知れないが最後まで読み通してもらいたい、という一事だった。事実マルクスは、フランスの読者は結論をあせるから、とその懸念を表明している。「学問に平安の大道はない」とは、翻訳すれば、「覚悟して読め」ということになる。

そんなことを思い出していたのは、ここしばらく、デクラメイションに耐え得る文章ということをしきりに考えていたからだ。マルクスのこの文章はその格好の一例であろう。いつかジェラール・フィリップが『資本論』を朗読したいと言っていたという話を、あわせて思い出すのである。デクラメイションというものを、これまで私は、朗読とか、熱弁を振うとか、もっぱら読む側の問題として考えてきていたのだが、あるとき木下順二さんが、デクラメイションを「書く」という言い方で話されるのを聞いて、ハッと目を開かれた思いがした。正確には、せりふの意味するものをどう的確に声にしてゆくかということを、役者の仕事としてだけでなく、作家が戯曲のなかに書きこんでいかなければ……ということであった。そして資本論の文章にも、あらためてそのことを感じたということなのである。

兆民の文章は総じてデクラメイションに耐え得るように思われる。とりわけ『三酔人経綸問答』は、そのことを強く感じさせる。たまたまあるゼミナールで『三酔人――』をとりあげたさい、これを学生諸君に声を出して読んでもらった。この音読の試みは思った以上に効果をあげ、学生諸君の理解もそのことでかなり深まったように思われる。もっとも、冒頭の「南海先生、性酷だ酒を嗜み……」という部分から、音声の高低をチェックしなければならなかった。その作業を通して、『三酔人――』にふさわしい音程が見出されてゆく。デクラメイションに耐え得る文章を、その表現の機微を味わいつつ声にしてゆくときに、作者の主張が生きた姿でそこに浮かび上がってくる。それは、単にその主張がどのように個々の字句に結実しているかではなく、その個々の字句を、さらにそれぞれの字句をせりふとして吐く人物たちを、作者がどのように照射しているかを読むことによってである。

しかし、『三酔人経綸問答』に一個の〝作品〟を感じながら、かなりの間私は、これを作品として読んではいなかったようである。洋学紳士君、豪傑君、南海先生の三人の人物を、構築された一個の世界においてそれぞれの役割を演じている像として見る目が確かでなく、したがって人物たちを兆民の分身としながらも、たとえば作者チャップリンとチャーリーの像との関係に見られるような、作者と作中人物との間の距離を正確に測り得ていなかった。当然の結果として、三人が交々語るその議論を、それぞれストレートに作者の主張の一部ないし一側面としてうけとめ、これをせりふとして読むという作業をおこなっていなかった。「学問に平安の大道は……」は、ただそのまま「学問に平安の大道は……」であった。その表現を味わいつつ、その奥に横たわる作者の真意にいたるというように、それぞれの言説をこれを吐く人物の像ならびにその性格との関係でとらえ、そこであらためてその言説を吟味するという手続きを、読みのなかでとっていなかった。〝問答体〟のもつ意味をとらえ損ねていた。

三人のせりふだけではない。戯曲におけるト書が単にそのときどきの状況や人物たちの立っている場の説明ではないように、『三酔人――』の地の文も、また眉批も、その〝表現〟を読まなければならなかったのだ、ということに思いいたったのは、最近のことである。眉批も、本文の単なる批評や揶揄ではない。本文との表現上の対応を通して、これもまたこのドラマの一角に足を踏み入れている。

紳士君が語り始める件《くだ》りを見てみよう。「頃ありて洋学紳士遽に云けるに」という〝ト書〟に続いて、彼は南海先生に質すことがあると断った後、唐突とも言うべき口調で、「嗚呼民主の制度なる哉、民主の制度なる哉。」と、仮に舞台上であれば、紳士君はここで突如起ち上がりながら、あるいは歩き始めながら、語り出すところであろうか。そしてこの語りくちに、すでに紳士君の像の性格が映し出されている。デクラメイションがものを言う場面でもあろう。そしてこの像の性格は、その非武装の主張から紳士君流の進化の理の説き方にいたるまで、一貫したものとして提示されている。

豪傑君はまた、紳士君の語り起こす説に対して、「君は狂せしに非ざる乎。狂せり、狂せり。」と、紳士君の「嗚呼、民主の制度なる哉」に見合うような高調子で発言するが、南海先生に軽くおしとどめられ、ただちに、笑って「唯。」と引下がる辺りに、豪傑君の、演技質とも言うべき、醒めた目と、またその論議のしかたとを垣間見せている。そうした豪傑君の性格は、彼の議論の内容とやはり無縁ではない。

たしかに『三酔人――』においては、その問答体としての性格から、紳士君をはじめとする一人々々の議論は、他の人物たちの議論との衝突を通して、論旨が相対化される。しかし、この書において、論者それぞれの主張を、ただちにその論旨において辿るのみでは、作品全体の構造に迫り得ない。冒頭の眉批の〝知らず〟と、最後と眉批の〝胡麻化せり〟とが対句のように対応して、この作品全体をいわば円環でくくり、そこに一個の世界を構築している、その中での個々の人物の配置とそれぞれの像の創出とを、まず見てゆく必要があるように思われる。戯曲における登場人物たちのせりふが、ただちに作者の主張を映ずるものでないのはいうまでもないことだが、たとえば進化の理をめぐっての紳士君と南海先生との間の論議（『三酔人――』において、紳士君と豪傑君との間に交わされる論議が、この作品の横軸をなすとすれば、進化神論議は、この作品の縦軸をなすものである）も、人物たちの葛藤を通して、それぞれの論旨の相互浸透がより的確に把握されるのではないか。ひとりひとりの論旨（せりふとしての）に沿って言えば、その語りくち自体が自身の論旨をすでに批評しているのである。三酔人それぞれの主張・言説を、したがって個別に、そしてただちに、作者兆民の主張に置きかえることはできない。〝酔人〟の意味はそこにあろうし、そこにまた、しばしば〝奇〟を以て語られる作者兆民の資質、その演技質のありようをも探ることができよう。

『三酔人――』をデクレイムすると、三酔人それぞれの〃せりふ〃の含む微妙なニュアンスが次第に読みとれてゆき、まず人物たちの像がいきいきと呼吸するようになるのだが、そのことが作者兆民に寄ってゆく一つの術だと思えるようになった。そしてこれは、必ずしも明確な作品の形をとっている『三酔人――』の場合だけでなく、兆民の文章一般に接してゆく一つの道なのではないかと、いま思っている。彼の弟子秋水も達意の文章を書くが、兆民の文章はより複雑な立体的構成をもっており、ニュアンスに富む。それだけに、デクラメイションによる読みが、当時の文章一般にもまして、兆民を解く鍵を握っているように思えるのである。

報道における〈主観の介入〉について　1988.3

――報道主体の成立に関する一私論として

一　主観の〝定義〟について

ニュース・キャスターが画面から視聴者に語りかけるとき、その口調、表情、あるいはそれをとらえるカメラの位置、角度、さらにキャスターの伝えるニューズの選択、配列順序、個々のニューズに与えられている時間量、等によって、ニューズにはいやおうなく主観性を付与されている。が、これをただちに主観報道とは呼ばない。むしろ逆に、キャスターがそれぞれのニューズに対する自身の〝見かた〟を明示することにより、報道の客観性をより高めることが可能である。いうまでもなくこれは、報道者側の一方的な配慮・工夫によって可能なのではなく、同時に視聴者側にも、キャスターとの対話を成立させ得る、少なくともキャスターの語りくちや表情に彼あるいは彼女のニューズとの対応を読み得る、感受性と判断力を要求している。

新聞記事と読者との関係も基本的に変わりはない。主観報道か客観報道かの繰り返された論議は、その主観性・客観性の〝定義〟を経ぬままにおこなわれ、その論議を不毛にしたが、その第一は客観報道の成立を報道の一到達点と考えず、客観報道自体を解析することなくこれを暗黙の前提とし、第二に、報道者の主観が報道にいやおうなく介入してゆく当然の過程をしばしば報道の客観性との矛盾・対立としてとらえ、主観報道か客観報道かの論議を本来論議が成立し得ぬこの次元にとどめたこと、第三に、諸事件との邂逅とその解析・認識の深化が報道者にその主観――それはとくに報道者自身が保持していなければならぬさまざまな常識や先入感の形をとって現われる――の改変を迫るという取材・報道の過程を、これもしばしば考察の外に置き、したがって報道者の主観を固定化したこと、による。それはまた、報道の客観性を、記事の記述を主眼にとらえ、一方で報道者自身の事件を見る目に対する、他方で読者・視聴者の目が事件と報道との関係に注がれることに対する、配慮がゆき届いていなかった、ということであるが、事件の取材・報道を貫通して大きな意味をもつのはこの点である。

ベルトルト・ブレヒトは、今日、彫刻は「機械的方法でつくられたもののように」観察される、と述べたが、それは、彫刻術の手工業性が、彫刻家それぞれの独自な創造の過程を創造物のなかに刻印しているにもかかわらず、鑑賞者の側にそれをとらえる目が失われた、という指摘である。〝機械時代の目〟の陥穽についての指摘であった。ブレヒトの、「芸術を観賞する場合には、芸術的生産の結果だけを気楽に消費するだけでは足りない」と述べている、その〝消費〟的な姿勢・態度は、とりわけ芸術作品の鑑賞に顕著に見られるが、それは芸術の領野にかぎらず、広義の文化的創造物への対応において、さらに日常生活の営み全般にわたって、時にはまた情報の受容においてのみでなく、諸情報の生産の場においてさえ見られるものである。

彫像の場合に、それがさまざまな角度や距離から見られることを要請しているのは、ブレヒトの述べるように、完成された像自体のなかに、素材から像の完成までの創造過程の各段階がそのまま息づいているからであるが、同時に、美術館の一隅に置かれた彫像に対するさいに、鑑賞者は、彫像がかつて立っていたであろう広場や水辺に想像の目を届かすことがもとめられる。彫像はそれ自体で空間のひろがりを表現している。

こうして鑑賞者は漸く彫像の作者と対面し始めるのだが、それは報道者の事件との対応にも、また新聞読者・放送の視聴者のニューズとの対応にも関わる問題である。ライン河に沿って建つケルンの大寺院を眼の前に見た体験を例に、森恭三が報道の主観性・客観性の関わりについて述べているのも、同様の観点によるものである。

森は大寺院のそそり立つ威容をカメラにうつしとるために、角度や焦点に苦慮し、さらに建物の内に入り、周囲をまわって部分の観察を集積してゆくが、その作業を通じて「建物の全体を主観のなかに取り入れたとき、はじめてその主観は非常に客観的に正確たり得る」と述べる。そして、「ことがらが認識の問題である以上、視野や立場が関連してくる。よりひろい視野で見るということは、論理とか情緒といった精神活動をも、ともなうものだ」と、報道者の、事件の認識に力点を定めて報道の問題を追究するが、その姿勢には全く同意し得る。さらに個々の事件を、社会状況や国際情勢との関わりのなかで、またその歴史的経緯においてとらえようという提起にも、当然のことながら、共感する。ニューズ報道の実際には、その観点がしばしば稀薄である。事件の発生以前に報道者の関心があって事件の構造認識を深化させ得るということも、意外に報道の現場では忘れがちである。森恭三が、ノートルダム寺院を見てユゴーの小説を想い、ケルンの大寺院に関する作品があってそれを読んでいれば、大寺院を見る目に「歴史的感慨が加わったであろう」と言うのは、示唆に富む発言であった。

事件の発生を事前に知るとは、その事件が人為性をもちそれに報道者がある関わりをもつ以外にあり得ないが、事件の発生・展開に対する予感や予測はあり得る。しかし諸事件は、実際には予測通りに発生・展開するものではない。その予測と実際とのズレを前提にした上で、しかも事件以前に報道者の関心があるとは、その時代感覚ないし時代認識が事件の発生に当って当事件をいわばその必然的経緯において感得するということである。事件の発生を〝待つ〟姿勢とも言い得る。そこに報道者の時代に対する能動的な姿勢がある。

現代社会、とりわけ情報化社会と呼ばれる時代状況下では、諸事件が自然発生性をもった偶発的なものか、何らかの人為性を帯びたある種の加工物であるか、の差異や、一事件における両性格の接点ないし交点には、きわめて微妙なものがある。七〇年の日航機よど号事件がその発生は偶発的なものであったにせよ、よど号が板付から金浦を経て平壌にいたる過程においては、情報に、さらに事件の展開にさまざまな人為的加工が施された。また事件の展開に働きかけようとする情報も流された。こうしたなかで報道が客観性を保持するためには、報道者が事件の展開を政治・社会状況全般のなかで正確にとらえるための高度の判断力をそなえていなければならない。これは報道者の主観が生きなければならぬ場である。

報道は基本的に事件に対応するものであって、報道自体が自立した一つの流れを作るということはあり得ない。その上で、報道が時代の流れにどう関わるかということは、報道者にとって重大な意味をもつ。報道が事件の展開に過剰に関与するのは戒むべきことであり、また事件の性格によっては、報道が事件の展開に任せてこれを傍観視するのも、報道者の責任に関わるものとなる。報道における〝主観〟がその判断の是非を含めて大きく問われるのはこの点においてである。これは報道の問題であると同時に報道以前の問題であり、報道も市民社会の規範やルールを、より具体的・現実的には戦後世界における諸規範を超越した場に立ってはいない。そうした〝歴史的現在〟から遊離した〝客観性〟の主張は、逆に、高度に主観性を帯びるものである。それはしばしばある勢力――概ね現支配層である――への依存・従属であり、ある意見の固定化であり強制である。客観報道の名の下に主観報道が横行する。

二 〝理解可能〟ということ

『夕鶴』の冒頭のせりふは、子どもたちの呼び声である。舞台上の風景とこの呼び声に誘われて、観衆はこのドラマの世界にごく自然に身を投じてゆくが、すでに舞台上に姿を見せている与ひょうを呼ばず不在のつうを呼ぶことで、子どもたちはつうと与ひょうそれぞれの像を照射している。『夕鶴』において子どもたちは登場人物たちを直接・間接に照射する重要な役割を担っているのだが、そうした子どもたちの役割を、観衆はともするとその考察の外に置いて舞台に向かう。戯曲のト書には「一面の雪の中に、ぽつんと一軒、小さなあばらや。家のうしろには、赤い赤い夕やけ空が一ぱいに――」とあり、聞こえてくるわらべ唄を紹介した後、「いろりのはたに眠りこけている与ひょう」と、ここですでに与ひょうの像の一端を描き出している。この冒頭の風景でも、雪景色、あばらや、夕やけ空、わらべ唄と、私たちの感受性に訴える材料にこと欠かず、与ひょうの寝姿にも、したがって観衆はたやすく同化し得るのだが、ここでも作者は、雪の中の一軒家によって主人公たちの〝小世界〟と、与ひょうを寝姿で紹介することによってこの〝像の性格〟を、冒頭のト書で描出している。戯曲のト書はそれぞれの場や人物の位置・動きの説明以上のものであって、作品創造の欠かせない一部をなしているのだが、これもしばしば読み手のなかで〝説明以上〟のものになり得ていない。が、このト書でも、寝ているから与ひょうなのであって、もしここで彼がいろりばたに坐ってサルトルなどを読んでいたら、彼はすでに与ひょうではない。戯曲の理解とそのドラマの世界の認識には、作者の創造の過程をくぐらなければならない。

加藤周一は、『夕鶴』のこの冒頭場面に関して、「日本文化の質には、永遠なるものというより絶えず移り変わってゆくものへの共感が強く、その、日々変わってゆくものに対応するという感覚が、深く浸透している」と述べ、『夕鶴』は「日本人の感受性の型に適う」作品だと指摘する。加藤の指摘は『夕鶴』という作品の性格とその日本人観衆との交流を深く解明するだけでなく、本題の、報道者の事件との関わりかたについて、また新聞読者や放送の視聴者の報道との接触の一般的な型について、さらに日本ジャーナリズムの帯びる特性の一つについて、解明の手がかりを与えるものであるが、加藤の指摘で見逃すことのできないのは、『夕鶴』がさきの点で「日本人にとって何よりも〝理解可能〟な作品」だと、この作品が日本人に親しまれる理由を解析しながら、同時に作者木下順二の資質や作家としての主張にふれて、この作家には「そうした過ぎ去ってゆくものにそのまま浸ることを拒否し抵抗する姿勢が明確に貫かれている」と述べている点である。この作家的資質が、日本文化の質を熟知していることと、『夕鶴』の表現において融合しており、それが「多くの観客との間に緊張関係をつくっている」、というのが加藤の『夕鶴』の解析である。

加藤の述べるように、観衆がこのドラマの世界に浸り入り、人物たちに〝同化〟してゆく過程で、同時に自身の感受性を客観化し、舞台との間にある〝緊張関係〟を作り得ないときには、『夕鶴』において作者が提示している主張やこの作品の主題は、舞台の背後にしりぞいてゆく。観衆は一方でドラマの世界に身を投じて深い共感を味わいながら、もう一方で、『夕鶴』の世界から遠ざかってゆく。『夕鶴』という題名自体が、すでに人々に膾炙して、誰もがいまこの題名に奇異の感を抱くことはないが、この美しい言葉の響きをもつ題名が、原話の「鶴女房」や「鶴の恩返し」と異なり、複雑微妙な味わいを帯びていることにも分析の目は届かず、そうした問いを経ずにこの題名は〝わかる〟ものになり得ている。その、対象への心情的・情緒的同一化による〝理解〟ないし〝了解〟は、日本文化の成立基盤をなす日本人のコミュニケーションの基本型として、それ自体重要な意味をもつが、それは同時に、〝了解可能〟の域を超えるもろもろの現象や事態に対する認識の深化を阻む要因を内にはらんでいる。しかも近年、その了解可能の域は極度に狭い。これは報道自体の問題であると同時に、報道による〝操作〟の結果でもある。

『夕鶴』を発表した翌五〇年に書かれたエッセイ「能楽への関心」のなかで、木下順二は、「幕があいた瞬間になにか〝わかる〟ものがある」と、舞台と観衆との望ましい関係について述べている。観衆は幕があいたその瞬間に、「自分の胸の内にある波長と舞台の上の波長とがピタッと合った感じがする」。それは『夕鶴』の舞台にもそのまま適合すると思われる指摘だが、実際にはそれは、舞台上の俳優の第一声によってその芝居の好し悪しやその舞台全体の出来不出来が測られたりすることを含めて、さまざまな形をとって現われるものである。さらに、木下が述べているのは、ヨーロッパにおける舞台と観衆との関係であって、例に挙げられるのはサルトルの『汚れた手』であり、ラシーヌの『フェードル』である。木下が述べるのは「それぞれのテーマ（狭義）が〈演劇の問題以前に〉多数のフランス民衆の実生活の中に問題として生きている」ということである。『汚れた手』は共産党の問題を、『フェードル』はギリシャ神話のシーシアスの問題をそれぞれ扱っており、どちらもヨーロッパ人にとっては熟知＝血肉化した問題である。したがって木下の「なにか〝わかる〟」とは、舞台と観衆との間にある問題の共通理解、ないしは認識の共有を前提として幕があく、ということである。

『夕鶴』においても、その主題はやはり大多数の日本人のなかに〝問題として生きている〟のであって、それは何よりも『夕鶴』の素材となった民話（『鶴女房』）が、日本人の生活体験のなかに深く沈んで生きてきたことによる。『夕鶴』の舞台に観衆がすぐ馴染めるのも、そこに、慣れ親しんできた民話の世界が展開してゆくのを一目で感じとるからである。が、それはあくまで民話の世界であり、民話が内にかかえている〝問題〟の感得であって、現代劇『夕鶴』との邂逅、『夕鶴』の主題の認識ではない。『鶴女房』から『夕鶴』への移行のもつ重大な意味は、観衆のなかで切実に息づきもし、また空疎に消え失せもするのである。

『夕鶴』が日本人観衆の誰にでも〝わかる〟作品でありながら、これが『汚れた手』や『フェードル』がヨーロッパ人にとって〝わかる〟のと同様の理解に容易にいたらないのは、日本固有の文化や固有の感受性によるのであるが、同時に文化の型や感受性の固定化のためである。そしてこの〝理解可能〟の問題は、芸術の創造と享受に関わる問題であると同時に、広義での文化のありように関わり、さらにそれを基底にした報道とその受容に関わる問題でもある。逆に言えば、日本ジャーナリズムにおける報道の〝主観性〟の問題は、日本文化の質や日本人の感受性のありようと深く関わっており、新聞読者が記事を通して、TVやラジオの視聴者がニューズの映像や音声を通して諸事件を〝知る〟、あるいは知り得たと思う、その事件の理解や認識のしかたを問うことによって、報道における主観性の根を探ることができる。当然のことながら、それは読者・視聴者に事件を伝えようとする記事の文体や映像・音声によるニューズの諸スタイルにも通じることである。両者の間には、しばしば、感受性の共有による暗黙の了解がその〝文体〟を通して成立する。それはさらに報道者の、事件の取材の姿勢や手法にも見られる。

一九六五年、アメリカの北爆開始によって本格化したヴェトナム戦争を取材するために、TV各局は取材班を南ヴェトナムに送った。そして制作された数本のドキュメンタリーないしはルポルタージュ番組のなかで、幾つかのショットが目立った。一つは戦火に焼かれて泣き叫ぶ老婆のクロース・アップであり、一つは田の畦道を進んで来る戦車と南ヴェトナム政府軍兵士をとらえたロング・ショットであった。とりわけ老婆の同種のショットはしばしば目にしたのである。

この老婆の映像には若干の解説が要る。当時、私が観たかぎり、同種の映像には総じて空しさがつきまとった。戦火で家を焼かれるあるいは家族を失って泣き叫ぶ姿に、戦争の悲惨を象徴させようとした制作者の意図は十分に読みとれる。が、なぜその映像から空疎な印象が拭い去れないのか。各局の取材班の人びとと話し合い、一つの回答を、この映像が番組に登場しなかったある局の取材班から得た。その局の取材フィルムの中にも同種のショットはあったのだが、泣き叫ぶ老婆がパッと泣きやむと隣の男と笑いながら話をしている。その異様さにとまどって放送分から外した、恐らく他局のものは同様のショットの前半を流したのではないか、という話であった。この回答には、さきの〝空しさ〟の謎を解く鍵があって、私は納得した。後に和田勉演出のドラマ『大市民』のなかに、この問題に関わるような映像処理が見えて興味深かったが、そうした映像表現の問題以前に、ヴェトナムでは第二次大戦後も五四年までインドシナ戦争が続き、ジュネーヴ協定以後もアメリカの徐々の介入があり、戦火の絶えることがないと言い得る状態にあった。そうした状況下の日常の営みは、ひとびとの神経や日常の意識を異常なものともしてゆくであろう。それをただ戦争一般の悲惨としてとらえることはできない。確かにさきの老婆の異様な表情の転換は、日本の視聴者にわかりにくいものであるかも知れない。しかし、そこに〝現地の表情〟があった。あるいはまた、老婆の泣き叫びが報道者向けの〝商売〟であったとしても、そうした〝商売〟によってわずかな日常の糧を得なければならぬというその基底にこそヴェトナム戦争下の日常の悲惨がある。報道は、とりわけ現地に取材した報道は、そのことをこそ伝えなければならない。それを戦争一般の悲惨として日本人視聴者に〝理解可能〟な映像に仕立てることは、同時に視聴者をヴェトナム戦争の現実から遠ざけることでもある。〝理解可能〟の陥穽、また報道とその受容者との間に成立する〝ある了解〟の危険がそこにある。

三　事件自体が語るということ

例えば『夜明け前』でも『雪国』でもよい。その冒頭の一節、その一行ないし数行を繰り返し味わっていると、作品の主題が次第に明確な形をとって浮かび上がってくる。『読書と社会科学』において内田義彦は、新聞の文章は〝一読明快〟である。また一読明快でなきゃならない。が、古典は一読明快じゃない、と述べているが、それは、古典の文章は一読しただけでは不明快だ、ということではない。逆に、概して古典の文章は一読して魅せられるような、言葉の響きをもっている。文学作品にかぎらず、社会科学の諸作品も同様である。その文章に、さらに作品の世界に感動し、その虜となり、なおそのとき私たちは作品の世界の〝外〟に立っていることが多い。作品から受ける感動の大きさが、ただちに作品とのふれ合いの深さに通じるものではない。感動は作品や作家とのふれ合いの契機であり、またそれとして大きな意味をもつが、その感動はあくまで私自身の見かた・感じかたに支配されており、感動が大きいほど私たちは自身の主観世界のなかに作品を深くとりこんでいる。『雪国』の冒頭の一節で、「長いトンネルを抜けると」に続く言葉を間違いなく「雪国」と読み、またこれは〝雪国〟という言葉でなければならぬと吟味なしに納得し、その表現の機微を味わいながら、読み手の内では〝雪国〟をではなく〝雪景色〟をイメージしている。眼前にひろがる雪景色（のイメージ）が、「雪国」（という言葉のもつ意味）にまで達していない。あるいはまた、戯曲のせりふはしばしば、そのせりふを吐く人物の舞台上の位置や動きを、時にはその歩数までを言外に指示しているのだが、そうしたいわば見えない〝ト書〟は、戯曲を読み進めてゆくなかで、容易に考察や認識の対象になってはゆかないのである。しかし、古典はこれを繰り返し読むたびごとに、その新たな姿や問題を提示する。それは作品自体が読み手の主観世界を離脱する過程であり、その過程において読み手の主観を改変する。そしてそれは、読み手の主体の側からの意識的操作ではない。〈作者がそう書いている〉ことが読み手の目に映ってくるのは、そうした過程を経た後である。

が、〈作者がそう書いている〉とは、読み手の側が作品を読み深めるなかで、作品の内部に息づいている作者の構想や、時には作者自身の作品執筆に当っての意図を超えて作品のなかに表現されているもの、に突き当るのであって、その点で作者は作品の内部に棲み、読み手によって喚び起こされるものである。内田義彦が、作品についての一次資料は「作品そのもの」であって、作者が自作について述べている文章その他は二次資料である、と語っているのは、そのことである。内田の語るように、「作品それ自体の解読の作業のなかでこそ初めて」、二次資料は生きる。したがってそこには、読み手の見かたが投入されていなければならない。作品を初めて読んだときの感動が、作品の内部に現われているはずの作者の意図や構想に沿って言えば多分に誤解を含み、むしろ読み手の主観世界において発動しているものであるにもかかわらず、作品の理解にとって重要な意味をもっているのはそのためである。もとよりそれは初動としての意味であるが、その後何回あるいは何十回かの同一作品との出会いのなかで、感動の深まりが同時に、徐々にその感動の質を変え、読み手の読みかたを深め、また変えてゆく。そうした主観の改変を含んだ読み手の、作品世界への自己の投入によって、作品の内部に作者が顔をのぞかせるようになる。作品の重要な箇所々々で、作者が言わんとしたのはこういうことであったか、ということが読めてくる。そこで作者と読者とが対面する。作者の姿が作品の内部に浮かび上がってくるとは、同時に、そこに読者が明確な姿を伴って存在しているということである。

現実の諸事件にはいうまでもなく作者からのメッセージはない。が、芸術諸作品によびさまされ鍛えられた読者の目が、作品から〈作者がそう書いている〉ことを逆によびおこして、そこで作者と読者とが対面する、それと同様の関係は、諸事件とひとびと――そこには直接に諸事件と接触する報道者も、その報道によって間接的に諸事件と関わる人びとも、同様に含まれる――との間にも成立し得る。諸作品における作者からのメッセージが、読者にとって作品の第一の解き口となるのはいうまでもないが、それとともに、諸作品は作者の意図や構想をこえてその深部において時代の性格と関わり、それが読者の同時代の呼吸をよびさまして、作者と読者との対話の契機をつくる。同時代の呼吸をよびさますとは、読者それぞれの日常の呼吸を時代の深部に届かせる、ないしはふれ合わせる、ということであるが、その日常の営みを絶えず時代との葛藤のなかに置いている者にとっては、その問題関心がしばしば読者からのメッセージを作者からのメッセージに先行させる。一方でこの好ましい作品への能動的接近が、他方で、作品を自己の主観世界の側にとりこみがちになるということに警戒の目を働かせなければならない。それは現実の諸事件の展開とじかに格闘した報道者よりも、その報道によって諸事件（の一部）をはじめて知り得た読者や視聴者の〝受動〟を伴った姿勢のなかに、しばしば当の報道者以上に事件の深部に届く目が生まれる、ということにも通じるものがある。それは第三者の目ということではない。諸事件に関して、報道者自身が第三者である。諸事件に対する、あるいは諸作品に対する能動的関心とその切実度は、その度合いが高ければ高いほど、事件からの、ないしは作者からのメッセージを〝待つ〟姿勢を伴って有効なものとなる。

さきに〝同時代の呼吸〟と言ったが、古典的諸作品の場合には概ね時代を超えた接触となり、したがってそこにはそれぞれの時代の性格の衝突が生まれる。ここでも古典理解の要は、読者の側の、自身の生きる時代への問題関心であり、その切実度であるが、しかもそのなかに古典の〝時代〟をとりこむことは許されず、また古典を読み深めることによって、その古典自体の担っている時代的性格――古典自体のその同時代との格闘――が、時をへだてて、さらに両者間の時代の流れを辿る作業をへて、読者の生きる時代の性格と時代への関心を発掘し、高め、あるいはそのありかたの修正をすすめる。いわゆる修正主義は、この作業過程が逆方向を向くのである。

古典的諸作品との、読者の〝時代を超えた〟対話はまた、同時代における諸事件との、場をへだてた対面にも生きるものである。諸事件は、それに接したひとびとの日常の営みに、両者が時代の深部で関わっていることを告げ、またひとびとの日常的関心は、その関心のありかたやその切実度に沿って、諸事件を自身の日常の場からの〝遠近〟においてとらえるのだが、それが妥当な測定であるか否かによらず、またそれが意識的であるか無意識のうちにであるかを問わず、ひとびとの生活の営みと切実に関わったところに生ずるこの遠近法は、事件認識の契機として重要な意味を帯びており、報道者もまたその職業的関心以前に、同様の遠近法の保持をもとめられるのであるが、同時に諸事件はひとびとに、事件との接触の深まりのなかで、その遠近感の放棄を迫るのである。〈事件がそう語っている〉ことの意味は、同時代の認識と重なって、そこに成立するのであるが、それは事件と報道者と、あるいは事件とその報道の受け手とが、同時代におけるそれぞれの位置を相互に確認する作業の要請であり、その相互確認とは、作品世界のなかに作者とその主張を見出しひき出してゆく読み手の作業と同様に、報道者や報道の受け手における主観的作業にほかならない。しかもその作業において、報道者や報道の受け手は、その取材対象ないしは受容対象を、取材・受容過程において、自身の主観世界にとりこむのでなく、対象自体の存在様態に沿ってこれと対応することを要求される。その要求とは、いうまでもなく自分自身の、自分自身に対する要求であり、取材・受容過程における主観（〝見かた〟）の組み変えの要求である。

さきのヴェトナム報道における老婆のクロース・アップの映像は、その映像を仔細に観れば、映像自体がその処理の改変を要請していた。また、もう一つの、田の畦道を来る戦車と兵士たちのロング・ショットは、農民の生活を脅かし、破壊してゆく戦争の実態をとらえようとする取材者の姿勢を観る者の前に提示しながら、前面に田がひろがり画面中央の畦道をやや斜め構図に、そこに戦争を配し、背後に山なみが映るという映像表現によって、画面内の人間を自然との一体化において映し出す、日本のドキュメンタリー・フィルムにしばしば現われる画面構図と同様の構図をそこに見せていた。それは対象への共感の構図であった。ある風景に向き合うさいに、日頃から慣れていた対象との距離・角度のとりかたが、ここでもそうした構図を選ばせた結果であるとは、想像に難くないが、そのことで取材者の対象認識とその映像表現とは逆方向を向くこととなった。取材対象に対する情緒付与の方式が陥る弊害がここに見られる。

第二次大戦後の中国に取材したあるドキュメンタリーの映像を、森有正が〝赤い夕陽の満洲〟と評したのも、この情緒付与方式の危さを摘出したものであったが、同時にこの評言は、この方式が戦時下のニューズ映像の基本型を踏襲し、それとの連続性を保持していることへの指摘でもあった。そしてこの情緒付与方式は、映像表現においてだけでなく、大新聞の新聞記事の文体にも顕著に見受けられる。諸事件を報道者の情緒でくるみ、そのことで読者一般の感受性に容易に訴えるこの文体は、読者たちをも同一の情緒で画一的にくるみ、何よりも読者一人一人の事件認識に向かおうとする目を阻止する点で、危険な文体である。かつてそれを最も得意としたのが、ナチの映像であり、ヒトラーの演説口調であった。そしてチャールズ・チャップリンが一九四〇年の『チャップリンの独裁者』でおこなったのが、この映像表現と演説口調の帯びる〝毒〟の否定であり排除であった。

六五年の南ヴェトナムに取材したドキュメンタリー、ルポルタージュ群にやや後れて、北ヴェトナムに取材したTVドキュメンタリーがTBSから放送されたが、そのなかにハノイの市内に無数に掘られたタコツボ防空壕を紹介したフィルムがあった。このドキュメンタリーの粗編集の段階で、そのフィルムはアメリカの爆撃機による空襲場面のなかに挿入されていた。防空壕のフィルムが空襲場面のなかにあるのは不思議ではない。しかし、それは空襲とそれからの退避とを伝えるにとどまっていた。実際にこの番組が放送されたさいには、このタコツボのショットは、自転車の群が走るハノイ市内の日常風景のなかにあった。そしてこれは妥当な改変であった。明らかにそれは制作者たちの目の改変を伴っていた。ハノイ市では当時、空爆下にあって、これまでの日常のペースを可能なかぎり保持することにつとめ、したがって空襲の直前まで日常の諸作業を続け、直後にまたその作業を再開する。そのために掘られたタコツボ群であった。フィルム編集における改変は、このような現地の状況に即したものであった。さきのヴェトナム報道を含めて、これらは映像表現の問題であるとともに、より以上に現実認識の問題であり、現地に取材したもろもろのニューズが、現地の諸局面にふれ得ているかどうかの問題である。報道者が事件取材にあたって、その先入観や固定観念、あるいはその手慣れた手法といかに格闘するか、報道にあたって読者・視聴者の安易な同化をいかに回避するか、報道における主観性の危険な側面との格闘を経たところに、事件自体が自己を語るという事態が現出する。主観の介入が本格的に論じられるのは、この局面においてである。

四　同時代状況と報道の主体について

報道における〝主観〟の介入は、第一に、報道者と報道の受け手とを含んで、それぞれの同時代認識の基盤とも契機ともなる日常の問題関心による諸事件との接触を前提とする。ただしこの場合、諸事件との接触によってそれぞれの問題関心が開発され高められるという現実の事態の先行があって、そのいずれが先かという問題も生じるが、これはいわばさきの前提をつくる条件であり、また、それ以上に重要な意味を帯びるのは、事件による問題関心の開発・高度化と、日常の問題関心に支えられた事件認識の深化とが、事件の取材・報道・報道の受容という事件報道の全過程を貫いて相互浸透を次第に強めてゆき、そこに報道主体・受け手主体を成立させるという、さきの前提とその条件との相互関係である。あるいは、この相互関係を内に含みこんだものとして、さきの前提が事件と報道との関係を解明する第一の要因に挙げられるのはそのためである。また報道者にあっては、森恭三の、ケルンの大寺院を例に挙げての事件報道の解析にふれて前述したように、〝事件以前〟の関心の問題がある。もとよりこれは報道の受け手にあっても同様の問題が生きているのだが、受け手の場合にはその日常生活の営みのなかに諸事件との邂逅をごく自然に置き得るのに対して、報道者の場合には、報道自体をその日常業務とする職業の性格上、日々事件を追う行為がその意識を規制して、逆に、状況の推移のなかに身を置いて事件の発生を〝待つ〟という姿勢をもちにくい。が、本来報道者には、諸事件の発生以前に起り得る事件に対する事前の知識の集積がもとめられるのであり、これは報道の体制が集団的・組織的にどのように組まれているかということに関わる問題であるが、同時に報道者個々人に関して言えば、それは職業人以前の市民性の問題である。ここで最も危険なのは、事件の報道に当って自身の表現の不備を補うためにとられる一措置ではあるが、報道者の、同じく市民性を失った専門家への依存である。

主観の介入に関する第二の問題は、事件との遭遇に当っての報道者・受容者の〝見かた〟の改変であるが、いうまでもなくそれは当初の関心の放擲ではなく、特殊な例外を除いて関心の移動でもなく、事件に触発された関心軸の設定・強化であり、茫漠たる広がりをもった問題関心の一部の具体化・現実化・鋭角化である。この問題関心の部分的深化——といってもそれは、白地図の一部を埋める作業が周囲の空白部分への想像力をかき立てるように、関心全体に働きかけ、他の部分もそれに呼応して現実化するのであるが——を基盤に、報道者の主観の改変と事件に対する同じく報道者の主観の介入とは同時進行し、主観の介入が深まるにつれてその改変も深まるという過程がそこに作られる。しかし当然のことのように見えるこの過程が、日本のジャーナリズムにおいては容易に成立しない。一つには、前段の問題と関わって報道者の職業意識が、記者個人やキャスター個人である以前に組織人・機構人としての意識として成立し、個々人の問題意識を報道者としての活動のなかに生かし得ない、さらにはしばしば個人としての問題意識の喪失が見られる、ということによる。そのために事件の取材に報道者それぞれの独自の切り口を容易に設定し得ないし、またかつて朝日新聞が〝魚ころがし〟の追跡に見せたような、チームを組んだその調査の成果を日々の報道に生かすという事件報道の好例も、その継承者をなかなか生み出し得ないでいる。もう一つは、さきの情緒付与方式が対象を報道者の主観のなかにくるみ込むことで、その主観を固定化し、それが事件自体からの語りかけを阻むのである。これは事件の取材に見られるだけでなく、報道とその受け手との間に、事件に関する暗黙の了解を組織するという点で、一見両者間のコミュニケーションを円滑にするが、報道者の内にもまた報道の受け手にも事件の擬似認識を生み易い、あるいは認識の深化を妨げるということから、報道においては何よりも情緒付与方式からの脱皮がはかられねばならないだろう。が、海外旅行において現地の風景を撮った写真が日本的風景になるという指摘があるように、これは日本人の感受性にかなり深く根をおろしているもので、その改変はジャーナリズムの問題である以上に、日本人の文化的課題である。したがって報道の側からのこの提起は、今後の文化創造全般にも関わって、大きな意味をもつものとなるであろう。

以上を前提として、報道は個々の事件のそれぞれに対応しつつ、そこに個々の記事ないしはニュース映像を制作してゆくというその実際の作業を、諸事件の総体としての時代状況のなかに自らも身を置きつつこれを報道するという主体的な作業として進めてゆくことができる。例えば個々の事件を世界地図のなかに記してゆくとき、それらは個々バラバラにでなく、それぞれの日付をもちつつ相互に関わり合って時代状況を形成していることを認識することができるが、そのとき報道者も、また報道の受け手も、同じ世界地図の上にそれぞれの位置をもって、諸事件と直接・間接に関わっているのである。事件と事件、事件と報道者、報道者と受け手、事件と（報道の）受け手が、同時代の下で、相互に存在同士の関係を保ちつつ、呼吸し始める。報道における主観の介入とは、報道が、諸事件を内に包んで成立している同時代の状況下に、自らも身を置くことによって可能なのであった。報道の社会的責任はそこに生ずるのであるが、このとき報道は、時代状況の展開に沿って、その流れを形成し得る。それは報道自体の状況への働きかけを排するものではないが、その働きかけは同時代の状況下における報道の役割と責任に沿って生じるもので、過剰であっても過少であってもならない。そこには当然、社会的合意にもとづく基準が存在するが、それ自体流動性を帯びるものであり、現実には、事件に対する批評の目や言論の行使に関して、報道自体がたえず批評の目にさらされているのである。

ジャーナリズム　あるいはジャーナリストの主体について　1988.4

現代を定義すること

ジャーナリズムまたはジャーナリストにとって、第一に要請されるのは〝現代〟の定義である。そのことを離れてジャーナリズム・ジャーナリストの主体の確立はない。が、現代、現代状況、現代世界をどう認識するかに関わるこの定義は、ジャーナリズムやジャーナリストにとって、必ずしも容易ではない。何よりも現代という時代自体が、その定義者を時代の内部に呼吸させることによって成り立つものであり、したがってその定義は、科学的・理論的であるとともに主体的・実践的であることをもとめられる。しかし考えてみれば、この定義のしかたは、ジャーナリズム・ジャーナリストに最も適合したものではないのか。定義自体がすぐれてジャーナリスティックだとも言い得る。言いかえれば、ジャーナリズムの仕事は高度に現代的な、現代状況をその主体的な活動を通じて体現し得る仕事だということである。

現代の定義はまた、現代という時代がいつから始まるかという、その時代区分のしかたとともにあり、この時代区分がまた、定義者それぞれの観点によって実に多様であり得るということが、この定義をむずかしいものにしている。広くは、フランス大革命以後を現代とする定義があり、狭くは、第二次大戦後の時代を現代とする観かたがある。しかしこの二者は、現代という時代の定義に関して対極に立つように見えて、共通の観点に支えられている。どちらも、いま自分がこの時代を呼吸しているという主体的な観点を主軸にするという点で相通じており、要はその時代の幅を長くとるか短くとるかの相違なのである。

もとより両者ともそれぞれの前時代との性格の相違や、それにもとづく断点をその時代認識の前提に置いているのではあるが、その認識は科学的なものであるよりも常識的なものであり、その点でこの二つの時代区分は、現代を一八七〇年代以降とする説、一九〇〇年説、一九一七〜八年説等の諸説とは観点の主軸を異にする。後者の諸説はあくまで時代の性格に沿った観点を主軸に現代を定義する。

後者の諸定義もジャーナリズム・ジャーナリストの諸活動と無縁ではないが、ジャーナリズム・ジャーナリストの活動が日常的・実践的なものであるかぎり、その諸活動は眼の前のなまなましい現実の諸断片との格闘から出発せざるを得ず、したがって前者の、いま自身がここに身を置いて活動しているという、現代状況に対する主体的な観点こそが、ジャーナリズム・ジャーナリストにとってふさわしいものと言えよう。そしてここでは、そうした主体的な観点からの現代の定義に関して、フランス大革命以後の近・現代を包括する巨視的・歴史的な観点よりも、より微視的・より日常的な、つまり日常的現実に立脚しつつそこから歴史の現況に眼を投じ得るような、第二次大戦後の時代ないし世界を現代ないし現代世界と定義する観点にひと先ず立って論を進めてみたいと思う。

いずれにせよ、ジャーナリズムあるいはジャーナリストにとって現代を定義するとは、いま自身が呼吸する時代状況の認識にもとづいて、日々生起する諸事件に対する自身の視線を規制ないしは規定するものである。こうした自身の視線の規制や規定は、ジャーナリズム・ジャーナリストの活動には不要ではないか、さらには有害ではないか、という議論もあろう。が、ジャーナリズム・ジャーナリストの、諸事件への柔軟・自在な対応は、逆に、時代状況の科学的認識にもとづく自身の視線の規制によって保証されるものであり、またそのことによって事件自体がその全容をあらわにするのを期待することができる。

時代状況の認識を欠いた諸事件への対応は、概ねそれぞれの事件をその表層においてのみとらえ、事件の構造に肉薄せず、また事件の展開や推移を、取材・報道の主体を喪った一喜一憂のうちに、個々の局面に分断する結果をも生じかねない。ジャーナリズムあるいはジャーナリストの諸事件への〝ありのまま〟の対応とは、しばしば一個の観念にすぎぬものであり、それはむしろ、諸事件の取材や報道にあたって、ジャーナリズムやジャーナリストが無意識のうちに保持しているさまざまな先入観や習性を許容してしまうものである。

今日のジャーナリズムが掲げる〝公正・中立〟の主張も、抽象性を帯びたままの観念にとどまってはならないだろう。加藤周一はかつて、ジャーナリズムに横行する観念的中立論を『孟子』の〝子莫の中〟にたとえて、中庸の立場とは両極の主張の中点にはなく、状況の主体的な認識と判断のうちにあると述べたが、これをさらに敷衍すれば、ジャーナリズムの〝公正・中立〟は、第二次大戦後の世界における中立概念およびその時代的意味と無縁ではない。

一国の政府が他国との間に何らかの同盟を取り結んだ時、その国のジャーナリズムはその国際関係あるいは世界情勢に向ける視線を国家機構とその方針に枠組みされてはならないだろう。世界に生起しつつある諸事件をジャーナリズムがどの地点から見るかということは、否応なくその視線を規制するものではあるが、それだからこそジャーナリズムは、自身の立つ位置からの〝遠近法〟を超えて事件自体の性格を解き明かすために、自らをさきの枠組みから解き放たなければならない。時代状況の認識にもとづく自身の視線の規制はそのためにこそ必要であり、そしてこれは、さきの枠組みによる視線の規制とは対極に立つものである。

戦後の中立概念はその点でジャーナリズムに対して、国際諸関係や世界情勢に関して報道の自由を保証するものであり、また戦争と平和、ファシズムと民主主義、一国による他国・他民族の支配・干渉と諸民族の自立・共存・相互不干渉等に関して後者の立場に立つことを、ジャーナリズムに要請するものである。事実、戦争と平和とに関して、あるいはファシズムと民主主義とに関して、両者の間に立つ中間的な立場は基本的にはあり得ないし、その点で〝公正・中立〟とは、諸事件の報道において批評の眼をもとめているのである。この、報道の批評性を支えるのが現代の定義である。

〝事前の関心〟をもつこと

事件の発生以前に、その事件に対して関心を抱く。それはあり得ないことではない。中南米の研究者は、この地域の一国に大事件が生ずる以前から、その事件の発生をある程度予感ないしは予測するということがあり得るだろう。また事件の発生時に、その事件の今後の展開をこれもある程度まで見透すことも可能だろう。時には既知の対象への先入主から、事件の思いがけぬ生起や展開を逆に見あやまることもあろうが、これは研究者自身の関心領域や分野の内部に新たな事件が発生したという事態であり、事件はその研究をさらに深めるだろう。この、研究と事件との相互のかかわりは、ジャーナリズム・ジャーナリストに関しても同様に言い得ることである。

いうまでもなくジャーナリスト個々人は、個別の分野や問題に対して専門家ではない。また、専門家であってはならぬところがジャーナリストにはある。が、現代状況に対するジャーナリストの日常的関心は、その視野をたえず状況全般に拡げているとは言え、その個別的関心をある個別分野や個別地域に注ぐことを妨げない。逆に、ある分野や地域に注がれる深い関心が、ジャーナリスト本来の、状況全般への視野をよりリアルなものに、またアクチュアルなものに高めてゆくのであろう。少なくとも、一国あるいは一地域に対する三年ないしは五年の調査・研究が、当該国や地域における事件の発生にあたって、事件の解剖に力を発揮し得るであろうことは言を俟たないし、ある航空会社の内情にかなり精通していることが、航空機にまつわる一事件に関して、当のジャーナリストに少なくともある切り口を与えるであろうことも、容易に理解し得る。

要は〝事前の関心〟にあるのであって、事件が起きて事件を知るという以前に、ジャーナリズムやジャーナリストには、その事件ないしはその周辺や背景に関して、ある〝知りかた〟がもとめられているのである。

報道の態勢が事件以前に組まれていると言ってもよい。報道が事件を待つとも言い得るこのことは、しかし昨今の、万博の開催や、日付が明確になってはいなくとも近々に予測し得る出来事に対して、報道が事前に万全の態勢を組むということとは意味を異にする。ジャーナリズム・ジャーナリストの漠然たる予感や予測を超えて、予期せぬ諸要素を含み、誰もがはじめて眼にする具体的な様相を見せて発生・展開する諸事件に対して、即座に主体的に対応あるいは対決し得る報道の態勢のことを、ここでは問題にしている。そして、ここで言う〝主体的〟とは、単に事件の刻々の速報が可能だということではなく、事件の、起こり得べくして起こった(それは予感・予測の問題ではなく、事件が起こってはじめてあらわになることである)所以を、事件の展開とともに解き明かしてゆく態勢のことである。

事件自体が語っているものを、事件の取材・報道の過程で読みとってゆくことが、この態勢のもとで可能となる。それはプロ野球の投手や捕手が、試合の前夜に、試合当日の打者一人一人に対する全投球内容を、〝具体的〟に組み立ててゆく作業にもやや似て、野球においてその事前の構想が、実際の試合に際して全く組みかえられてはじめて具体化するのと同様、実際的に見えてすぐれて抽象理論的(生身のものでない)この態勢は、発生・展開する事件の性格や構造に即応して現実のものとなる。なおこの〝抽象理論〟がジャーナリズム・ジャーナリストの主体にとって必須なのである。

〝事前の関心〟は、したがって、個々の問題や地域への個別的関心を含みつつ、ジャーナリズム・ジャーナリスト一般にとっては、状況全般の認識を支えに成立し、また磨かれる。ここでも現代の定義がものを言うわけであるが、この点に関しての現代の定義は、ジャーナリズム・ジャーナリストの活動の前提であるとともに、その諸活動のなかで、より鋭くまたより実感的に把握されてゆくべきものでもある。

事前の関心とは、単なる職業的関心ではない。ジャーナリズム・ジャーナリストの活動を促進するのは卓抜な好奇の心ではあるが、職業人としてのそれよりも日常人としての政治的あるいは社会的関心のありようが、ジャーナリスト一人一人の職業的好奇心を支える。ジャーナリズム・ジャーナリストがその胎内に抱く問題関心は、基本的に日常生活を営む上での関心であり、その共通の関心がジャーナリズムの送り手と受け手とを結ぶのである。

ジャーナリズムはその職業的機構による諸々のアンテナを、それをもたない読者や視聴者の日常生活の便宜のために供するのであって、そのアンテナにとらえられたいかなる情報が読者や視聴者の日常生活にとって必要不可欠なものであるかの判断は、ジャーナリズム・ジャーナリストの側にある。と言うのは、読者側からの直接の、顕在化した要請が、必ずしも常にその生活の営みにとっての必要情報（もとより実用性のみではない）とは限らぬからだ。〝読者ニーズ〟と呼ばれるものの陥穽はそこにひそんでいる。視聴率の危険も同様で、それはしばしばジャーナリズム機構による、あるいはジャーナリズム自体をも操作対象とした政治機構の、規制や操作の結果である。

ジャーナリズム・ジャーナリストの抱く社会的な関心が基本的に日常生活の営みに立脚したものであることが、ジャーナリスト一般が専門家としての職業人であることを妨げる最も大きな要因であるのだが、そしてジャーナリストの堕落の要因もまた、その職業的関心と日常的関心の乖離のなかにあるのだが、その上でのジャーナリスト個々人の高度の専門性は、何らそれと抵触するものではない。さらに、ジャーナリストはその職業上、ジャーナリズム機構のもつ諸機能を活用して、自身の日常的視野を一般人よりも遥かに拡大することが可能でもある。

また情報の入手も幅広く速い。ジャーナリズムの送り手と受け手との差異はそうした量的差異であって、両者を単に情報を伝達する者とそれを享受する者といった対極性においてのみとらえ、その差異を質的なものにまで拡大してはならない。それは、ほかならぬジャーナリズムあるいはジャーナリスト自身にとって命取りとなることである。日常的関心を最も鋭く保持した一日常人であることが、本来のジャーナリストの姿なのであろう。その〝事前の関心〟もその基盤の上に保持されるべきものである。

現場に立つこと

現場という言葉は、ジャーナリズムにとって最大のキーワードである。一度、事件現場・制作現場の喪失という提起をして〝現場〟からの反論を受けたことがあった。反論は当然のことであり、現場の喪失とは、ジャーナリズムやジャーナリストの主体の喪失に直ちにつながることである。問題の提起のわかりにくさにあったと思っている。が、問題自体も多少難解なのであって、例えば虚偽の伝達が単に事実の捏造にのみもとづくものであるならば問題はない。が、伝達されるものがすべて事実であっても、囲碁将棋における手順前後と同様、その配列の仕方によっては虚偽が生じ、また部分的事実によって全体を呼称するのはもとより、部分的事実の積み上げによって全体を再構築する作業にもしばしば虚偽が生ずる。さらに、かつて中井正一が論じたように、確信にもとづかぬ主張も、また時に確信しつつ主張しないことも、判断を欠いた同意も、虚偽を構成する。これらすべてジャーナリズムの活動に密接にかかわることであって、現場の喪失という局面の認識もそうした論理構造と無関係ではなかった。今日〝発表報道〟の名で呼ばれる報道の一形態も、この論理構造とかかわったところに成立していないか。

チャップリンの『独裁者』のラストに、六分間の、現実の演説とすればきわめて短い、つまり語る言葉が極度に圧縮された、しかしドラマのせりふとしては驚異的な長さをもった〝大演説〟がある。この演説場面に関しては、公開当時もまたその後においても賛否をまじえたさまざまな論評があった。が、チャーリーともう一人の人物シュルツとが肩を並べ野なかの一本道を歩いてくる場面からこの演説場面まで、チャップリンは実に周到緻密に場面構築をおこなっており、彼はこの緻密な構築を通じて私たちに作者からのメッセージを送ってきているのである。

演説自体の内容も重要な意味をもつが、画面からの語りかけはこの演説の言葉だけでなく、その語る言葉を含めて画面処理とその構築の全体のなかにある。若しさまざまな論評が、このメッセージの全体を解読し得ず、単に演説に盛られた言葉だけに対応して、その芸術的価値を云々しているのであるとすれば、その論評者はこの作品を、少なくともこの場面を観ていないということにもなり、むしろ論評自体の価値が云々されるということにもなろう。事件現場とその取材・報道にも、しばしばこういう事態が生じていないだろうか。

現場とは、いうまでもなく特定の〝場所〟をのみ指示する言葉ではない。現場に立つとは、したがって、その事件現場を事件現場たらしめている諸要因や諸条件を認識することとともにある。最も単純に火事現場ならば、第一に目下延焼中の現場を指すのであろうが、しばしば消火後の焼跡において罹災者の深刻な生活上の問題等々に突き当たる。火災の報道がその火災の規模をのみ伝達するものでない以上、事前の原因調査や事後の被災の実態調査、さらに事前・事後の被災対策や補償問題等々を含めて、現場は微妙に、あるいは大きく移動し得るのである。また現場自体が取材の姿勢や取材者の現場に注ぐ視線のありかたによって、当然のことながらその様相を大きく変えもするのである。多くの事件現場において、その様相はより複雑である。

そうした事件現場においてジャーナリストたちは、絶えず、自分は果たして現場に立っているのか、取材陣の群らがるここが果たして現場であり得ているのかの自問をくりかえさねばなるまい。かつて日航機よど号が金浦飛行場の一角に延々と、うずくまるように立ち往生を続けていた時に、またそれがくりかえしTVの画面にその姿を見せていた時に、この時点で果たしてこの機影を見せる金浦飛行場の一角のみが現場なのであろうかと、疑念を抱き続けていたことがあった。少なくともよど号が板付飛行場を飛び立って以来、よど号の飛行は単に自力によるものでなく、何か外部からの操縦によって飛ばされているような感を与えた。この間に生じた誤報や虚報は、それが何故に生じたかの検証を経ることなく、現実世界の進行の一角に疑似現実を投入したままになった。虚報の訂正はあっても、その根源が探られないかぎり、現実の流れのなかに混入した疑似現実は完全に払拭されぬことを考えねばならぬ。

同様のことはほぼ同時期のいわゆる安田講堂攻防戦にも感じられたのであった。あの二日にわたる華美な報道は、耳目をこの本郷の一角に集めたが、この時も、ここがそれ以前から続いていた〝大学紛争〟の果たして現場なのであろうかとの疑念を抱かせた。確かにこの攻防戦はセンセーショナルなものであったが、これは紛争自体の性格とどうかかわるものなのか。

事件と報道との錯綜した関係が顕著に見られるようになるのはほぼこの時期からである。一事件の進行の過程に小事件が生じ、あるいは時にそれが人為的にしつらえられ、それが報道とからむことによって現実の事件全体の流れが変わる、あるいは変えられる。報道が事件を追うのみでなく、報道を狙っての事件の発生が見られる。報道が現実の事件自体に、無意図のまま深く介入してゆく。そうしたさまざまな大小の事例が各処に見られる。ジャーナリズム自体が操作対象になり得るのも、そうした事態においてである。このような事態においては、ジャーナリズムやジャーナリストにとって、事件現場の索定は容易でないものとなる。現実の複雑な様相を帯びた事態の進行を前にした右往左往から身を避けるために、現代の定義――とりわけここでは、情報化社会と呼ばれる時代の様相とその性格の認識が、ジャーナリズムやジャーナリストの自己認識を含むものとして、重要な意味を帯びる――が、ジャーナリズム・ジャーナリストにとって必要な所以がここにもある。

〝自分の眼〟で見ること

すぐれた映像作家であった溝口健二が、旅行にカメラを携帯することを嫌った事実はよく知られている。対象を自分の眼でよく見なくなる、というのがその理由だという。その〝自分の眼〟とは何であるか。〝よく見る〟とは何であるか。

海外旅行において、現地に取材しつつ〝日本的〟風景となってしまっている風景写真の数多い実例は、溝口の指摘を裏書きする。対象自体のかもし出す雰囲気、あるいは対象のほうから語りかけてくるものと言ってもよいが、それにふれることで生まれる出会いの情緒――観世寿夫はそれを〝花はふと咲く〟の名言で呼んだが――によらず、対象を自身の情緒に包みこんでとらえようとするいわゆる情緒付与方式は、風景写真にかぎらず、ジャーナリズムやジャーナリストの事件現場における取材対象への対応にも、またその報道の文体にもしばしば見られるものである。

かつてのナチの視聴覚文化の重視とその映像表現の基軸はそこに置かれていたのであり、それとは対極にも立つはずの、たとえば六五年に最も盛んだったヴェトナム戦争の現地取材の映像にも、そうした画面は少なからず見られたのである。そこには、特定の戦争が現に進行しているその実態を、〝戦争一般〟を見る目にくるんでとらえようとする姿勢が見られ、幾つかの映像はその姿勢自体を映し出していたのだが、そのために現地の実相は画面の奥にしりぞき、取材者自身が現地に立ちつつ現地から遠ざかるという事態をも生んだ。情緒付与の報道の文体も同様に、諸事件を報道しつつ事件自体をその文体の背後に蔽い隠す働きをもつ。そうした〝主観的〟な映像や文体は〝自分の眼〟によるものではないと、溝口の指摘は間接的にこの種の報道を批評し得ている。

ジャーナリズム・ジャーナリストにとっての〝自分の眼〟とは、その職業ないしは職業的機構以前に自身に内在しているはずの日常的関心を呼び起こすことによって成り立つのでもあろうが、その関心がまた、自身の慣れている日常的現実とそのなかで培われてきた習性とによって、その〝現実〟のいわば外にある諸事態を、その習性の眼を通して見ようとしがちだということに、ジャーナリズム・ジャーナリストはその注意を喚起する必要があるだろう。溝口の〝よく見る〟とはこのことであって、言いかえれば、彼は、よく見ることによってそこから自分の眼が生まれてくるものだということを語ろうとしているのだ。

事件現場に立つジャーナリストは、それが自分にとって常に未知なるものとの遭遇であること、少なくともその事件現場が自分にとっての未知の部分をはらんでおり、それが既知の目を一度捨て去ることによってはじめて自分自身の眼に映ってくるものであることを考えねばならない。さらにこれをひろげて考えれば、眼前の諸事態が現代という時代の進行の渦中にあって、したがってそこに現代状況全体への波紋のひろがりを示唆するものを保持・呈示していること、そして、そこに立って、自身がこの現代状況の一角に間違いなく立っていることを感得したとき、自身がほかならぬ〝自分の眼〟をもち得ていることに気づくのではないか。さらに考えてみれば、これはすぐれてジャーナリスティックなことであるとともに、私たち現代に呼吸する者全体にひとしくもとめられているものでもあった。

龍馬の〝構想〟について　1988. 5

1　〝戦後〟の像としての龍馬

坂本龍馬の構想、と言っても、龍馬の抱いていたのがはたして構想という名で呼べるものであるかどうか、そのことがまず気になるわけですが、それ以前に、何故いま龍馬なのか、ということについて考えてみなければならないのではないかと思います。

龍馬は「戦後」の人物であります。

戦前にも、〝龍馬〟は生きていて、私が子どもの頃には「海軍の祖」とも言われ、しかもその割には大々的に喧伝されることもなく、奇妙な印象を残しています。また、それ以前にも、大正期には龍馬のデモクラティックな性格を照射した龍馬像もあったようであり、さらにさかのぼれば、『汗血千里駒』(坂崎紫瀾)に見られる英傑像もありますが、やはりその像が明確な形をとるようになったのは、戦後になってからのことです。歴史上の人物の像が時代ごとにその相貌を変えるのは、時代の趣味ともいうべきものを映して、いわば当然のことであり、その何代もの像の累積の上に人物のイメージが確定してゆくということも、これまた当然なのではありますが、龍馬のように八〇年にもわたってそのすがたを茫漠たるままにしていながら、ある時期に、急にその相貌を鮮明なものにするというのは、やはり珍しいケースに属すると思います。

たしかに戦前、戦時に生きられぬ像というものはあった。時流にあわず、その像がひとびとの前から遠ざけられる。時の支配層から葬られることで、ひとびとの前から一時その姿を消すのは、彼がただちに死滅することを意味するわけではありませんが、それでも一時の休眠は、ある忘却をひとびとにもたらすものだと思います。龍馬の場合には、その時期にも、ひとびとの前に全く姿を現わさなくなったり、姿を現わすことを禁じられるという性格の人物ではない。事実、龍馬の名は当時でも知られてはいたし、維新をもたらした重要な一人物としての敬意も払われてもいた。にもかかわらず、龍馬の像はきわめてあいまいなものでもあったのです。と言って、謎の人物ということでもなかった。そのあたりにも龍馬という人物のなかなかの曲者ぶりがうかがわれるのかもしれませんが、厄介な時代を細々とながら生きぬいてきて、自身の名とその業績とを部分的にせよ後代に伝えてゆく。あるいはそれは、龍馬の周辺の人たち、明治政府の骨格をつくってきた人たちが、龍馬の名を歴史のなかからまったく消し去ることはできなかった、ということかもしれません。そして細々と生き続けてきたことが、彼自身の性格によるものなのか、それとも周囲のさしがねなのか、そのどちらとも言えない。逆に、そのどちらでもあるのだろうというあたりに、また〝龍馬らしさ〟がある。

戦後に龍馬は、その〝らしさ〟のにおいをまるごとかかえながら、自身の像を明示するようになった。ここには、私たちの〝戦後〟という時代の性格の問題もあります。いま私たちが「戦後」と言う場合に、それは一方でこの時代のもつ実体に即してそれを戦後と呼ぶ、と同時に、他方〝戦後〟とは、強烈ではあっても一個のイメージにすぎない。確かな実体でもあり、同時に願望を含んでイメージでもあるというところに、大戦後という意味を超えて「戦後」ということばの生きぬいてきた意味があると私は思います。そして龍馬の像には、この時代を担うにふさわしいものがある。

戦後の構想、ということが、かつても、またいまでも、的確な言葉で叙述され得るかどうか。時代の性格を簡潔に述べるには、この時代はあまりにも複雑な様相を呈している。「戦後」の時代の歩みは、どの時代にも言えることではありますが、戦後と反戦後との格闘の歴史だと言うことができる。さらに戦時と戦後との断絶と連続に、幾通りもの経路を交錯させつつ、戦後社会を形成してゆく。そして、「反戦後」の主張もが、〝戦後〟の名で自身を呼ぶわけであります。このように戦後という言葉の意味内容の複雑さは、この言葉が単に第二次大戦に続く時期を指示するだけでなく、時代の〝ありかた〟というか、その時代の理念とも呼び得るものを内包して、戦争に〝続かぬ〟時期であることを主張しようとする。しかもこの主張のしかたにも実にさまざまなものがある、ということに由来しているように思います。

敗戦と終戦という二つの言葉のもちいかたや、両者の葛藤、さらにその語意や語感の、戦後史の過程での微妙な変化のなかにも、そのことがうかがわれると思いますが、それとともに、あるいは後代になって、近代と現代との時代の区切り目がちょうどこの戦後の出発点のところに置かれるのではないかと思われるふしもあり、だからこそまた、いまはまだその全体構想というものが提示しにくい。時代区分とか時代の性格とかの確定は、あまり軽々しく、また急いでおこなわるべきでない。戦後という時代を論ずることのむつかしさは、そのことにもかかわってくるのではないかと思われます。

しかし、私たちのひとりひとりがこの時代を生きてゆくための、そのための〝構想〟というものはもとめられています。しかもそれを全体として包んだ状況の流れというものがある。さらにさきほども述べましたように、時代の〝ある構想〟というものの支えや、それとふれ合ってゆくところがなければ、生きるという意味でそれと切実にかかわってゆくところがなければ、戦後ということばがこうも長く、さまざまな戦後否定の策動に耐えて生き続けてこられるはずがないのです。〝戦後は終った〟と何度言われたか。おもしろいことに、その発言者自身が時期をおいてまた同じ言葉をくりかえさなければならない。戦争末期の「常徳占領」というくりかえしの報道をここであらためて思い出したりするのですが、同時にまた、注意してこの〝戦後は終った〟という言葉を読むと、それは〝戦争は終った〟と同義語であったりする。ここでは、〝戦争〟と〝戦後〟が重ね合わせにももちいられていて、そこにも論者たちの戦後否定のかくされた論旨がうかがわれたりもするのです。が、それはともかく、戦後という時代には、その時代の〝構想〟と言えるものを、他のどの時代にもまして、生きてゆくなかで掘りおこそうとさせるものがある。構想は当面、ひとりひとりの人間の側によりも、ひとびとのさまざまの生きかたを包摂した時代の側にあって、それを探索することを私たちに求める。と考えてみると、龍馬という人物も、当時、明確な構想で時代の前途を見ていたというよりも、むしろそうした探索者の趣きがあったのではないか。少なくともそういう人物の像としてこの戦後の時代に生きるようになったのではないかと思われます。

龍馬には維新期における他の誰よりも、そうした時代構想の探索者としての趣きがあります。そういうことで私は、維新における龍馬の存在とそのもつ意味をその〝構想〟を過大に評価することで、〝龍馬ありせば〟と喧伝しようとも思いませんし、その思想の変転する様によって、彼を単なるオポチュニストと故意に低めて見るつもりもありません。その点で言えば、当時の多くの志士たちがかかげた〝尊王攘夷〟は、思想というよりも、多分に観念的なスローガンであり、あるいは時代の熱気そのものであって、龍馬も一時その熱に浮かされたこともあったが、彼の性格から言って他の人たちよりも早くさめてしまったというか、あるいはそのことをも含めて、この〝尊王攘夷〟のスローガンをかいくぐったところに、時代の流れにふれあうものを感じとり始めた、というところではないのでしょうか。しかも龍馬のおもしろさは、とりわけ志士たちの動きのなかに体現されている時代の熱気が、無意識のままに時代の流れを映しとっている面があることも感じていた。そこに思想家というよりは運動家ないし行動者としての彼の像を浮かびあがらせていることでしょう。そこにこそ彼の〝探索者〟としての趣きが強く感じられます。

私はここで、あくまで「戦後」の人物像としての龍馬を見ています。その点でまだ私は、彼を、彼自身の生きた時代に即して見ているわけではありません。そうした偏光グラスを通して龍馬の像をまず見てみたいと思ったのです。そのことなしに、龍馬をいま論ずることはなかなかできないものであるようにも思っています。彼のひとつひとつの業績——海援隊の組織、薩長同盟の推進、船中八策や大政奉還にかかわる諸提案と、あるいはまたそれ以前の脱藩の行動と、海舟との師弟の交わりと、それぞれが彼の内部でどのように一貫した〝構想〟のもとにあるかを問うて、その当否を測定するよりも、彼にそうした諸行為を促し、その内的必然とか、その内的な完結性とかをこえて、そこに状況と彼とのかかわりをもたらしたものを考えてゆくほうが、あるいは龍馬に即していると言えるのではないか。それが少なくとも龍馬の像の〝あいまいさ〟を解く鍵の一つにもなるのではないかと思います。戦後における龍馬の像と言うよりも、龍馬の像における戦後の意味と言うべきでしょうか。

2　思想的〝脱藩〟の意味

龍馬が脱藩したのは、一八六二年（文久二）の三月二十四日、そのとき（二十五日）土佐勤王党の同志平井収二郎から妹加尾に宛てた手紙があります。そのなかに「龍馬は人物なれども書物を読ぬゆへ、時としては間違ひし事も御座候得ば、よく〳〵御心得あるべく候」という一節がある。「人物なれども書物を読ぬゆへ」がおもしろいと思います。

加尾は当時、容堂の妹友姫に付きしたがって三条家に仕えていた。司馬遼太郎氏の『竜馬がゆく』では、「お田鶴さま」として登場する女性ですが、龍馬とは心の通じ合う仲であったのでしょう。前年の九月に龍馬が加尾に宛てて奇妙な手紙を出していますし、兄収二郎としても、龍馬が間違いなく加尾のもとに寄ると考えて、注意をしたのでしょう。「たとへ龍馬よりいかなる事を相談いたし候とも、決して承知不ㇾ可ㇾ致」という文言も、その文中にあります。龍馬の破天荒ぶりを証言する一資料でありますが、「書物を読ぬ」という友人の指摘は、なおかつ「人物」だという評価とともに、龍馬を、とりわけその構想を考える上で、重要なポイントになり得るものでありましょう。

司馬遼太郎氏は、よく信長や龍馬に関して、彼らが新しい時代の様相を見通し得たのは、彼らが〝教養〟をもたなかったからだ、という言いかたをしておられますが、この「教養がない」というのもおもしろい指摘です。いうまでもなくそれは、龍馬がインテリでなかったとか、知性に欠けるところがあったとかいうのでなく、当時の一応の教養人たちが常識としていたことや、ごく常識的にその教養として身につけようとしていた書物群と、縁がなかった、少なくともその〝常識〟にあまりしたがう気持がなかった、ということでありましょう。あるいは、そこには武士として心得ておくべき儀礼的なたしなみや習慣を含ませてもいいでしょう。そしてそれらは、とりわけ転形期と呼ばれる時代には、目の前の現実を〝あるがまま〟に見るのに、しばしば妨げになる。

現実を、あるがままに見るというのは、なかなかむつかしいことで、私たちはふつう、同時代の諸事象を、前時代の目で見ているものです。現実をあるがままに見るためには、私たちはさまざまな修練をへてそこに到達しなければならない。本来、教養とはそのために必要なものなのでありましょうが、私たちの〝教養〟はともすればその逆の方向へと働きがちです。が、時に信長や龍馬のように、〝あるがまま〟に比較的たやすく到達し得る資質をもった人たちがいる。彼らにとっては、司馬氏の言うように、その〝教養〟のなさが、同時代を素直な目で見るのに有利に働いていたということもできます。しかし、ごく日常的な側面からその人たちの言動を見れば、周囲にはそれが奇妙にも風変りにも見える。彼らが全く破天荒な男にも映るのだと思います。日常の、というより通俗の目というものは、自分で実感し得ないもの、測りがたいものに、しばしば拒否的に働くものですが、彼らの物事を見、また測る尺度がその点で〝常人〟とちがう。しかし、それをまた直ちに〝構想〟の名で呼ぶわけにはいかない、と思います。このとき龍馬が脱藩したのも、決して彼自身の将来と時代の動向とに明確な見通しを立てての上だったとはとても考えられない。むしろ他の多くの脱藩志士たちと同様に、やむにやまれぬ思いで時勢に身を投じてゆくという行動だったのでしょう。ただ龍馬の場合には、平井収二郎の手紙にあるように、はたして彼が他の同志たちと同じように〝志士〟としての活動に没入してゆけるのかどうか、〝尊王攘夷〟という観念的なスローガンのなかに身を没してゆけるのかどうかということが、周囲には案じられたのでありましょう。

彼は何をやりだすかわからない、という不安や危惧を周囲の人たちにもたせていた。そしてそこに龍馬の人間像のおもしろさがあるように思います。逆に、一片の観念的スローガンに殉じ得るというほうが、実際行動としては何をやり出すかわからない。厳密に言えば、その行動は無思想ということにもつながるのですが、この場合、龍馬のほうが逆に〝無思想〟の名で呼ばれる。これはかなり厄介な、むつかしい問題をはらんでいるように思います。例の〝小刀・ピストル・万国公法〟のエピソードも、このことに関連しているとも言えますが、それも龍馬の、ひとの意表をつく発想や行動という形でだけ説明されるのでなく、むしろ、意表をつかれる側の問題として考えらるべきなのでしょう。

『竜馬がゆく』のなかに、龍馬が讃岐・丸亀の城下で、一人の青年に天下の情勢を説く件《くだ》りがあります。青年はじっとしておれなくなる。そこでの会話が興味深い。

「やります」

肩をふるわせながらいった。

「なにをやるのかね」

などと龍馬は人のわるいことはいわない。

この、「なにをやるのかね」などと龍馬はいわない、というのがなかなか味のあるところで、「やります」という青年の決意を、当時の武士たちの異常なエネルギーをシンボライズするものとして評価しながら、同時に揶揄もしている。そしてこの揶揄を龍馬からちょっと身を離したところに成立させているところに作者の心にくさがあるわけで、そこに〝などと言わない〟龍馬のせりふの秘密があるわけですが、ともかく龍馬の行動性は、彼の内面の「やります」に支えられながら、現実行動としてはそのままストレートに「やります」に突き進んでゆかないところがある。それがまた周囲にあやぶまれるゆえんでもあったのでしょう。

脱藩の動機は、たしかに京での〝義挙〟に参加するということでもあったのでしょうが、脱藩後の行動を見ると、一概にそうも言えないところがある。あるいは、武市半平太たちとの共同行動からの離脱ということも、彼の内心では動機の一つになり得ていたかもしれない。それも、一藩の枠内での変革はいま現実にはみのり得ないという明確な判断よりも、どうもこれはちがう、という前途への漠然たる危惧だったのではあるまいか。が、ともかく彼はここで、当時の藩内での行動に見切りをつけると同時に、藩自体にも訣別してゆくわけです。そしてさらに、藩外でのいわゆる〝志士〟的行動からもはずれてゆく。

藩内での変革に見通しがないことを感じた（のであろう）龍馬の目は、同時に〝義挙〟にも見通しのなさを感じとってゆく。そういう点で、龍馬の脱藩は、〝藩〟からもまた〝志士的行動〟の類型からもはずれるという、きわめて不安定な、そして無保障の状態に身を置くことによって、状況とその行方を正確に、そして実際的に見てゆこうとするように、彼の目をきたえてゆくことになる。脱藩は、龍馬にとってそういう意味をもつものであったと言うことができましょう。彼の時代に対する〝構想〟がみのってゆくのは、この脱藩を契機としてであり、その点から龍馬の脱藩を〝思想的脱藩〟の名で呼ぶことも可能かと思います。龍馬が海舟と出会うのはこの後ですが、この海舟との出会いも、この脱藩（のしかた）によって用意される。龍馬はここから彼の人生における大航海に乗り出すわけで、その航海になおたえず漂流のにおいがつきまとうのも、龍馬らしいと言えましょうか。漂流そのものが目的のようなところもある。一々の行動が、それ自体の目的をこえて、もっと大きな、しかし自身にもそれとハッキリはつかめないような目標への道程としてある。龍馬の行動が周囲になかなか理解されにくいのも、そうした彼の行動様式にもとづいてのことではないのでしょうか。

3　〝世の中〟を見る目

「世の中の事ハ月と雲、実ニどフなるものやしらず、おかしきものなり」。これは一八六六年（慶応二）の十二月四日、龍馬が姉の乙女に宛てた手紙の一節であります。彼はこのときお龍とともに鹿児島に旅行し、その模様を乙女宛にくわしく書き綴っています。実に愉快な文章で、龍馬の人間のおもしろさを如実に示していますが、そのなかにさきの文句があります。世の中はどういう方向に進むか、ひとりひとりの人間には測り難い、という時代の流れを見る目は、その渦中にあって時流を推進してゆこうとする者にとって、容易にもち得ないものでありましょう。ここにも龍馬の精神の自由さとその自己の行動を客観視し得る資質が顔を出していますが、とくに「おかしきものなり」の一語が龍馬らしい。自身で倒幕のための薩長同盟を実現させながら、多少の自負を混えながらその喜びかたが、おかしさということばで表現される。このように自己の行動を客観的にみつめている者が、世の中の傍観者や隠遁者でなく、人一倍すぐれた行動者であるというところに龍馬の真髄があるようです。

乙女への手紙には続いて「うちにおりてみそよたきゞよ、年のくれハ米うけとりよなどよりハ、天下のセ話ハ実ニおふざッパいなるものニて、命さへすてれバおもしろき事なり」と記されています。天下のことに思いを馳せながら、米みそのことなどにも目を配る。そして日常生活のさまざまな雑事に比べて、天下を動かすなどということはすこぶる大雑把なものだと言っているのもおもしろい。日常の茶飯事というより、生活を営んでゆくことと言ったほうがいいと思いますが、それと、天下の動向とが一つながりのものとしてとらえられている。日常の目を世の中の洞察にまでひろげてゆくということが、ごく自然に龍馬のなかで成立しているし、またそのための生死を賭けた行為も、肩肱張った姿勢でなく達観されている。

手紙には続いて「是から又春になれバ妻ハ鹿児島につれかへりて、又京師の戦はじまらんと思へバ、あの方へも事ニより出かけて見よふかとも思ひよります」と、なにか火事見物の野次馬のような書きかたです。「人と言ものハ短気してめったニ死ぬものでなし。又人おころすものでなしと、人ゝ申あへり」というのは、直前の寺田屋での事件の実感をも含めて述べているのでしょうが、同時にそれは龍馬の生死観を見せてもいます。

翌六七年（慶応三）十月九日に兄の坂本権平に宛てた手紙では、「此頃京坂のもよふ以前とハよ程相変、日〻にごてにごてと仕候得ども世の中は乱んとして中〻不乱ものにて候と、皆々申居候事ニ御座候」とあります。ここにも当事者としての逼迫感がない。その少し前、同じ年の六月二十四日の乙女おやべに宛てた手紙でも、「今御国のことお思ふニ、なにぶん何も、ものしらぬやつらがやかましくきんのふとやら、そんのふとやら天下の事おぬれてで粟つかむよふいゝちらし、そのものらが云ことおまことゝおもい、池のかゝさんや杉やのごけさんや、又ハおまへさんやが、おもいおり候よふす、……」とあって、いわゆる志士たちの動きのなかにただ架空の論議や行動があることをかなり苦々しく思っている龍馬の様子がうかがえます。もちろん、彼自身、こうした志士たちの動きが全体として無意味だと思っているわけではない。彼自身もそのなかに身を投じていったわけですから、それが近時の重要な動向だと考えてはいるのでしょうが、同時に、多くの志士たちのようにそれだけで世の中がくつがえるようには思っていない。「世の中は乱んとして中〻不乱のものにて」という一節が、龍馬の他の志士たちとの違いを見せる。とくにこの乙女への手紙では、彼女の他国へ出ようという思いをおさえなければならないということがありますから、世の中はそう甘くないよと強調もしているわけですが、一方で世の中のことはなかなかおかしいといわばおもしろがっていながら、決してそれは甘いものではないという冷徹な目が働いている。このあたりに、龍馬の端倪すべからざる面がのぞいています。

同じ年の十月に後藤象二郎に宛てた手紙では、直前の大政奉還に関する建白書にまつわる動きについて、「此余幕中の人情に不被行もの一ケ条在之候。其儀は江戸の銀座を京師にうつし候事なり。此一ケ条さへ被行候得バ、かへりて将軍職は其まゝにても、名ありて実なければバ恐るゝにたらずと奉存候。此所に能〻眼を御そゝぎ被成、……」と、将軍職はそのままでもよい、それよりも経済問題が基本だと、実に鋭い目を披露しています。一見、漠然と大まかに世の中を見ているようでいて、急所に届かす目が、当時の倒幕の指導者たちと異なるところにある。龍馬の〝構想〟が論ぜられるゆえんがここにもあると言えましょう。しかもこれは、彼の時勢を余裕をもってみつめている姿勢の上にあるものではなく、彼自身の切羽つまった思いが、この大政奉還の策にはあった。

同月十三日の同じく後藤宛ての手紙には、「万一先生一身失策の為に天下の大機会を失せバ、其罪天地ニ容るべからず。果して然らバ小弟亦薩長二藩の督責を免れず。豈徒ニ天地の間に立べけんや」と記されている。龍馬の手紙のなかでは、これほど緊迫した空気を伝えるものは、ちょっと他にないと言ってもいい。この挙に賭けた龍馬の思いを見せるものであります。この日、ついに大政奉還が実現する。

十月末から十一月十三日にかけては、陸奥宗光に宛てた三通の手紙があります。とくに十一月七日のものは、海援隊の今後に寄せる龍馬の考えをほの見せています。新政府の樹立に関する動きが固まれば、龍馬はまた海援隊の事業に打ち込んでいこうとしていたのでありましょう。追白には「世界の咄しも相成可申か」とあり、そこにも龍馬の将来への夢が映されている。「此頃おもしろき御咄しもおかしき御咄しも実に山〻ニて候」と、ひとと語り合いたい多くのことが龍馬の胸中に渦まいていたのでしょうが、ここでも「おもしろき」であり「おかしき」であり、この二つの言葉は龍馬の人生を、あるいは世の中を見る目を豊かに語る言葉であったようです。最後の、龍馬の絶筆とも推定されている手紙では、署名が「自然堂」とあり、これは彼の死の二日前のものと推定されていますが、自然堂とは、いかにも龍馬らしく、しかもこれは何か世を達観したような自署で、気にかかるものです。手紙の末尾には「小弟の長脇ざし御らん被成度とのこと、ごらんニいレ候」とあり、龍馬はその〝長脇差〟をついに抜くことなく死んだ。これはちょっと不思議なにおいをもつ手紙であります。

龍馬の構想とは、かならずしも龍馬自身のものではなく、他の多くの人びととの交わりのなかでしだいに身につけていったものであり、とくに海舟の指導やその知恵が大きかったのでしょうが、当時の諸知見の総合者であり、またそのすぐれた実践者としての彼自身のなかに、その〝構想〟は生きていたと見るべきでしょう。とりわけ彼のなかには、ここに挙げた手紙の文中からもうかがわれるように、状況とその推移を見る卓抜な目があった。時代の構想を、単に空論に終わらせることなく状況の渦中にもちこみ、それを一つ一つ実現していったその行動力こそ注目されていいことだと思います。しかも彼は、この時代にあって、また混沌とした情勢下にあって、行動というものの意味を知り、その意味を彼自身の行動から失うことがなかった。一種の行動の哲学というか、人生の哲学を生来、身につけていた龍馬だったからこそ、そのことが可能だったのかもしれない。その基本は市井の目であり、それを彼はその生い立ちと、とくにのちには〝長崎〟でみがいていったと思えます。新しい時代の構想が、単に大状況の転換としてでなく、つねに小状況から大状況へと貫かれてゆくものとしてあったことに龍馬のこの時代におけるユニークさが成立している。彼の〝構想〟が、時代に沿った、また時代にふさわしいものでありながら、なおその通りには〝新時代〟に実現せず、しかもそれがまったく死に絶えてしまうことなくのちの人びとに受け継がれる要素をもっているのも、その構想を支える彼の〝人間〟の資質にあったと言うべきではないでしょうか。

4　〝構想〟が生きつづける

一八六八年（明治元）の暮に一冊の小冊子が板行されています。『藩論』と題されるこの小冊子は、「春雄堂主人述記」となっていますが、この春雄堂主人とは一体誰なのか、またここに記されていることがどれほど生前の龍馬の意見をうつしとっているのか、諸説があって、いまなお断定はしがたい。しかし、明治の新時代の発足にあたって、ここに記されているような構想が提示されたということは、その筆者が誰であれ、注目に値いすることでありましょう。そして、ここでもまた、龍馬がどのようにかかわっているかが〝あいまい〟だというのは、むしろ小気味よささえ感じさせます。「予が旧友某藩士某氏ナル者、予ヲシテ此藩事ヲ論ゼシム」と、この『藩論』の小引には記されており、さらに「某氏ノ心機既ニ決シテ、予ガ辞ヲ許サズ、予ガ拙ヲ問ハズ。只管急成ヲ欲ルガ故ニ、今更博雅ノ訂正ヲ請テ、醜婦ガ白粉ニ粧フノ暇モナシ。特《ヒト》リ恐ル、其文以テ法ヲ失ヒ、其字以テ義ニ違ンコトヲ。斯ク自ラ浅陋ノ拙ヲ知レドモ、亦肯テ其需ニ応ズルハ唯某氏ノ懇志ニ答ルノミ」と、この〝某氏〟がかなり気にはなるのですが、より気になるのは「只管急成ヲ欲ルガ故ニ」と何か板行を急いでいるように見えることです。

春雄堂主人は、この稿を起してから十日足らずでまとめたと言う。だからこそ「醜婦ガ白粉ニ粧フノ暇モナシ」なのでしょうが、それにしても何故このように急いだのでしょうか。この『藩論』の板行された直後の明治二年の一月半ばには、薩長土の代表者たちが版籍奉還について討議し、二十日には四藩主による版籍奉還の上表を見るのですが、『藩論』の板行をこの動きと直ちに結びつけて考えるのも早計にすぎるでしょう。しかし、たしかにこの時期には、新政府の諸施策をふくめて、各藩の内部に改革へのさまざまな動きがあった。そしてそれらの動きは、時流に乗った、ないしは乗ろうとしたものではあっても、まだ自身の明確な目標を設定したものではなく、したがってまた統一的な方向を目指すものでもなかった。同時に、新時代への不安や新政府の諸施策への不満も、各藩の内部に渦巻いていたのでしょう。同年（明治二）には、新政府は新聞紙印行条例や出版条例によって、政府への批評や誹謗を禁じています。このような条例とともにあった新政府の諸施策も、新時代の望ましい方向を指しているかどうか。そうした諸方の動きに対して、時流の向うべきところを明示し、とるべき具体的諸施策を提案するというのは、たしかに緊急を要することではあったでありましょう。しかし、それが一日を争う性格のものであったとは、これも直ちに断定しがたい。

『藩論』は、その総論の冒頭に「頃日朝政ノ流レヲ汲デ、東家西藩争テ政治ノ体裁ヲ変革スト雖ドモ、百事ノ総裁或ハ新規ヲ取ルコト、其度ニ過ギ、志シナキモノハ為ニ不逞ヲ生ジ、或ハ又旧矩ヲ去ルコト其度ニ足ラズ」、また「或ハ一新ノ深味ヲ弁ゼズ。漫リニ当世ノ流行ニ溺レ俄ニ和訳ノ洋籍ヲ窺ヒ、又ハ航家ニ西情ヲ尋ネ、彼土ノ風ヲ此国ニ移シ、以テ万事ヲ宰セント欲シ、或ハ復古ノ底意ヲ解セズ、只管書獃ノ僻説ニ泥ミ、史ニ因リ籍ニ循テ古ヲ援キ、以テ今ニ証シ今時ノ俗ヲ昔時ニ易ヱ、以テ衆庶ヲ治メムト欲ス」と述べています。的確な時論であり、その実情をふまえて、『藩論』は新時代に処すべき方策を提示するのですが、それはとりわけ諸藩の藩主以下その上層部や新政府の中軸に位置する人びとの耳にさからうものでもあったでしょう。あわただしく記したために「其文以テ法ヲ失ヒ、其字以テ義ニ違ン」とは、あるいはそのことを考えての配慮でもあったのではないか。序論には、「某氏コノ書ヲ鍥スルヤ、素ヨリ世ニ訪フノ本意ニアラズ。唯其ノ社友子弟ノ徒エ、当世時論ノ一歩ヲ告諭シ、竊ニ藩議ヲ右ンガ為ノ、聊筆写ノ労ニ代ル老婆心切ナリ」とことわり、総論においても、「今春ノ頃、嘗テ余ガ知レル某藩臣、其主へ献策ノ書アリ、条件頗ル多シト雖ドモ、言或ハ忌ム処ナキニシモ非レバ、今悉ク記スルニ由ナシ」と、ここにも同様の心配りが見えます。この「某藩臣」の、その藩主への建言とは、現在は身代が安全に見えても明日はどうなるかわからない、一大変化があれば封建世襲などたちまち消滅してしまうだろう、というものですが、この『藩論』においても、封建世襲への批判はかなり手きびしい。

「凡ソ藩主タル者多クハ其身深閨ニ生レテ、……（中略）……成長シテ猶小児ノ如ク細事ヲ弁ゼズ、大事ヲ憚ラズ、坐シテ祖先ノ譲リヲ受ケ、身ハ錦繍に冬ヲ忘レテ、人ハ饑寒ニ艱ムヲ知ラズ」、また「藩臣ト雖ドモ貴門高地ニ生ル者、亦然リ」、さらに「下民ハ大率愚ニシテ、一時安ヲ易ルノ小害ヲ忌ミ、朦朧トシテ大利ノ在ル処ヲ弁ゼズ」等の大胆な指摘がある。こうした封建制度への批判や、同時に新政府の方針や施策にも転換をもとめてゆくようなその内容から、これをストレートに提示するより、「某氏」の名をかりて間接にその意見を伝えるという文体をとったほうが、諸方からの非難や圧迫への対処もかねて、当りもやわらぎひとびとの耳にとどきやすいのではないか、という配慮もうかがえるように思われます。したがって、「某氏」とは誰か、それは坂本龍馬ではないか、を論ずるより前に、「某氏」とはまずこの『藩論』において、さきの配慮をふくめた一種のグループ名のようなものだと考えたほうが好いのではないか。この「某氏」には当然、筆者自身の主張も含まれている。同時に、もう一方で、当時これだけの主張を開示するというのは、個人的な作業あるいは思考の枠をこえることだということからも、「某氏」に、簡単に一個人の名をあてはめたくない。〝某〟とは、そうした主体のあいまいさであって、しかし主張のあいまいさではない。その点も〝龍馬ふう〟と言えなくもないのですが、ただ、この『藩論』の主張は、諸氏の指摘のように、龍馬の意見をかなり色濃く映しているのは事実であるでしょう。

「夫レ天下国家ノ事、治ムルニ於テハ民コノ柄ヲ執ルモ可ナリ。乱スニ於テハ至尊之ヲ為スモ不可ナリ」とは、当時としてはおそるべき革新的な考えかたです。アメリカ独立宣言の趣旨にも似て、民権の原理ともいうべきものがここに顔を出している。「故ニ天下ヲ治メ国家ヲ理ムルノ権ハ、唯人心ノ向フ処ニ帰スベシ。藩内封土ヲ治ムルモ亦之ニ他ナラズ」と。これは新政府ならびに各藩における今後の政治の基本姿勢への提言です。そして、とくにこの『藩論』で注目すべきことは、版籍奉還が目前の大きな動きになってきている状況下に、新しい時代に即した各藩における改革を推進しようとしていることです。ここでまた龍馬に即して言えば、かつては一藩の内部での変革運動に見切りをつけ、脱藩をあえてした人物です。龍馬の構想と言えば、統一政府の樹立でしょう。そしていま、新政府が成立した。その上で、この政府とその施策を望ましい方向に沿ったものにするには、各藩において、新たな時代の理念に沿った藩政の変革をおこない、それによって新政府を支えてゆくことが必要ではないか。時局に応じた各藩の改革はいま、かならずしも「一新ノ深味ヲ弁ゼズ」、したがって「上ハ皇政ノ本旨ニ適スルコトアタハズ。下ハ士民ノ歓心ヲ攬ルコトヲ得」ぬ状態である。それは新政府も同様でしょうが、ともかく各藩の変革を新政府と「士民」とのいわば媒介にしようというような構想がここには見られる。あるいは〝藩論〟の名をかりて〝新政府論〟をおこなっていると言えないでもありませんが、やはりこれは素直に〝藩論〟と見たほうがいいのでしょう。ただ両者がたえずダブった形で論じられているのは事実です。

序論の冒頭には、「人日々ニ旧ク、物日々ニ新タナリ。国体ニ於テ変ゼラルノ道ナク、世体ニ於テ化セザルノ理ナシ」と、これも破格の言ですが、それは総論では、「無術ノ君嘗テ盛衰興廃ニ理アラズヲ知ラズ」、また「凡百ノ事、之ヲ経シ之ヲ管スルニ其名、天理ニ由ラザレバ成ラズ、其時勢ニ従ハザレバ得ズ。天理ニ順逆有リ、時勢ニ向背アリ、然ドモ天理ヲ度テ予ジメ興廃ヲ知ル者寡ク、興廃ヲ見テ後ニ順逆ヲ知ルモノ衆シ、又時勢ヲ察シテ疾ク成敗ヲ知ル者少ク、成敗ヲ見テ然シテ向背ヲ知ル者多シ」という展開を見せています。「明治ノ偉業」はいまこのようにして生れたが、この「偉業」は「天理ニ本ヅキ」、外は外国との交流を活潑にし、内は「上下ノ親近愈々密ナルヲ要トス」と、その「大綱」への発議をおこないつつ、それに沿った各藩の藩政変革こそ急務だというのです。「諺ニ曰ク、一ト度時機ヲ失へバ、再ビ春ヲ歳ニ得難シト」。これを「其身已ニ要路ニ臨メバ、更ニ前日ノ志ヲ翻テ、今日復タ敢テ言ハズ。言行遥ニ途ヲ別ッテ、偏ニ掌握ノ珠ヲ失ハンコトヲ恐ル」という一節とあわせ読むと、新しい統一政府がかならずしも好ましい方向に向かっていないという筆者の状況認識と、それに伴う『藩論』の趣旨が読みとれるように思います。

『藩論』は、さきに龍馬の提案した「船中八策」をより詳細に論述したともいえるものでありますが、〝巻一〟で筆をとめているために充分にその意をつくすことができないでいる。その間の事情はちょっと測り得ないのですが、ともかく日本近代のありかたを長期の構想のもとに提示するこの『藩論』の主旨は、明治政府のなかでついに実らず、むしろ戦後の今日にその卓見があらためて認識されるようになる。この点も龍馬の評価と軌を一にしているといえましょう。

『藩論』の巻一で提起しているのは「人物公選ノ法」で、「凡ソ人物公選ノ事ハ、西洋文明ノ各国多クコノ法アリト雖ドモ、彼ハ従来ノ常行ニ由テ、童子ト雖ドモ知ル所ナリ。然ルニ我ガ列藩未ダコノ制アルヲ聞ズ。故ニ其策最モ智ナリト雖ドモ、闔藩必ラズ愚ナキコトヲ得ズ。其法素ヨリ文明ナリト雖ドモ、闔藩カナラズ野俗ナキコト能ハズ」と述べ、西欧の制度を直ちに日本に適用することが困難だと言います。「衆或ハ之ヲ領解セズ、撰択ノ命ヲ被ルト雖ドモ、或ハ能アルヲ問ハズ、術ナキヲ論ゼズ、吾ガ私ノ愛憎ニ依テコレヲ別チ、或ハ又才有ルヲ求メズ、智ナキヲ撰マズ、吾ガ交リノ親疎ニ由テコレヲ部チ、或ハ貴顕ニ憚テ之ヲ挙ゲ、若クハ卑賤ヲ忌テコレヲ除ク」とは、現在の選挙行動について見てもその通りに指摘し得ることですが、『藩論』もそれゆえ「唯落札ノ多キヲ以テ、偏ニ之ヲ挙ルト雖ドモ、必ラズ適当ノ人物ヲ得可ラズ」としています。皮肉な言いかたのようにも聞えますが、やはりこれは公選に当っての切実事でしょう。それにしても、明治の出発に当ってこのようなすぐれた構想があったことは、とくに注目さるべきであると思います。しかも、その構想が新しい時代の政治のありかたを的確に指し示しながら、それが新政府の採るところとならず、数十年にわたって埋もれていた。しかし、それは今日なお新鮮な衝撃を私たちに与えます。龍馬の死後一年、そのときに龍馬の構想がどれほどかこの『藩論』に生かされ、その後も時代の底流に生きつづけて今日に至っているということの意味を、私たちはいまよく考えてみる必要があると思います。

対談が対談になるとき　1989.1

内田義彦さんと宇野重吉さんとの、世に出ることのなかった対談の速記録が手元にある。劇団民藝の芝居のパンフレットに載せるためにおこなわれた対談だったのだが、お二人ともその成果に満足されず、結局は私がきき手となって内田さんからお話を伺うことになった。「戯曲を読む　舞台を読む」という題で『民藝の仲間』二二〇号に掲載された内田さんのこのお話は、後に『読書と社会科学』の「II 自由への断章」のなかに入れられた（創造としての読み）のだったが、これを読まれた宇野さんが感動されて、芝居の稽古を中断して役者たちに朗読して聞かせる、という一幕もあった。その最初の対談の速記録が手元にあるのは、民藝の文芸部のほうから、お二人とも気に入っておられないのだが何とか構成することができないだろうか、という相談があったからである。珠玉のようなことばが鏤められ、味わい深い会話が随所に交わされて、処分し去るにはあまりにも惜しいと思われたのだが、まだ対談としては未成熟だというお二人の考えから、ついに没となった。

対談がいつ、あるいはどこで対談となるかを考えると、話者同士の対面というその物理的条件は、対談の前提であって、対談自体の成立をただちに保証するものではない。以前、内田さんから、話し手と聞き手を媒介することば、というお話を伺って、ハッと目を開かれた思いがあった。二人が対面して話を交わすという、コミュニケーションの直接性ということだけが頭にあって、対談の、ことばを媒介とした間接性ということが、私のなかでまだ意識化されていなかった。考えてみれば、対面という、事態ではなく話者双方の行為のなかに、この直接性・間接性の両契機は、すでに内在・葛藤しているはずであった。「密室」と「交流」――これも別の時に内田さんから伺ったことばであったが、二人の話者が顔を合わせたそのときに、この対談が成り立ち得るかどうかのある予感が働くのは、両者それぞれの内部にどれほど語りたいことがあるか、また相手から聞きたいことがあるか、ということが感得されるためであろう。が、それぞれの「密室」がどれほど高度に保持されているかということと、その密室がどれほど相手に対して開かれているか、つまりそれぞれの密室がどれほど切実に「交流」を待っているかということとは、必ずしもたえず両立するものでなく、むしろたがいに妨害し合っているとさえ言える。

俳優が舞台上でせりふを語るときも、そういう状態であるのだろうが、またそうあってほしいと思うのだが、あるとき自身の密室がその扉をあけて、そこからことばがほとばしるように出てくる。また観客がそれを待ちこがれるような状態で客席に坐る、あるいは何となく、またやや気が重く劇場に足を運んだような場合にでも、そうした意識せぬ「待ちこがれ」が観客に内在していて、それが舞台からのことばに開発される。そういう、芝居の創造の悦びにも似た対面の積み重ねを、対談とは、日常の場の上で、用意し実現してゆくものなのだろう。交流をそもそも阻んで成立する密室と、その密室を多かれ少なかれ突き崩してゆく働きをもつ交流とが、話者相互の間で意識的に（気重く考えて）、しかしその意識に縛られることなく（軽く感じて）、進んでゆくところに、対談の楽しさと充実感とが生まれてくるのだろうが、そんな、一度味わったら容易に足が抜けられなくなるだろうという域にまでは、私などはまだとても入り込めないでいる。

内田さんの対談には何度か立ち会わせて頂く機会を得て、村上輝久さんとの〝調律〟についての対談、森有正さんとの『夕鶴』をめぐっての対談など、前者の、「あれが……」「ええ、あれが」と、音楽に全く無知な私には一寸ついてゆけなくなるような快適なテンポで、おたがいを聴き合う対話と、後者の、これはゆっくりと進む時間のなかで、おたがいの密室を開陳し合う対話と、どちらも傍らにいて、自身の聴覚をフルに動員しながら、身体全体はフッとそこから消してしまっているような、そんなしあわせな体験をさせて頂いた。

対談とは異なるが、聞き書きの要諦は、話し手の話しことばを一度書きことばに直してみることにあると思っている。その上で相手の話されたことばの響きを紙面に呼びおこす。実際にそういう助言をしたこともあった。つねにそういう手続きをふんでいるわけではないが、話を聴いている時から、そのことばの響きを辿って話し手の密室をどれほどかくぐり抜け（聞き書きの際の質問はその密室への呼び鈴である）、紙面にうつしかえる際には、逆にそのことばの響き自体を落さぬように、音声の記憶を呼びおこすよう努める。ただしそれはおそらく、実際の音声とは微妙に異なるものなのだ。そしてそこに話し手と聴き手との共同作業が成り立っている。

さきの、俳優がせりふを語る際にも、多分同様の作業が俳優の内部でおこなわれている。台本は、うまく読めば「話しことば」になるようにできている、と、これも内田さんのことばだが、台本に書かれている構築されたことばとしてのせりふが日常の話しことばでないことはいうまでもない。が、一見それに似た形をとっている。一つ一つのせりふを、一度「書きことば」に戻して読む。山本安英さんがあるとき、台本の一字一字は寝そべっているんです。それを読み深めてゆくと、文字がだんだん立ってくる、と話されたことがあるが、その「寝そべっている」という認識自体が「書きことば」に対する姿勢の上に生まれている。だから山本さんは台本をまず黙読する。「無責任に」読むんです、と山本さんは言われるが、この〝無責任〟に、俳優である自分から身を離した、いわば「俳優以前の目」が働いている。この黙読のくりかえしのなかで声を出したくなる、というのは、音読に変わる瞬間を読み深めてゆくなかで待っているわけだが、しかも声を出した時に「自分の声が邪魔になることがあります」とも言われる。せりふ自体のもっている意味に沿った、そのことばの響きと、自分の音声とのズレ。それは山本さんが台本の黙読のなかで、一つ一つのことばの響きを聴いているからだ。

内田さんが、うまく読めば「話しことば」になるように、と、話しことばをカギ（「……」）の中に閉じて記された、そのことの意味を読みとくのは、そうした思考を重ねた上でのことであった。そして内田さんのふだんのお話のなかには、時おり、こうしたカギに閉じられたことばが顔を出す。

「社会科学の視座」を、『思想』の六九年一月号の誌上に読んで、しばらく経ってからのことだった。

「あんた、行間を真ッ黒に埋めてしまって、行が読めなくなったって？」。当の内田さんからの電話であった。誰かが（ほぼ想像はつく）〝ご注進〟に及んだに相違ないが、それにいささか近い読みかたをしていたことは事実であった。このときは、著者に沿ってかなり深く読めていた、という自信はあった。

「来ない？」というお誘いに、このときばかりは少々胸を張ってお宅に伺ったものだった。読み違い、読み落しが何か所もあるということに気づかされたのは、この論文のもとになった講演のテープを聴かせて頂いたときである。著者に沿って、と思っていながら、私の読みは自分の読みのリズムに支えられていた。内田さんの文章の奥にある内田さんご自身の音声を聴いていなかったのである。お書きになったエッセイだけでなく、内田さんの論文に著者の声を聴こうと注意し始めたのはそれからである。内田さんの対談には、同じように、私の〝読む〟と〝聴く〟を同時に触発してくれるものがあると気づいて行ったのは、さらにその後のことであった。

戦後五十年の歩みの意味を問い直す　1990. 3

『新版　**きけ　わだつみのこえ**』

『きけ　わだつみのこえ』が再刊された。戦後五十年目、その意味は大きい。旧版はいまも私の手元にあるが、平和は〝髪の毛一本〟で支えられている、とも言われた当時（一九四九〜五〇年）の危機的状況あるいは危機意識は、四十数年後の、危機意識の稀薄な危機の進行と比べあわせて、考えることが多い。新版では、旧版が全面改訂され、削除されていた部分が復活した。この復活をどう考えるか、これに関しても心境は複雑である。

旧版序文で渡辺一夫は言う。「初め僕は、かなり過激な日本精神主義的な、ある時は戦争謳歌にも近いような若干の短文までをも、全部採録するのが『公正』であると主張した」。しかし、この若い学生たちの痛ましい記録は、「不合理を合理として認め、いやなことをすきなことと思い、不自然を自然と考えねばならぬように強いられ、縛りつけられ、追いこまれた時、発した叫び声」であり、この「切ない痛ましすぎる声は、しばらく伏せたほうがよいとも思った」。当時の社会情勢への配慮もあったという。

しかもなお、手記の部分削除が妥当であったかどうか、また今日の、当時とは異なる危機的状況の進行下に、削除を解くことがどういう意味を持つか、二つのことをあわせて、あらためて論議すべきではないか。そしてこの論議のなかでこそ、戦後五十年の歩みの意味が問い直されるのではないか。

論議とともに、手記の一つ一つの文体を大事に読み解く作業を進めなければなるまい。この、文体を読む作業は、半世紀に近い歳月をへて、手記群にこめられた悲痛な叫びを客観的に読み得る地点に立ったから可能になったのではない。戦後五十年のさまざまな体験の積み重ねが、それを可能にしたのである。そして手記をいま読むということは、私自身の五十年の、状況との格闘とそのなかでの問題点の数々を、そこにあわせ読むということでもある。

既知のチャップリン・未知のチャップリン　1990.9

一九八三年に制作された『知られざるチャップリン』（*Unknown Chaplin*）は、十万フィートにも上ると言われるチャップリンのアウトテイクのフィルムを編集して三時間の作品に仕立てたものだが、ここには、チャップリンの創造の秘密にかかわる、とりわけその制作過程をのぞかせてくれる、数多くの貴重なフィルム群が充満しており、まだ倉庫に眠っている厖大なフィルム断片のなかにも、彼の創造の謎の部分を解き明かすだろう数々の資料が混じっているに違いないことを想像させてくれる。

『知られざるチャップリン』のなかでも、ノミの曲芸を業いとしている〝教授〟の姿は、後の『ライムライト』のカルヴェロの舞台芸を解く鍵を握っているし、『街の灯』のラストシーンに『黄金狂時代』のジョージア・ヘールを起用したフィルムは、私たちに、ヴァージニア・チェリルによる同一場面との対比的鑑賞を、否応なく迫ってくる。同じく『街の灯』の冒頭に近い、チャーリーと花売り娘との出会いの場面の撮影風景、および、チャーリーの小さな木片との格闘を撮った秀逸な場面が本篇ではカットされたこと、等には、この作品の性格を、またこの作品に対するチャップリンの打ち込みかたを、うかがわせるものがある。『サーカス』の、双生児のボクサーとの可笑しなやりとりは、それ自体としては従来のチャーリーのユーモラスな間抜けさや小ずるさを継承したものであったが、『サーカス』における、〝芸〟をめぐってのドラマの本筋からややずれたところがあり、そこでカットされたのではないかとも考えられる。この場面は、次作『街の灯』におけるカット場面と同様に、カットされたことによって——どの場面もカットされるにはあまりにも惜しいが——作品の性格をきわだたせる役割を担っている。この三時間の作品によって、チャップリンの全作品とその流れがよりおもしろく感じられてくるというところが、この作品の価値の高さであろう。同時に、個々の場面が抜群のおもしろさである。そこにまたチャップリンのチャップリンたるゆえんがある。

チャップリンの作品は、どの作品をとってもわかりやすい。チャップリン自身が、ある時、自分の作品は子どもたちにもわかるはずだ、と述べている。が、そのことは、チャップリン作品が単純な構造の上に成り立っているということを意味しない。チャーリーという浮浪の紳士が、臆病と大胆を、無邪気と狡智を、器用さと不器用さをあわせもち、それを交互に、時には同時に発揮しているのに見られるように、チャップリン作品は私たちを単純に笑わせ、泣かせるものではない。逆に、一筋縄ではゆかないところに、チャップリン作品の笑いや涙の質がある。『サーカス』の、リンク上の笑いは、マンネリ化した道化の芸を批評するとともに、アドリブによって生ずる笑いがそのままで芸たり得ないことをあわせて提示する。そしてこれは、チャップリンのスクリーン上の芸とは一体どういう質のものであるのかを、その上に問いただすものであった。『犬の生活』の、職業安定所での仕事のとり合いとチャーリーの敗残は、チャーリーを突きとばして仕事を奪って行った失業者たちの実態を、敗けたチャーリーの姿のなかに映し出す。さらにさかのぼれば、質屋のカウンターで客の詐欺的演技にたやすくだまされるチャーリーの店員は、より貧しい客に対してまたたやすく残酷にもなり得るのである。

チャップリンの笑いは、客の喝采を浴びながら、その笑い自体がほかならぬチャーリーの内面に突き刺さるものをもち、それをまたバネにチャーリーはその歩みを続けてきた。そういう、またそれ以外の、チャップリンの未だ知られていない面を、『知られざるチャップリン』は数多く教えてくれた。

チャップリンについて、さらに知りたいと思う気持を、これはかき立てる作品であった。

ドラマの原風景

木下戯曲における〝夕焼け〟　1990. 10

山本安英の会が主宰する「ことばの勉強会」の席上で、木下順二の戯曲における〝夕焼け〟の意味に言及されたのは、倉橋健さんだった。『子午線の祀り』を語るその日の勉強会が、ちょうど終る時だったと思う。講師の席から起ち上がりながら、ふっと一言、木下作品における夕焼けの意味についても考えなくちゃね、ともらされた倉橋さんの発言が、不思議な印象で私のその後の思考のなかにやきついている。不思議なとは、木下作品を解く貴重な一つのヒントが、倉橋さんの口から、小さな玉が軽くころがり出るような、そんな感じでふっと吐き出された、そういう印象なのである。その玉を拾わなくちゃ、と思いつつ、ついついいままで来てしまった。

もう一つのヒントは、加藤周一さんの発言である。『夕鶴』の冒頭の風景について分析された、そのなかに夕焼け空への言及があった。加藤さんは、『夕鶴』が日本人にとって〝理解可能〟な作品だということ、とりわけその冒頭に、夕焼け空、あばら家、子供たちと、日本人の感受性の型に適う材料がそろっていること、を挙げる。加藤さんの、あばら家についての考察も興味深いが、夕焼けについても、一日が終ったという〝過ぎ去った感覚〟、日本人の、絶えず移り変ってゆくものへの共感、を象徴するのが夕焼けへの愛着だ、という指摘があった。〝子供がさいならさいなら言ふかなかなかなかな〟という井泉水の句があるが、そうした状景が見られなくなった今日でも、夕焼けというものへの懐しみに似た愛着は、感受性としてはわかるだろう、と加藤さんは言う。だが、この加藤さんの発言で聞きのがすことができないのは、「木下順二という作家の資質や主張には、そうした過ぎ去ってゆくものにそのまま浸ることを拒否し抵抗する姿勢が明確に貫かれているわけですが、この作家自身は、日本文化をよく知っており、日本人の感受性を凝縮した形でとらえ、表現するすべを知っています」という箇所である。「それが多くの観客との間に緊張関係を作っている」という指摘も、注意して聞く必要があるだろう。

*

ギラリと一面の夕焼空。しかしその下に、トロリと青い広い海。

戯曲『沖縄』の冒頭の風景も、やはり夕焼け空の下にある。その真赤な太陽に、鳥が、真っすぐに飛びこんでゆく。「あのギラリと血のような際限もないひろがりは、何かをはらんどる」という学生・喜屋武朝元のせりふは、このドラマ全体の展開を暗示する。その予感通りに、終幕で波平秀は、朝やけの真赤な太陽に向かって、崖の上から飛ぶのである。

二幕の洞窟の中にも、夕焼けの赤い光は射しこんでいる。その光のなかに立つ秀に、敗戦十五年目のいまと、戦時沖縄の、アメリカ軍の上陸を迎え撃つ戦闘の瞬間とが、重なり合うのである。

夕焼けは、ここでは、一日の終りではない。状況の何かある重大な変化が、真赤な夕焼けによって予感されている。が、それは直ちに未来への願望に直結しない。赤い光に顔を染めた人間たちのなかに、自身の何らかの行為が決断されねばならぬ瞬間が目前に迫っていることへの予感があるとは言え、現状況を打開する構想も、その力も、人間たちのなかにはまだ生まれていない。そうした未来への構想以前に、その構想のいわば源泉として、自身のいまを歴史的時間の流れのなかにとらえ直す作業がもとめられる。喜屋武朝元にとって、その予感を一個の構想に転化させる、媒介の役を果すのが秀であった。そして、その秀にとって、戦後と戦時との二つの時間を同じいまとして重ね合わすのが、夕焼けの赤い光であった。

秀は夕焼けの光のなかに立って、戦時の体験を自身のなかによみがえらせ、朝焼けの光を浴びて、崖の上から身を投げる。その身投げを、作者は〝飛ぶ〟と表現した。彼女の投身を見る人間、とりわけ喜屋武の眼に、それは冒頭で夕焼けの真赤な太陽に飛びこむ鳥と等しく映っているということなのであろう。その時、秀は、『夕鶴』の終幕で夕焼け空を飛び去ってゆく鶴と、その相貌を似通わせている。その鶴の姿を見る与ひょうのなかに、まだ漠然とながら、はじめて何かが生まれ出ようとしているのと同様に、喜屋武のなかにもいま芽生えかけているものがある。

それは森有正がやや強引に、あるいは大胆に評したように、与ひょうのなかで一個の行為あるいはその行為の姿勢を生むにいたらず、現在の痛みもいつか忘れられ、生きることの意味を問う課題が再び未来へと移譲されてゆくのかもしれない。しかし、民話に取材した『夕鶴』が、日本人の姿を、歴史の長いスパンのなかで、あるいはその深部でとらえたのとは異なり、『沖縄』は、明確に戦後十五年目、一九六〇年という時点に立って書かれたドラマである。民話的人物の一典型とも言える与ひょうに対して、喜屋武はこの時点での沖縄の現実に直面する一青年である。それ以上に、作者自身が、この六〇年という時点に、戦後の意味を、さらに戦後を戦後たらしめるための、沖縄の戦争体験の意味と日本および日本人の戦争責任の問題を、問い直す機会と見ていることがうかがわれる。「どうしてもとり返すことのできないことをどうしてもとり返すために」という、この作家の深部にある思いが、具体的なせりふの形をとって現われるのは、この『沖縄』においてである。

『夕鶴』と『沖縄』との関係で言えば、『沖縄』において提起された戦争責任の問題によって、一見時代状況を超えて成立しているかに見える『夕鶴』の主題や方法が、作者自身の戦争体験や、とくに戦時下にとらえられた日本および日本人の問題と深くかかわっていることが明確になる。そのかかわりを解く鍵の一つが、このドラマのはじめと終りを彩る真赤な夕焼けである。そもそもこの〝夕鶴〟という美しい響きをもつ題名自体が、夕焼け空を飛び去ってゆく鶴を想起させ、またその姿が、『沖縄』での秀の投身を〝飛ぶ〟ということばで表現していることを理解させる。波平秀は、戦後の沖縄への〝つう〟の再来でもあろう。

夕焼けが、木下順二の他の戯曲群にも、たとえば『蛙昇天』やとりわけ『夏・南方のローマンス』にも現われるように錯覚させるのは、不思議なことである。とくに後者の場合には、「どうしてもとり返すことのできないことを……」という『沖縄』の秀のせりふが、もう一度ここに現われることによって、よけいそういう思いを抱かせるのかも知れない。が、夕焼けはここにはない。鹿野原の〝罪〟の呟きは、もっと暗いなかのものである。それにしても、冒頭の、また終幕でのトボ助の背景には、夕焼け空のひろがりが見えるようにも思えてならないのである。

＊

夕焼けが、人間の営みとかかわり、またその営みの時空を超える契機を与えるものとして、さらに重い意味をもつのは、『子午線の祀り』においてである。その真赤な光のなかに知盛が立ち、影身と出会う。影身はまたこの真紅の空の下で殺され、よみがえる。平家一門の運命を決する瞬間が知盛に感得されるのも、この夕焼けの真赤な光に包まれてのことである。人の生と死を押し流し、また同時に、そのなかでひとを目覚めさせもするこの夕焼け空のひろがりとは何であるのか。

『子午線の祀り』においては、それは単に個々の人間の眼に映り、そこから自身の時空を超えるものとして感得される〝永遠の時〟ではない。人間の営みを支えに、その生の意味を問う力が、その限りあるものとしての認識とともに、ここには提示されている。「いまにして思われるとはどういうことだ」というその〝いま〟が、知盛のなかで、あるいはこのドラマの展開のなかでくりかえされるのは、過去・現在・未来の時間の流れのなかで、過去に対する〝いま〟の傲慢や錯覚や頽廃をもたぬ、正確な問いである。ここでは、過去が打ち捨てられることなく、またそのことでいまが切り拓き得るものを見ようとしている。もう一度加藤周一の指摘に戻れば、〝過ぎゆく感覚〟への愛着と、その感覚に対する断乎たる拒否の姿勢とが、夕焼けの一風景をくりかえし戯曲のなかに具現させ、この作家がそのなかで創造の営みをおし進めてきた、とも言い得るのだろうか。

語りの意味について

――『巨匠』を観て――

1992. 1

チャールズ・チャップリンが、一九四〇年、おそらく映画史上はじめて、役の人物の奥から自身の素顔をあらわにして行った瞬間のことを、いまあらためて思い起こしている。

チャーリーがスクリーン上で、彼の心情を切々と訴えるその演説の過程で、画面からその映像が消え、エンド・マークが打たれたさいの（そういう終幕は十分にあり得た）、場内を包むであろう〝劇的感動〟を、この時、チャップリンは拒否した。そして演説の半ばからチャーリーにとって代わって、演者（作者）であるチャップリン自身がその素顔を画面に見せた時、彼は現実にヒトラーと対決し、劇を通してでなく、現実世界に身を置いて、自由のためのたたかいをひとびとに呼びかけた。

演説が終った後、野外に一人立って、あらためて演説を聴き直すポーレット・ゴダードは、チャーリーの恋人役ハンナとして、半ばこのドラマの世界に身を置きながら、ポーレット自身として、半ばこの世界から脱け出していた。彼女は画面のなかにいて、同時に私たち観衆の一人でもあった。彼女と私たちは、画面の内外において、ともにチャップリンの呼びかけを聴いた。

しかし、『独裁者』のラスト・シーンでチャップリンが試みた壮大な実験は、当時、かならずしも理解されなかった。多くの観客ないしは批評家たちは、このシーンに劇的感動をもとめていた。それにはこの、六分間にもおよぶチャーリーの長広舌（批評の多くはそこにチャップリンの素顔を認め得なかった）は、常軌を逸したものであった。あるいは、画面に自身を投入しようとするのを拒まれたことへのとまどいに、当時の批評や感想はとまどっていたのかも知れぬ。画面に見入りつつ、そこに生身の自分を呼び戻し、画面からの語りかけに応じて現実世界における自身の生きかたを問い直すという作業に、観客のひとりひとりはまだなじんではいなかった。

『独裁者』のラスト・シーンは、チャップリンの、全く新しい方法の提示でもあった。そして、劇場の客席全体を包む劇的感動を超えて、ひとりひとりのなかに生じてくるであろう深く大きな感動は、ひとりひとりの自己（状況）認識と、さらにひとりひとりの回心とともにあるはずであった。

それから五十年後、日本においては三十年後（『独裁者』の日本公開は一九六〇年になってのことである）の今日、芸術はひとびとの生きかたとどのように、またどこまで関わるか、関わり得るかという問題が再び提起されている。木下順二作『巨匠』は、自己の人生の最後の瞬間に、生きるということの意味を見出し得た――自分の人生を獲得し得た――老優と正面から向き合うことによって、自分自身であるとはどういうことかを問う。何よりもそれは、作家自身への問いであった。創作とは何か。それは〝巨匠〟の四十年間とどこがどう異なっているのか。さらにそれは、この作品を舞台に乗せる人たち、とりわけ演者たちへの問いであった。演じるとは、あるいは扮するとは何か。それぞれが役の人物を演じる時、演者たちはどこで自分自身たり得るのか。とりわけこの『巨匠』において、巨匠が四十年間の旅回りの生活の後、最後に、そしてはじめておこなった選択と、そこで否応なく演じてしまったその演じかたを、演者たちはどううけついでゆくのか。ドラマのなかでは、それは二十年後に俳優として登場する俳優志望の青年の問題である。しかし、『巨匠』の舞台においては、それはひとりひとりの俳優への課題である。『巨匠』における語り手は、作者と演出家とを兼ねる役割をふられた〃A〃のみではない。語り手であるA自身が、単にその役割を演じるのでなく、自身を語らねばならないように、『巨匠』においては、演者のひとりひとりが演じるとは何かを自らに問うことをもとめられている。そこに『巨匠』の〃語り〃の意味がある。『巨匠』は単に語りの部分を含んだドラマなのではない。さらに『巨匠』の発する問いは、私たち観客のひとりひとりへの問いであった。私はこの戯曲を読んで、また『巨匠』の舞台を観て、巨匠の死を賭けた選択、そのマクベスの朗誦に打たれるが、私はたとえば劇場の客席の一角で、ただドラマの進行にひたり、感動し、共感し、興奮しているままでいるわけにはいかない。その共感とは、客席を立った時、私自身の毎日の生活のなかにどう沈んでゆくのかと離れがたくあるものだろう。いや、それ以前に、舞台からの語りかけを受けとめる私は、客席に、私自身の日常生活をそこにもちこんでいるはずだった。少し前に、この作品の原典ともなっている「芸術家の運命について」という木下順二のエッセイをテキストに、数人の友人たちと朗読の稽古をしていた時、その発する声の音程が、選択、解釈、政治悪、戦争、銃殺、等の一語一語の響きが、朗読者ひとりひとりの生きかたをそこに映し出してしまうのを知った。今回の『巨匠』の公演において、舞台と客席との間に、舞台上のひとりひとりと客席のひとりひとりとの間に、一個の劇の世界の共有を超えて、この時代状況を呼吸する者同士の心の通い合い、語り・聴くのことばの響き合いが芽生え始めていたこと、何よりもそのことを、現代芸術あるいは現代劇の解き口として、そのことを論議の土壌にしてゆきたいと思う。

梅野泰靖が「一人の日本の作家が……」と語り出す時、それは単にある特定の作家を指すだけのことばではなかった。梅野は明らかに、「一人の」「日本の」とわずかに区切って発声していた。その時、「一人の」は私たちひとりひとりの意識をよびさます響きをもった。「日本の」とは、私たちがそこに生き、そして生きるために対決すべき時代状況を指した。「わたし」をくりかえす一種のことば遊びは、やや笑いを呼ぶ軽い口調のなかに、ことば遊びをこえて、私に〃わたし〃を意識させた。「きみはいくつだった？　戦争が終ったとき」という、伊藤孝雄が何気なく口にしたようにも見えるこのことばは、単なる劇中のせりふだったろうか。どのせりふも、四四年の時点に合わせたドラマの展開のなかにあってさえ、しばしば、語りとしての響きを帯びた。ピアニスト（稲垣隆史）は舞台上でも、演じられたというより、ピアニスト自身であった。そのピアニストが「戦争はもうすぐ終る」と言う。〃戦争が終る〃というせりふが目立つドラマであった。とりわけ〃巨匠〃がこのことばをくりかえす。これもただ、劇としてその直後に起こる悲劇を引き立たせるだけのものではない。ポーランドのテレビドラマ『巨匠』において、戦争終結直前に起こされたワルシャワ蜂起の深い傷あとが、ポーランド人の誰の胸にもそのことばにある響きをもたせたであろうように、いまもこのことばは過去のものではない。とりわけ巨匠を演じた滝沢修がこのことばを口にする時、演者である滝沢自身の体験がそこによみがえっていなかったか。

現代のドラマにおいて〝語り〟はどうあるべきか。決して簡単ではない課題を、『巨匠』の舞台は提出した。そして今回の舞台は、それが客席を含めての課題であることを痛感させた。本格的な論議がそれをめぐって生まれるべきなのであろう。実験はまだ始まったばかりだ。

あるチャップリン　1993. 6

『チャーリー』（原題 *CHAPLIN*）を観た。

リチャード・アッテンボローとロバート・ダウニー・Jr.のコンビが、チャップリンとチャーリーのコンビとその共働を、あるいは両者の葛藤を、どう解析し再生させるかに興味があった。

私のその期待は半ばはずれた。同時にこれは期待以上の作品であった。何よりもダウニー・Jr.の奮闘に敬意を表さねばなるまい。個々の表情や動作に、しばしば、原型はそれとわかる研究の跡が見られる。これはアッテンボローの演出についても同様である。それは宝探しの楽しさにも似ている。

チャーリー誕生の初期には、チャップリンはまだあの山高帽とチョビ髭の人物を自分とは〝別人〟と考えていたようである。が、彼のそうした思わくに反して、チャーリーはその登場の瞬間からチャップリン自身と一体化していた。一九一四年二月七日に公開された第二作『ヴェニスの子供自動車競走』でカメラの前に立ちふさがるあの人物は、何とかして世に出ようとするチャップリン自身の姿にほかならなかった。そしてアンドレ・シーグフリードが「シャルロ（チャーリー）とチャップリンと、どちらがより現実的か」と問うたように、チャップリンはあの人物のなかでこそ自身を誇示し得た。ひとびとはチャーリーを通してチャップリンを愛した。チャーリーとチャップリンとの、二人三脚のような歩みのなかにこそ、チャップリンの人気の秘密があった。この二人三脚による足どりは、二十世紀という時代を映す鏡でもあった。権力機構や戦争やオートメーション設備や、さらに社会の偽善や因習に対する挑戦と失敗と、再挑戦、再々挑戦がおこなわれてきたのも、このコンビによってであった。チャップリン自身も、しだいにそのことを認識していった。同じ扮装のもとでのチャーリーの微妙な変貌の過程は、そのことを物語っていた。とくに『犬の生活』以来、また『街の灯』『モダンタイムス』と、チャーリーの相貌は明らかにそれ以前の彼と変ってきていた。同時にその過程は、チャップリン自身があの扮装のなかにより深く入り込み、自身をチャーリーに同化させてゆく過程でもあった。チャップリンがチャーリーを創造し、チャーリーがチャップリンを創造した。演じることと生きることとの相乗と相剋との典型例がそこにあった。そしてチャーリーとチャップリンとの一体化の極点において、チャップリンはその扮装と訣別した。『独裁者』の最後の演説における、映画史上他に例を見ない役の人物と演者との共演は、スクリーン上でのチャーリーの活躍の終焉にふさわしいものであった。

が、チャーリーはスクリーン上から全く姿を消し去ったわけではなかった。『殺人狂時代』では、ヴェルドゥの動作や表情のなかに、チャーリーはしばしば顔をのぞかせていた。とくにそのラストシーンで死刑台に向かって歩んでゆく後姿には、ヴェルドゥとチャーリーとが重ねられて、そこに、現代に生きる私たちへの鋭いメッセージ——〝またお会いしましょう、死の世界で〟——が用意されていた。『ライムライト』では、カルヴェロのこだわり続ける〝過去〟のなかに、チャーリーの姿はなかった。というより、そのことが不分明のまま、老カルヴェロの夢のなかに出てくるかつての舞台姿は、過去を再現しようとした現在の舞台上と同様に、一見チャーリーに似てその脱け殻にすぎない。過去の〝名声〟とはそういうものだと、ドラマを通してチャップリンは語った。『ライムライト』は〝チャーリーの死〟を語る鮮烈な映画であった。

『チャーリー』は、その『ライムライト』のあるイメージから出発する映画である。冒頭、スクリーン中央に、チャーリーそのままのシルエットで登場するダウニー・Jr.が、これもチャーリーまがいに足でドアを閉めると、ここは楽屋だ。扮装の一つ一つがぬぎ捨てられてゆく。その過程を、山高帽や衣裳やステッキやの〝もの〟で見せてゆく演出も面白いが、ダウニー・Jr.が鏡の前でチョビ髭をとりタオルで顔を拭う、その口の周辺をとらえた大写しが、『ライムライト』の同一場面を想起させて、興味深い。カメラが顔全体をとらえると、これは老カルヴェロでもチャップリンでもなく、若いダウニー・Jr.の顔である。

『ライムライト』の数多い名場面のなかで、とりわけ私が心惹かれるのは、カルヴェロの表情の奥から、チャップリン自身がその素顔をのぞかせる場面であった。アンドレ・バザンは「カルヴェロ、別称チャップリン」と、『ライムライト』における二人の関係を鋭くみつめていたが、カルヴェロの過去を漠とした靄のなかに沈めることによって、チャップリンは自身の過去をもそれと重ねて葬り去った。鏡の前のカルヴェロに重なって現われるチャップリンの素顔は、その狙いのもとに息づいていた。

アッテンボローが『チャーリー』の開幕にこのイメージを呈示するのは、もとより『ライムライト』におけるチャップリンと同一の狙いによってではあるまい。『チャーリー』はチャップリンへの挽歌ではない。にも拘らず『チャーリー』がこの『ライムライト』のイメージから始まるのは、アッテンボローが、この場面に何よりもチャップリンの〝素顔〟を見てとったからであろう。とするならば、『チャーリー』のこの冒頭の場面は、この作品でチャップリンの素顔に迫ろうという作者アッテンボローの宣言である。事実、『自伝』をもとに、チャップリン自身の手になる旅行記、息子による『わが父チャップリン』等の記述、さらにおそらくFBI資料を参考にしつつ作られた『チャーリー』は、チャップリンの私生活からその政治的心情まで、独自の興味ある人物観察を見せる作品である。

女優の運・不運ということを、その人生の幸・不幸との重ね合せで考えさせるのは、とりわけチャップリンが出会った女性たちを見る時である。エドナ・パーヴァイアンスの場合はどうだったのだろうか。三十数度のチャップリンとの共演は、確かに幸運と呼べるものだったに違いない。が、その長い相手役の生活がつねにチャーリーの〝影〟を演じることで続けられたのを、チャップリンがどれほどの深さで知り得ていたか。一九二三年の『巴里の女性』で彼女にこの映画のヒロインを演じさせたことが、はたして彼女に幸せをもたらし得るものであるかどうかの認識が、どうもこの時のチャップリンには欠けていたように思えてならない。〝影〟の女優はついに〝光〟の世界には躍り出られなかった。ポーレット・ゴダードは？　彼女はエドナと逆に、あまりに女優だった。一本の成功作で、彼女はチャップリンのもとからはばたこうとした。二本目の大作『独裁者』に、作品の質とは別に、演技の質とは若干かかわったところで、チャップリンのポーレットへの我慢を見た。あるいはポーレットの我慢でもあったのかも知れない。ただポーレットの場合、チャップリンははじめて役の上で拮抗し得る女優を得たと言える。だからこそポーレットはチャップリンの相手役に安住し得なかった。それが女優としての彼女に幸いしたかどうかは別問題であった。が、ともかくポーレットはその未来を自身で切り拓いて行った。ウーナ・オニールは女優としての自分を捨てた。チャップリンが自分の好みの一女性を女優として見なかったのは、彼女がはじめてだったかも知れない。ポーレットとウーナとは、異なる意味で、チャップリンが自身のこれまでの世界の〝外〟に見いだした女性たちだった。

『チャーリー』が描いているチャップリンの女性遍歴は、その点ではやや平板であった。それは『チャーリー』が、チャップリンの私生活をその創作過程と切り離して描く、その当然とも言える帰結である。チャップリンの創造活動にかかわる一つ一つの人間関係が、『チャーリー』では幾つかの〝事件〟であり、エピソードである。

チャップリンがハリウッド入りしてからはじめて訪欧の旅に出たのは一九二一年のことであり、その旅のなかの出来事に関しては、『僕の旅』（原題 *My Trip Abroad*）と題された旅行記に詳しく記されている。彼はロンドンでもパリでも大歓迎を受けたが、それは彼がいかに当時ヨーロッパで人気を得ていたかを示していた。ジョルジュ・サドゥールは第一次大戦の戦場に関して〝チャーリーは前線で生まれた〟というブレーズ・サンドラルスのことばを伝えている。戦場の兵士たちの間でチャーリーが愛されていたという事実は、チャーリーの性格とそのスクリーン上の活躍が前線での厭戦気分にピッタリとマッチしていたということを物語って興味深かったが、いうまでもなくチャーリーのその性格は、チャップリンの戦争忌避の心情を映しとっていた。が、旅行記によると、この訪欧でカリフォルニアからニューヨークに向かう列車の旅の間に、チャップリンはしばしば記者たちのインタヴューを受けているが、この記者会見中にくりかえし「あなたはボルシェヴィキか？」という質問が出てきた。彼の戦争に対する態度からであろう。『自伝』にも、卑怯者という印の〝白い羽根〟が送られたことが記されていたが、アメリカの風土の一面だろうか。

気になるのは、『チャーリー』の訪欧の件りのなかに、チャップリンが一夜ロンドンのバーに入ってゆくと、労働者ふうの男から「徴兵逃れ！」と酒を浴びせられる場面があることだ。あるいは、実際にそういうこともあったかも知れない。しかし、これが何故訪欧中の場面に出てくるのか。

『チャーリー』はチャップリンの実像を探る映画であり、随所にその面白さが感じられる。が、チャップリンの実像はどこにあるのか。シーグフリードの言ではないが、より〝現実的〟なのは実像のチャップリンよりも虚像のチャーリーのほうだと言えるかも知れない。それ以上に、やはりチャーリーとチャップリンのからみ合いのなかにこそチャップリンの実像がひそむのではないか。チャップリン自身の後期における意図に反してさえ、両者の分離できないところにチャップリンは生き続けた、と私には思われる。

報道の主体または報道のことばについて　1993.7

1　事態に〈立会う〉ことの意味について

ロベルト・ロッセリーニの映像には、その一角に作者であるロッセリーニ自身が立っている、というジャン・ルノワールの指摘には、現代映像の性格を解く鍵が秘められている。

「ロッセリーニの作品では、俳優たちが群衆と一体化し、風景の一部になり切っている」というルノワールの指摘は、俳優よりもむしろ素人を活用し、一個のドラマをそこに構築するよりも状況それ自体を画面に映しとろうとした、あるいは現実世界の様相との間に切断点をもたぬ形でのドラマを構想した、ロッセリーニをはじめとする初期ネオ・リアリズムの作品群の性格を言い当てているが、それ以上に、「ロッセリーニ自身が群衆と風景に合流している」という指摘が興味深い。画面空間がその周辺の空間と遮断されず、画面の内外に空気が流通し、内外の事物の出入りを自由にしている、というだけでなく、その空間のひろがりの一角に作者自身が立っている、という指摘である。あるいは、以上のことの一切がそこから発している、と言ってもいい。これは、作者がある状況下の事物や人物を描くにあたって、その対象となった事物や人物と同じ時代状況を呼吸しながらこれを描いてゆく、ということを意味する。

『無防備都市』(一九四五年度作品)の冒頭、ローマ市街を行進するドイツ軍兵士たちの映像の後に、同じくドイツ軍のトラックが広場の中央に停まり、車から降り立った兵士たちが前方の建物に向かってゆくのを、カメラが広場の一角から、動くことなく凝視する場面が現われる。従来のモンタージュ手法によるならば、第二カットでカメラは対象に寄って車からバラバラと降り立つ兵士たちの姿を撮り、さらに次のカット以後は、建物に向かうドイツ兵士たちを正面から、あるいは横から撮りながら、彼らとともに歩みを進めてゆくといった処理をおこなっていたのでもあろう。そうしたカットの積み重ねによる劇的緊張の高まりは、ここにはない。観る者をドラマの展開の内部に惹き入れ擬似体験を誘う手だては、ここでは捨てられている。カメラはただ広場の一角から事態の推移をじっと見守るのみである。これはむしろ隠し撮りに近い。ということは、カメラがこの状況の一角にその位置を占めて——実在して——、ドイツ兵たちと、あるいはさらに向こうの建物のなかに隠れているのかも知れぬ者たちと、同じ空気を呼吸しているのである。画面に観入る私たちも、この実在するカメラを媒介に、同じ状況を呼吸し、事態をそれぞれに見守ることになる。一見、客観主義的な事態の叙述が、逆に私たちをドラマの擬似体験から解放し、私たちに生ま身の眼をよみがえらせる。

アパートの階段に腰をおろして語り合う恋人たち。二人の間に交わされるかなり長い会話を、二人からやや身を離したカメラが、途中から一度だけ二人に寄ってゆく以外、何の操作を加えることもなく記述する。カメラが二人との間にある距離を保つのは、カメラがただこの二人を撮すためにあるのでなく、二人とともにこの一ときを過す感覚からである。話を交わす二人の一人一人を交互にクロース・アップでとらえ、発言の一つ一つを粒立ててゆく操作もない。これは構築されたドラマの対話ではないからだ。同時に、一人一人をクロース・アップすることによって、観る者が人物たちに心情的に仮託するのを避けてもいる。私たちはひたすら二人の話し合いに同伴するのである。男は印刷工で対独レジスタンスの一員であり、女もそのことをよく理解している。しかし、この戦時下の冬がいつまで続くのか、加えて大世帯の家庭内の絶えざるゴタゴタ、二人がこのように話し合える機会もめったにない。陰鬱な日常が現に眼の前にあって、二人の心を暗くする。不安と希望と、投げやりにもなりがちな気分と、その自分に奮起を促す心情と、入り組んださまざまな意識が束の間の甘い喜びと交じり合って、二人の会話を進行させてゆく。カメラはそれをまるごととらえる。戦時下の日常のある断片が、その状況下に懸命に生きようとするある愛のすがたが、ここにはそのまま投げ出されている。カメラは終始それに立会い、私たちもまた彼らと呼吸を合わせながら、同時代を生きる自分自身について考える。

映像表現がはじめてリアリティを獲得した、と言ってもいい。絵空事の世界からの脱出、と言ってもいいのかも知れぬ。それはカメラがみずからの存在をあらわにして、眼の前に展開する事態に、明らかに立会いはじめたからであった。映像が、そこに映っている事態と同一のものでなく、事態の進行といまこの位置に立って向き合っているということを、明示する。新しい映像表現は、かつてカメラの〝非在〟の幻想の上に成り立っていたような、ニューズと事件とを同一視させる強弁をもたない。

カメラが眼前の事態に立会うとは、一方において、カメラがその対象を自己の主観的世界のなかにとり込んで、自己の意識や情緒で枠組みするのを忌避するということであるが、カメラの対象に対するこうした即物的ないしは客観的立場の保持は、必ずしも、カメラが眼前の事態をただ傍観するということを意味しない。事態に立会うとは、もう一方で、事態の推移に対する何らかの関心を提示することである。それは時にきわめて能動的・主体的立場の提示でさえある。『無防備都市』冒頭のドイツ兵たちの動きを凝視する視線は、撮影者の危機感に支えられてもいよう。階段上の恋人たちの会話に立会い続けるカメラは、同じく撮影者の二人に対する共感とともにあったでもあろう。事態に立会い、その推移や展開を構成するさまざまな事物の動きと同じ状況を呼吸する時、撮影者自身もこの状況下を何らかの思いないしは願いをもって生きているのである。

2　自己を介入させる現代の記述について

現代映像の起点となったネオ・リアリズムの方法は、これを単に映像表現にかかわる問題提起としてのみ考えることはできない。さらにこれは、現代における芸術創造の問題であることを超えて、現代を記述する方法として受けとめるべきものではないかと私は考える。一つには、現代史にかかわる歴史記述の方法として。一つにはより身近に、身辺の日常にかかわる日録のとりかたとして。そして現代ジャーナリズムのかかえる諸問題は、根底においてその双方にかかわっている。

かつて戸坂潤は現代を特異な時代だと呼んだ。特異な時代とは、〝いま〟を含む時代ということであった。この「いまを含む」とは、ほかならぬ私自身がいまこの時代状況下に呼吸しているということである。私はこの時代状況下に生きて、日々生起する諸事件と接しつつ、私自身の日常を送っている。そこには、事件に対する憤りややり切れなさや焦立ちや、時には嬉しさや胸のすく思いや自身の人生に照らした共感やがあり、それが私の日常の行為のありかたに影を落し、また私の内部でさまざまな社会批評や政治批判や、文化のありかたへの懐疑や、社会的諸事件と私自身の日常とをつないでいるジャーナリズムへの批評の眼を育ててもゆく。この、日々の出来事と私自身とのかかわり合いを離れては、現代は私のなかでなまなましい息使いをもたない。現代が〝いま〟を含むというこのごく当り前の指摘は、私自身が日々どう生きているか、どのように生活を営み、社会的行為を積み重ねているか、それが時代状況の流れや推移とどのように向き合い、葛藤し得ているか、そうした私の日常の視線のひろがりの上に時代の様相を見ることを、もとめるものであった。

しかし同時に、日常とは多分にあやふやなものである。日々の諸事件との出会いとそこで抱く私たちのさまざまな思いは、しばしば日々の忘却とともにある。怒りが翌日には忘れ去られる。過去をよび戻す何らかの装置を、私たちはそれぞれの内部に用意しなければならない。さらに現代においては、時代の流れやその様相を日常の視野の直截なひろがり――その遠近法的な視覚――の上にとらえることが困難になっている。一つには現代状況のひろがりが、生ま身の自分がじかにふれ合い得る規模や範囲をこえて、状況自体のもつ様相との間にさまざまな複製環境――その主たるものが活字や映像によるジャーナリズムである――を介在させていることである。この複製環境が、時代状況と私たちの日常との間の通路を作るとともに、逆にこの複製による〝作り〟が、しばしばこの通路を遮断する壁となり、時代の流れを断ち切る膜ともなって、私たちの眼前に現状況の様相を見せ、同時にその様相を見誤らせる。私たちが生ま身の眼を状況自体に当てるためには、この複製とその作りを読み解くすべを身につけなければならない。

一つには、二十世紀初頭以来の現代世界が、一元的世界の論理――大国の論理あるいは北の論理と呼んでもよい――と多元的世界の論理――小国の論理あるいは南の論理と呼んでもよい――との葛藤を内在させ、百年に近い歴史過程が、この葛藤の織りなす複雑な現実的様相によって幾重にも錯綜した展開を見せていることである。現代世界の構造はそれぞれの地域の日常の複雑なからみ合いを含んでおり、それぞれの日常の単なる総和としていない。国際化時代という言葉は、根底においては現代世界のこうした構造に沿って生まれたものであろう。しかし昨今流行の〝国際化〟という語は、その端的な表現であることから程遠い。この言葉が、現代世界のかかえている葛藤とそれの生んでいるさまざまな深刻な事態を回避ないしは無視して、世界ののっぺらぼうなひろがりとして語られる時、これは今日でもなお横行している大国主義や覇権主義への追随の表明ともなり得るだろう。現代世界を語るには、とりわけ使用する言葉の厳密な定義を必要とする。第二次大戦の終結とともに成立した国際連合に関しても、しばしば国連総会の動向と安保理事会との間にズレや対立が生じて、これを単純に〝国連〟の名で呼ぶことをたゆたわせる構造を内包している。

現代世界で民主主義ないしは民主化の名で呼ばれる諸現象も、その実態は単純ではない。第二次大戦を通じて、民主主義が世界の普遍的理念として承認された――昨今の世界の動向は、いわばその再確認としてあるものだ――ことは、画期的な歴史的意味をもつが、同時にこのことは〝民主主義〟をあいまいな言葉にもした。戦後世界でも戦後の日本においても、政策や運動の一切が民主主義や民主化の名で語られる。時には反民主的な施策が民主化の名の下に遂行される。他国への干渉あるいは侵略に等しい行為までが、しばしば民主化の名とともにある。加藤周一は、一九六八年のチェコの事態に関して、本来は民主主義の徹底化の上にあるはずの社会主義が、ここでは〝民主主義的社会主義〟という矛盾を含んだ表現のなかにその現実の様態を表明していると述べた。ヴェトナム戦争をはじめ戦後の多くの干渉戦争にも紛争への介入にも、〝民主化〟という言葉はくりかえし現われた。アメリカにおける〝キューバ民主主義法〟は最近の一事例である。理念と実態との乖離を蔽う言葉の使用は、そうした発言の無批判の報道を含めて、あるいは今日最も注意を要するものである。

私たちがいま、自分自身を介入させつつ現代を記述しようとする時、その日常の視線が現代状況の全体にあるいは現代世界の構造にまで及び得るか、そのさまざまな手だてを考えなければならないが、そのためには何よりもまず、自分自身の日常が現代状況のひろがりのどこに、どのように位置を占めて、状況の推移にどのように左右されまたこれを支えているかについて、考察を深めなければならない。この自己省察が状況の推移・展開との密接なからみ合いのなかで進められるところにまた、現代の時代的特質がある。さらに、それ以前に、自己を介入させることによって時代を記述し得るというところに、そもそも現代の特質があるのだろう。そしてこのことは、私たち個々人にかかわる問題であるとともに、現代ジャーナリズムにおける報道の基底に横たわる問題でもある。

3　ヴェトナム報道と湾岸報道との間に生じた落差について

一九九一年一月十七日、湾岸戦争開始の報道は、異様なテレビ映像とともにあった。以後の湾岸報道は、テレビが主導権を握ったかにも見えた。事実、報道関係者たちの間でも、〝テレビの威力〟という言葉がしばしば交わされたし、〃リアル・タイム〃ということがあらためて喧伝されたのも、この戦争の報道を通じてであった。しかし、この〃テレビの威力〃も〃リアル・タイム〃も、実際には空語に過ぎなかった。私自身、一月十七日の戦争報道の冒頭から、そのテレビ映像にも、戦争の開始に〃成功〃の言葉が使われたその解説にも怒りをおぼえたが、そこにすでに露呈していたのは、一国の政府と軍部のほぼ完全な操作対象となった報道の無残な姿であった。それとともに、この時期のテレビ報道に顕著な現象は、各局の起用した〃軍事評論家〃の群であった。国際政治の専門学者たちよりも〃軍事評論家〃たちが重用された点に、湾岸戦争のテレビ報道の大きな特質があり、これは同時期の新聞紙面に、日頃は見られない幅の広さで各分野の専門家・学者たちが登場したのと、きわだった対照を見せていた。また、この軍事評論家たちの活躍と〃リアル・タイム〃の誇示とは、一つながりのことであった。

ここで、リアル・タイムについてふれておきたい。テレヴィジョンが中継映像を主体に成り立つメディアであるかぎり、その同時性の機能とそれに伴う経過報道の性格は、テレヴィジョンの生命と呼んでもよい。が、舞台中継やスポーツ中継のように全体の枠組みと事態の経過が事前にある程度まで予測可能なものはともかく、事件の報道においては、事件の発生以前にその輪郭と展開過程を予知することは、概ね不可能である。しかもなお事件全体の構造把握を伴うことなしには、経過報道とその中継映像は、事件の表層をなでるにとどまり、容易に生きた呼吸をもち得ない。湾岸報道の映像がその煽情性のみを誇示して、戦争全体の実態を蔽い隠す壁としての役割を多く担わされたのは、その代表例とも言えよう。リアル・タイムの主張は、現実にはしばしば幻想を伴うものである。その報道がいかなる理由で〃いま〃を要求しているのかが、慎重に検討されねばならない。事件報道に関して、その事件の予知の困難さを補うものは、報道者の、事件〝周辺〟に対する〝事前の関心〟とその深さであろう。中東であれ中米であれ、一地域に関する専門研究や持続的調査は、しばしばその地域に望ましいあるいは望ましくない事態が訪れることへの願いや期待や不安や危機感を伴って、その地域に近い将来どういうことが起り得るか、起ってはならないか等の予測を、ある程度可能にするだろう。また、事件発生時に、その問題点は何か、その核心はどこにあるか等の認識をある程度保証もし得るだろう。経過報道やその中継映像を生かし、またこれを背後で支え得るのは、報道者自身のそういう眼である。報道者が、担当する事件に自己をかかわらせることをもとめられるのは、何よりもその点に関してである。リアル・タイムが生きるのは、それがリアル・タイムであることによってではない。

湾岸戦争報道、とりわけそのテレビ報道に目立った一特徴は、たとえばこれを四半世紀前のヴェトナム戦争報道と比較してみると、その報道の姿勢自体に〝戦争批判〟が稀薄になっていることである。〝軍事評論家〟の多数登場もそのことと無縁ではないが、戦後半世紀近くの年月を経て、戦後の数多くの戦争報道で、その表面への表われかたに多少の差はあれ、報道者の姿勢の根底にあったと思われる戦争一般の否定の主張と論理が、ここで急速に影を薄めていっていることに、注意しなければならない。このことは、湾岸戦争期にとくにあらわに顔を出した〝正義の戦争〟論への、報道の内部での批判の弱さにも見られるし、〝世界新秩序〟なる発言ないしはそれに沿った事態の進行の容認にも、さらに九二年におけるＰＫＯの変質、とりわけハマーショルド原則の放棄とも言える国連内外での事態への無批判に近い追従的報道にも、これは通じてゆくものであろう。問題は状況の〝進展〟に没主体的に追随してゆく報道の大勢にある。

ヴェトナム戦争期、とりわけアメリカ軍の北爆によって戦争が本格化した六五年以後の時期に、新聞、放送をはじめ、個々人の作家や写真家による現地ルポルタージュを含めて、日本国内の眼は、かなりの切実さを帯びてヴェトナムに向いていた。放送各局は、現地に取材班を派遣して多くのドキュメンタリー番組を放送した。湾岸報道の中継映像に対応するのは、ヴェトナム報道においては、とくにこのドキュメンタリー映像である。それぞれ視点の微妙に異なるこれらのドキュメンタリーの全篇を通して、共通に流れていたのは戦争否定の空気であった。アメリカのヴェトナム侵略に対する批判とこうした他国への干渉戦争が深化してゆくことへの危機感が、全般的にかなり強く見られた。なおそこに、さまざまな問題が見られなかったわけではない。個々の映像の構図をとるさいに、半ば無意識に働く対象への情緒付与が、報道者の状況に対する危機感とは逆に、事態を美化する映像をそこに生み出してしまう弱さが、部分的に散見された。これは必ずしも十五年戦争を通してつちかわれた戦争美学の遺産ではない。第二次大戦期に戦争賛美をより明確に方法化したナチの映像は、それが意識的方法であったが故に、戦後世界において方法的検証の対象になり得たのであるが、日本におけるこの種の映像表現は、表現者の内部にもっと根深く棲みついている。対象を自己の情緒にくるんでとらえようとするその視点の選択は、表現者のなかで半ば無意識に発現するものであり、それ故にこれは、戦後における〝戦争批判〟の姿勢の内側に、なお生き続けてきたものであった。そしてこれは、報道者自身の主張を、しばしばその表現の上で裏切るものともなった。

さらにこのことはヴェトナム報道において、その戦争批判の姿勢に根底においてかかわる問題をも提起する。ヴェトナム報道の多くの映像において、その戦争批判の姿勢は前述したように全体として疑い得ないものであったが、それは端的に言えば、日本の戦後状況を貫いてきた戦争一般の否定の理念に依據した上に成り立つものであった。確かにその平和の理念に照らして、ヴェトナムにおける戦争の事態は忌避すべきものであった。が、そのためにヴェトナム報道の数多くの映像は、ヴェトナムの現実をその視点の下にとらえようとした。もしその視点が報道者の内部で、体質化された戦後理念としてその後もゆるがぬものとしてあるならば、これは一つの有効な視点の確立とも言えるであろう。また、これは現代状況をとらえる一視点として、戦後世界の動向に対して有益でもあろう。が、もしこの視点が、少なくともこの時期まで生き続け、日本国内における世論ないしは空気を形づくっていた戦後意識の大勢にただ依據しただけのものであったならば、その視点は報道者の内部で、対象をみるさいの先入観――安心し得るないしは安全な視点――にとどまるものになりはしなかったか。そのさいには報道者は、自己の視点をもったとは言えない。戦後の戦争否定の視点からヴェトナム戦争の現実に立ち向かおうとすること自体は、決して誤りとは言えない。が、このことの直接的延長として、その視点によってこの戦争の現実を枠組みしようとすることを、直ちに肯定することはできない。この枠組みは、ヴェトナム戦争自体が帯びる特殊な性格とそのなかでの独自な事態の進行を、しばしばそこから脱落させる。確かに過去の常識に沿った事態の照射は、観る者にとって〝わかりやすい〟のだが、同時にそれは、現実の事態から観る者の眼をそむけさせることにもなる。逆に、ある事件ないしは事態への切実な関心は、その関心領域を超えた事態あるいはその関心を支えている常識からはずれた事態にも対応し得る眼――自分自身を組みかえてゆく視点――をその内部に用意しているものである。おそらくヴェトナム戦争は、報道者がこの戦争の現実と正面から向き合い、この戦争の個々の現実から新たな発見を積み重ねることによって、これまで抱き続けてきた――あるいは漠然と依據してきた――戦争否定の理念を、戦後世界における自身の生きかたを支える論理として現実化する機会であった。あるいは、もしその課題がこの時期になお十分に果されてこなかったのであるならば、いまあらためてそのことを、ヴェトナム戦争期に立ち戻って再検討すべきではないかと私は考える。そしてこの問題は、映像表現にのみ限定さるべきことではなく、活字ジャーナリズムにおける文体の問題、さらに記事の構成の問題にもかかわることである。

ヴェトナム報道、とくにそのテレビ・ドキュメンタリーの基底に、その戦争批判の姿勢を通してヴェトナム戦争を全体としてとらえる視点が見られ、そのことでヴェトナム戦争をともかく私たちの眼に〝見えるもの〟にしたということと、湾岸戦争報道、とくにその中継映像において、戦争批判が稀薄であり、またその戦闘の限定された一局面をのみ伝える映像が、湾岸戦争の全体を私たちの眼から〝見えないもの〟にしていたこととのその差は、前者がその映像を自己の視点の下に構成する機会をもち、後者がそのリアル・タイムの映像の流れに自己の眼を介在させ得なかったことから生じたものであった。しかし問題は前述したようにリアル・タイム自体にあるのではなく、リアル・タイムであること自体に報道の価値を見ようとした幻想のなかにあった。そしてこのことは報道における客観性のありかを問うものであり、報道者がその現代認識と現状況への深い洞察をもとに、自分自身とその眼を状況の進展とかかわらせることによって、報道においてその客観的記述を保証するということを考えさせる一例でもあった。

しかし、ヴェトナム戦争の報道において、個々の戦闘から戦争一般の悲惨さを抽出しこれを訴えることが、ただちにこの戦争の客観的記述であるとは言えない。この戦争が実際にどのように進行し、ヴェトナム人の生活をどのように具体的に破壊し、ヴェトナム人がこれとどのように対処しているか、時にはヴェトナム人たちのこの戦争の戦いかたの考察を含めて、この戦争の実態とその終結への道を探ってゆくことのなかに、戦争批判の理念の現実化があったのであろう。その視点の下におこなわれる各局面の記述においては、当然報道者の批評の眼が生きる。この報道の批評性と報道における客観性とは矛盾するものでなく、逆に、そこに批評性が成立することによって、報道の客観性が確保されると言い得るのであろう。多くのヴェトナム報道における戦争批判の姿勢は、しかし、このような戦争の現実との切り結びを通して浮かび上ってくるというよりも、戦争の現実を、したがって個々の映像をも外から枠組みするものにとどまり、その点でこの姿勢ないし視点は、当時の日本国内における空気――これを社会的コミュニケーションの総体の名で呼んでもよい――への依拠をこえるものではなかった。したがってここには、報道者自身の主体のありかは稀薄ないしは不明確になる。そして、時代の大勢にのみ依拠した視点は、状況の推移とともに変移してゆくのもまた当然である。ヴェトナム報道と湾岸報道とが、戦争批判の姿勢という点に関して顕著なへだたりを見せるその最も大きな要因は、この、報道における状況への追随とその大勢への依拠にあるのではないか。

4　報道の主体の確立と客観報道との関係について

戦後世界における戦争一般の否定は、心情でなく論理である。戦後世界の構造を説明する論理に沿った現実的理念であり、主張でもある。ヴェトナム戦争の展開とその結末は、この論理を実証した。湾岸戦争はこの論理を逸脱したところに生まれ、この論理を否定しようとする動きをその展開のなかに見せた。〝正義の戦争〟が公然と主張され、そのなかでヴェトナム戦争の意味を見直そうとする動きまで現われたのは、戦争の主勢力の双方に、戦争犯罪あるいはそれに類する性格が見られるということである。〝正義の戦争〟の主張は、戦後世界における戦争一般の否定と相容れないものであり、また第二次大戦後における戦争犯罪の国際法的規定を突き崩そうとするものである。湾岸戦争を契機とする国連の急激な変質ないしはその変質をはかるさまざまな策謀も、それとともにある一連の、そして一時的な動きとして見ることができる。ほぼ同時期に生じた〝冷戦の終結〟にも、注意の目を向けなければならない。〝冷戦の終結〟とは一個の事態であるとともに〝ある表現〟である。そもそも冷戦自体が、戦後世界の論理ないしは理念に反して生じ、あるいは反する意図のもとに作られたものであった。戦後世界において、冷戦の主張と平和共存の論理ならびに主張とが、相対立するものとしてあり、両概念の葛藤の上に戦後世界の展開があったことを忘れてはならない。ただ冷戦が戦後世界の当初に生まれ、それが昨今まで続いたということで、今日、それがいかにも戦後世界の構造を規定してきたかのように主張ないしは喧伝される。〝冷戦構造〟という言葉自体が、そうした一面的規定の危険性を帯びる。そして、冷戦の終結をあたかも戦後世界の終焉のごとくに見せて、そこに〝新時代〟ないしは〝新世界秩序〟が主張される。ある勢力はいまそのための既成事実作りに大童わである。さまざまな新語が無定義のまま横行する時代でもある。

いまこの時代に、私たちはたとえば〝冷戦の終結〟という言葉を、自分自身ではどのような形で使用すればよいのか。その無自覚な使用は、この言葉の帯びる表現的性格への加担である。またある政府ないしはある勢力が、これまでの戦後世界の理念の組みかえをはかって、そのための既成づくりに狂奔する時、それに沿って生まれる事態や事件を、ただそのままにひとに伝えることは、私たち自身の、一政府ないしは一勢力への加担とはならないか。それはいわゆる宣伝の片棒をかつぐということではないのか。私たちの〝現実〟を見る目が問われるのはそのためである。日常人としての正常な感覚とは何かを、自身に問い直すことがもとめられるのも、それなしには私自身をこの時代の一角に立たせられないからである。ジャーナリズムにおける報道の主体が問われるのも、同様のことからである。

一つには、報道にあたって、使用することばの検証がもとめられる。報道者自身による定義が必要なのである。声明や発表において使われた、とくにある意図をもった言葉をそのまま報道に流用することの危険は、いま述べた通りである。言葉が事態を作るのである。一つには、あちこちに発生しないしは作られてゆく諸事件に、自身の批評の目をあてることである。報道がその批評性を失う時、報道はしばしば、みずからの虚構性を〝現実〟によみかえようとする大小の既成事実を容認するのである。ここで報道の〈公正・中立〉にふれておかなければならない。この公正・中立とは、客観報道を内から規定するものであるが、単なる客観主義を意味するものではない。もろもろの事件の報道にあたって、その事件に対して全く価値評価を加えないということでもなく、その価値評価に関して、さまざまな、あるいは両極の意見の中間に身を置くということでもない。問題は報道が何を根拠にして公正であり、何に対してその中立性を主張するかである。そしてこれは、報道者自身の理念としてあるものである。第二次大戦後、私たちが敗戦とともに獲得し、また戦後世界において人類全体の規模で承認された民主主義の諸原理と、絶対平和の主張を離れて、戦後報道の公正・中立はない。そもそもこれが戦時下における報道の批判・反省と結びついて生まれたものだからである。さらにこれをひろげて言えば、中立とは、戦後世界における中立概念ともかかわって、個々の国策からの、また種々の政治的主張からの報道の自立を意味する。政界報道でない、本格的な政治報道が確立するのも、そのことによってであろう。

現在主義は、私たち日本人の資質にかなり深く根を下ろしているように思われるが、この体質は日本ジャーナリズムのなかにも顕著に見られる。が、時事刻々の事態の推移にそのままに対応し、一喜一憂をくりかえすジャーナリズムは、それ自体の流れを保持し得ない。そのことはまた、諸事件の表層とのみかかわりその構造に迫ってゆかない表層主義にも通じてゆく。結局は事態を動かしてゆく力に追随し、また個々の情報の集積が時代状況の大きな流れを蔽う壁ともなる。情報過剰が情報過少に通じるのは、そのためでもある。ここでももとめられるのは、報道者の深い現代認識にもとづく状況の流れへの的確な判断である。諸事件との接触は、つねにその上になければならない。よく報道人のカンと言われる。それは一見報道者の職業意識とともにあるようでいて、必ずしもそうではない。むしろそれは職業人の意識であるより前に、日常人としての生活意識にもとづく憤りや願いから発しているものであろう。報道者の場合、それが日常人一般よりも広い日々の社会活動の場のなかで、より具体的・実際的に発揮されるということではないのか。報道と日常との関係は、学問と日常、芸術と日常の関係よりも、ほぼ一体化に近く密接・切実であり、この切実な関係を離れて報道の主体もあり得ない。またこの関係の上に立って、報道は時の権力からも自由であり得るのである。

諸事件をただそのままに記述し報道することが、必ずしも客観報道たり得ず、逆にしばしば、ある意図に沿った主観報道になることを、また事件の推移に独自の批評の眼をもって立会い、しかもそれを自己の主観的世界のなかにとりこむことはせず、事件と自分とのかかわり合いとして記述し報道することが、報道の客観性を保証することを、今日の報道はあらためて検討すべきではないか。自己を介入させることによる記述の客観性の確保は、現代の報道においても一個の大きな課題であると私はいま考えている。

山本安英の声が聞こえる　1994. 1

フワッと耳を包んで、胸の奥深くまで浸み入ってくるような、あの声は一体何だったのだろうか。

声が濁ることがある。声質にはかかわりなく、語ろうとするその言葉の中味が語り手のなかで不分明のまま口をついて出る時、語られる言葉の裏側に魂胆とも呼び得るような何かの企みが隠されている時、声が濁ってきこえる。その濁りがない。

つねに明晰なことばとともにあった透明な声は、何よりも、一九二〇年代以来の時代の激動のなかで、どんな風圧にも屈しない柳枝の勁さにも似た、人間精神の自立の高唱であった。声が人生を語る、また語り得ることを、この声自体が立証していた。『子午線の祀り』の最後に〝影身を演じた女優〟の語る言葉「……やがてみなぎりわたって満々とひろがりひろがる満ち潮の海面に、あなたはすっくと立っている。」は、私たちのひとりひとりに語りかけてくると同時に、語り手自身の姿を物語っていた。

俳優が何かの役を演じようとする時、自分とは別人格のある人物をつくろうとする時、そこにしばしば作り声の世界が生まれる。それらしい人物の舞台上の横行に空しさを覚えるのはそんな時だ。その作り声がない。

役の人物に演者がつねにその視線を当てていると言おうか。無意味な変身の企みがない。人物の声を演者自身が追い、聴き、確かめ味わっている。相手役のせりふを聴く時も同様だ。相手役の声を同じく役の人物として受けとめながら、同時にその相手役からの言葉を演者自身が改めて味わい考えている。そのために舞台上の二人の対話は、単なるせりふの交換でなく、ことばの響き合いをそこに創り、またそのためにことばはつねに新しく、声は新鮮な響きを伝える。『夕鶴』の一〇〇〇回は、おそらくその上に成り立っていた。

大声がことばを消すことがある。声が届くとは、語る内容にもかかわることである。声が割れて〝聞こえない〟ことがどれほど多いことか。また演者による外からの情緒付与が、ことばの、あるいはもの自体の帯びる情緒を突き崩すことも多い。そういうことが全くない、どんな会場でも、確実に声が届いた。

一語一語が、文が、文章全体が、あるいは作品がもとめている声を、また相手との交流・交歓を保ち高める声とその音程を、場がもとめている音量を、つねに確かに把えていた。ある語句が、何でこの文章のここに挿まっているかなどの読みまでが声に出ていた。『夕鶴』を録音するために舞台にマイクが立てられた時、せりふの言いまわしの細部が即座に全く変わった。「木曾殿最期」の本番で、自分の音程をやや上げて全体のリズムを整えた。しかもこれは、そのことによってこの言葉自体の帯びる微妙な意味合いを崩すことのない音程の調節であった。

それは身体による認識としか呼びようのない、鍛えられた感性の発現であった。近代の戯曲の読みの深さに裏づけられた声とともに、日本の芸能の修練による声を感じさせる。もし珠玉のという形容を声に冠し得るならば、これはまさしくそういう声であり、またもし生きかたの正しさが声の音色にかかわっているものだとしたら、これはそれを立証し得る声であった。真実のもつ美しさがそこにあった。

ふだんのお喋りのなかにも、時おり、ひとをハッとさせるような一言一言が織りこまれる。静かな、やわらかい声音での、あたかも糖衣にくるまれたようなその一言一言は、これを解析するならば二〇〇〇字にも三〇〇〇字にも上るような重い意味を秘めて、その日常会話の楽しさは、しばしば深夜にもおよんで疲れを感じさせなかった。芸の修練による〝ある集中〟が、日常の営みのなかに沈みこんでいて、ひとを学ばせ得るお喋りを、そこにごく自然に成り立たせていたのであろうか。

その声がフッと途切れた。

ある人生に　1994. 2

やわらかく、意味深いことば。声調が思想や人生態度につながるということ。話相手あるいは相手役と〝関係する〟音程。その両者でつくるリズム。集中の持続を保つための緊張と弛緩。〝待つ〟ことの能動性と構想力。演者と聴衆との〝二重丸〟の一体化。室内の声と戸外の声——空間が声の大小をもとめ、声が空間をつくる。文字は寝そべっている。その文字を立てる。一語一語の音色をよむ。間（ま）は測るもので作るものではない。……

山本安英さんから学んだことは数限りなくある。何よりもその全体は、一本の筋を通した人生、ということとかかわってあるものであったが、私にとってそれらは、ことばの再考察であり、芸または芸品というものの発見への筋道であり、同時に私自身の日常のありかたや日常感覚のゆがみを私自身に見直させる手がかりであった。

亡くなってから十数日のあいだ、何か事にふれては、山本さんの声が耳に響いてきた。が、それも次第に間遠になった。この声を消してはいけないのだと思う。山本さんの同じ声が、また新たな意味を帯びて耳に響いてくる日がくる。この声を消してはいけないと思う。

台本を手にした時、について話されたことがあった。

まず黙読する。それもごく気楽に、「無責任なくらいな気持ちで」何度も読む。無責任なくらいな……とは、仕事を離れて、ということである。しかし、俳優が台本を手にするのは、すでに自分の役もきまっていて、稽古と公演の日取りもほぼ確定している時期である。仕事を目前にして、仕事を離れて読む。そしてこれは、私たちが一読者として推理小説や恋愛小説や歴史小説をワクワクしながら読むような、そんな読みかたである。職業人の日常の根柢に、つねに日常人の眼を成り立たせている山本さんの姿が、この何でもないような語りくちのなかに浮かび上がる。

驚かされたのはその後に続くことばだった。「が、一遍でやめたってかまわない。また読んでみたくなった時に読めばいいのだと思います」。漱石や芥川の小説を、『三酔人経綸問答』や『時は来らん』や『ブリューメール18日』や『街の灯』や『眼と精神』やを、確かに私はそういう風に読みかえしてきたのだった。時には三カ月、半年、一年、ものによっては三年、五年の間を置いてのことだった。しかし、山本さんがここで語っているのは、そんな間を置いてのことではない。仕事が待っている。これはせいぜい翌日か一日置いて、場合によっては朝読んでその日の夕方ということだろう。私が半年か一年、時には三年の間を置いて味わってきた読みかたを、翌日かその日の夕方、あるいは読み終わった直後のわずかの間で、自分のなかに組織してゆく。日常の時間を極度に凝縮するその集中は、日頃の修練のたまものであろう。同時にこのことは、その日常がつねに仕事への意欲を支えに組立てられていることを意味する。山本さんのなかで、日常の営みは芸術創造のためにあり、芸術創造はひとびとの日常のなかでのさまざまな願いと切れ目をもたなかった。思想的とも形容し得るその人生は、この、芸と日常との交錯、両者の厳しい斬り結びを内に包んであったように思える。

古風な、という印象が、いつも山本さんにはあった。自身の律しかたにも、日常一般のモラルにも、それは感じられた。それでいて、背筋をピンと伸ばして時代を見据える鋭い現代人の感覚が、つねに山本さんのなかには息づいていた。大仰な物言いを決してしない人だったから、ひっそりと、つうのように世俗を離れて住むイメージが山本さんにはつきまといがちだったが、どうして、パリやプラハやカイロや上海の街なかを颯爽と歩けるような、たくましい女の根性を堅持し続けた人であった。世相のめまぐるしい転変には関わろうとしなかった人だったから、かえって大きな時流への眼が生きていたのかも知れぬが、その状況認識は、そこでの身の処しかたを含めて、大局的判断を誤ることがなく、かと思うと日常の些事には、信じられぬようなトンチンカンな失敗を平然とくりかえす人でもあった。

大矛盾の人であったのかも知れぬ。その体内に秘めた矛盾が、そのみごとに筋を通した一生の、その筋を太々とつくっていたのかも知れぬ。そしてその底には、我執とスレスレの、しかも決して我執には転じることのない、自己の芸と自己の人生の生きかたへの強靭な執念があった。

古典芸能の修練とその習熟に支えられた芸とその声の美しさは、同時に、西洋近代の戯曲の読みの深さに裏打ちされていた。その芸とその声は、したがって、そのいずれをも超えようとしていた。あるいは、山本さんの芸と声は、現代の、そして日本のドラマの成り立つその方向を示唆し、そして山本安英さんは、その実現を待っていたのかも知れぬ。

言葉の力とは何か　1994. 6

言葉が事実にどう対応し得るか

四月一四日の『朝日新聞』天声人語欄に、興味深い文章が載った。戦前、上海の〝黄浦公園〟入り口に「犬と中国人、立ち入るべからず」という看板が立てられていたという話は、私も人づてに何度か聞いたことがある。が、当日の天声人語欄では、これがどうも戦後になってからの創作であるらしい、と報じていた。〝らしい〟とは、同欄の筆者が創作と断定はしていないこと、さらに五月四日付の同欄で再びこの看板にふれ、当時の体験者たちの見聞を報じていることによる。同欄の最初の報道の数日前には、テレビのある番組がこの看板にふれていたようだが、事情を正確に知りたいという思いをつのらせている。

問題は事の真偽ではない。この看板の文句を裏づける事態、少なくともこの文句の意味にふれる事実は無数にあり得ただろう。天声人語氏の言うように、ここには世界への〝訴え〟と〝告発〟がある。仮にこれが戦後の創作であったとしても、これを単に捏造として片づけるわけにはいかない。

一九一八年に公開されたチャップリンの『犬の生活』に、グリーン・ランタンと名づけられたいかがわしいキャバレーの場面があるが、このキャバレーの入り口には「犬お断り」(NO DOGS ALLOWED)という札が貼られている。『犬の生活』は浮浪者チャーリーが野良犬の生活をしいられていることを描いた名篇だが、この作品の趣旨に沿って言えば、「犬お断り」は「犬と浮浪者お断り」ということにもなる。チャーリーと犬が店から街路に投げ出される描写は激しい。

私自身の体験では、戦時下の中学生の時に、中国の戦線から帰ったばかりの若い教練の教官が、中国兵の捕虜を日本刀や手榴弾で虐殺した話を得々と語るのを、さすがに嫌悪の念を催しながら聞いたのを憶えている。南京虐殺に類する例は中国各地で起きたのであろうことを、このことからも、他に多く聞いた話からも、推察することができるが、しかし、この教官の話を当時私が、果たして嫌悪の念をまじえて聞いたのか、この嫌悪感は、あるいは戦後になって記憶に付加されたものではないのかと考えると、いまさらながらゾッとする思いを抱かざるを得ないのである。面白おかしく語られた話を、同じく面白おかしく聞いたのであったとしたら、その少年の心とは一体何であったのか。

四月一四日の天声人語は、さきの看板の文句がもし創作だとすれば、これは列強(日本を含む)がかつて中国人に対しておこなった仕打ちを〝短い文章〟で訴えたもので、そこには知恵が感じられる、また〝言葉の持つ力〟を考えさせられる、というように述べている。それはそれとして理解できるし、その微妙な表現に共感もし得る。しかし同時に、〝言葉の持つ力〟とは何かを考えざるを得ないのである。それは言葉が事実にどう対応し得るかということに関してである。

内実を明示しない流行語の濫用

最近の大流行語に、「政治改革」あるいは「国際貢献」という言葉がある。言葉自体の意味に関しては、共感を呼び得る言葉である。だからこそ政権担当者の多くはしばしばこの言葉を使い、新聞・テレビなどの報道関係者たちも負けずにこの言葉を多用してきた。しかし、この使用頻度の恐るべく多いこれらの言葉が、その使用に際して、どれほどキチッと定義されたか、その言葉の内実がどれほど的確に論議されたかというと、それは全く寒々しい状態であった。少なくともこの二語に関するかぎり、無定義の流行と言ったほうが事態に対応していよう。

何をどう改革するのか、どの国々どの地域にどのように貢献するのか、の内実を明示しないこれらの言葉の濫用は、使用頻度の高まりに比例してこれらの言葉から意味を剝奪してゆく。言葉の空語化が図られる。言葉が言葉でなくなってゆく。何のために？　この空語化を媒介に政治の転換が企図される。報道はこの一連の過程に明らかに力を藉《か》した。そして多分その弁明は後から来る。

「犬と中国人、立ち入るべからず」の看板の文句は、背後にある同時代のさまざまな事態をその短い文のなかに集約している。「政治改革」も「国際貢献」も、本来ならば背後の諸事態を集約し得るはずの語であった。時代状況がこの語の登場とその豊かな活力を要請しているはずであった。しかし、この二語に関するかぎり、事態は逆方向に進んだ。二語は、自身の帯びる意味と含蓄を空しくすることによって、一定の政治方向に奉仕した。言葉を言葉でなくすことによって成り立つ政治はきわめて危険である。

この二語だけではない。最近の政治用語・報道用語には同質の傾向が顕著に見られる。言葉が内実をもたずに一人歩きする時、文化の頽廃が生まれ、進行する。これをも〝言葉の力〟の名で呼び得るだろうか。それは人間の〝知恵〟であるのか。

事件と報道・序説　1996.3

1　ナチ占領下のフランスにおける一社会的事件について

ナチ・ドイツ占領下のフランスにあって、グラフィック・デザイナーのジャン・ブリュレール Jean Bruller が、一日、作家ヴェルコール Vercors に変身した。第二次大戦下の決して小さくはない一事件だった。

事件の日付は明確ではない。新聞やラジオによって報じられた事件ではなかった。それ以上に、『海の沈黙』（*Le silence de la mer*, 1942）という作品の誕生とともにあったこの変身は、ひとに知られてはならなかった。フランスの国内でも国外でも、人びとはこの小冊子を手にした時、それぞれがその時点で事件の発生を知った。そして多くの人びとは、ヴェルコールとは、自分たちが知っている作家たちの誰かの変名であろうと想像した。

占領下の地下出版物として誕生した『海の沈黙』は、印刷、製本から配布までの全過程を、報道に対してはもとより、周囲の目にさらしてはならなかった。事件は秘かに発生し、秘かに進行した。しかもこの事件は急速にひとびとに知られていった。

『海の沈黙』に続いて、ジャン・ポーラン Jean Paulhan、フランソワ・モーリアック François Mauriac、ポール・エリュアール Paul Éluard、ルイ・アラゴン Louis Aragon、クロード・モルガン Claude Morgan らの作家たち、詩人たちが、それぞれの筆名で作品を発表し[1]、「深夜叢書」(*Les éditions de minuit*) の流れを形成していった。『海の沈黙』はこの「深夜叢書」の第一冊になることによって、その誕生はさらに大きな歴史的事件となった。「深夜叢書」はナチ占領下に絶えることなく刊行され、フランス・レジスタンスの一角を担った。

『海の沈黙』が人びとに与えた衝撃と感動は、何よりも、占領下にこのような書物の刊行を可能にしたという事実による。この事実によって、『海の沈黙』は、また「深夜叢書」は、ナチ占領下においてもフランス文学は、さらに人間の魂は死滅することがないということを示した。同時に、『海の沈黙』をはじめとする「深夜叢書」の作品群は、文学作品としての香気によって、人びとの胸裡に深く語りかけた。その文学性の高さが、その高度の社会性を保障した。

『海の沈黙』は、国の内外でさまざまな論議を生んだ。この小説に登場するドイツ軍将校ヴェルネル・フォン・エブレナク Werner von Ebrennac とは何者か、彼の登場は占領下にどういう意味をもち得るか、占領者の一員である一ドイツ人をこのような人物として描写したのは何故か、また、一ドイツ人としての良心を吐露する彼に対して、老人とその姪とがひたすら沈黙で応じるとは何事か、さらに、沈黙は抵抗たり得るか、等々。『海の沈黙』をめぐる論議は、この文学作品をいやおうなく同時期の苛烈な政治的・社会的現実とかかわらせる。物語自体が社会的事件としてとらえられた。が、こうした論議以前に、この作品自体が、現実社会とじかに切り結ぶ企図のもとに生み出されたものであった。作品創造がすでに事件の性格を色濃く帯びていた。

ジャン＝ポール・サルトル Jean-Paul Sartre は、『海の沈黙』は一九四一年には有効だったが、四二年の終りには効力を失った、と述べる。その物語の内容に即して、である(2)。サルトルの説に沿って言えば、『海の沈黙』は四一年から四二年にかけては一個の事件たり得たが、四二年の終り以後は事件としての意味をもち得ない、ということになるだろう。

サルトルは、ナチ占領下の現実とその推移といういわば状況の視点から『海の沈黙』の作品内容を照射する。『海の沈黙』の刊行とその作品内容とを、同時代の社会状況と深くかかわらせて論じるサルトルの方法は、『海の沈黙』のような作品の評価に際して多分有効であるだろう。とりわけ『海の沈黙』とその刊行とを一社会的事件としてとらえる時、これは事件の解明法として妥当であり、諸事件の報道にとっても、サルトルの方法は示唆的であるだろう。さらに、ナチ占領下の状況のただなかに立っている一人物の証言として、彼の指摘はさまざまに考えさせるものをもって、興味深い。その主旨は以下のようである。

一九四一年のフランスでは、ナチの占領やヴィシー政権に対する市民たちの受身の態度が目立った。このような状況下では、ドイツの兵隊をエブレナクのように描くことは意味をもった。逆に、彼らを悪の化身のように描いていたならば、それは人びとの笑いを誘うものにもなりかねなかった。そして、このように共感し得る人物に対してさえ友情をもつことはできず、彼らがそのような人物であればあるほど彼らは不幸であり無力である、という。『海の沈黙』の描きかたは、四一年のフランス人にとって有効であった。

しかし、四二年の終りからは、占領地区でもドイツに対するたたかいが始まった。この時期には、フランス人たちを逮捕し拷問し虐殺するドイツ人占領者のひとりひとりを、ナチズムの共犯者であるか犠牲者であるかを詮索しようなどとはもう思わない。『海の沈黙』の、エブレナクのようなドイツ軍将校の造型は、また老人や姪の〝沈黙〟は、もはや有効ではないだろう。(3)

さらにサルトルは、「事情に通じない読者は、一九三九年の戦争に対するいくらか退屈なおもしろい物語としてこの小説をよむにちがいない。(4)」という一文を付加している。

ここには、第三者が容易に踏みこみ得ない、当事者の発言の重みがある。さらに、抵抗文学として誕生し、その作品創造自体でナチ・ドイツの占領に対してたたかいを宣している『海の沈黙』について、占領と抵抗とにかかわる事態の推移から、作品あるいはその物語の有効・無効を検証しようとするサルトルの態度はうなずけるものをもつ。しかもなお私には、サルトルの検証は十分に説得的ではないように思われる。

第一に、サルトルは四一、二年と四二年の終り以後との状況の相違について述べるが、『海の沈黙』の刊行は、またその作品内容は、ほかならぬ四二年の終り以後の事態を用意するものではなかったか。この事態の変化を用意した『海の沈黙』は、変化した事態のもとでも、人びとの心のなかに生きるものをもたないか。この作品の〝沈黙〟は、新しい事態のもとで、旧事態にあったさまざまな沈黙を破って生まれた抵抗運動と連動し得ないか。それともこれは、新事態のもとでその役割は、終ったと断定し得るものか。そういうさまざまな疑問が頭をもたげる。

第二に、これは第一の問題とかかわるが、状況の推移や変化との関連で考える時、作品内容は不変のものであるか、という問題が生じる。ある時代に最もよく生きた作品は、その後の異なる時代の様相のもとで、かつての時代に生きたその延長として、かつてとは異なる意味合いを帯びつつ生き続けるということがないか。作品の読みが時代によって微妙に異なる、と言ってもよい。その異なる読みの積み重ねのなかで一つの流れが形づくられてゆくということがないか。サルトルはここで〝沈黙〟ということばに、また旧事態（四一、二年）のなかにあった沈黙の諸形態のもつ退嬰性にこだわり過ぎているようにも思える。ただ抵抗の季節に、こうした沈黙の数々が運動の大きな障害にもなっていただろうことは想像にかたくない。

第三に、あるいはこれがサルトルの言う通りの「事情に通じない」一読者の発言であるかも知れない。私が『海の沈黙』を読んだのは大戦後の一九五〇年代のはじめである。言うまでもないことながら、ナチの占領に対するレジスタンスの、生死を賭けたたたかいの様相の刻々の変化を、この身体で味わっているわけではない。その体験をくぐりぬける目でこの作品に接しようと心がけてはいても、所詮は安全地帯での読書であるだろう。『海の沈黙』のページをめくりつつ感じる私の不安や発奮も、この虚構の世界に即してのものである。当時の現実にふれたつもりであっても、それは容易に想像の域を脱しない。その上でなお、戦後の目から見ると、たとえばエブレナクの造型は、作者自身がいま立っている状況の彼岸に両国文化の、また両民族の人間的交流を置いているのであろう。だからこそまた、いま立たせられている事態のなかで憎悪に徹し得るのであろう。眼の前の現実と彼岸の未来との間を測り得ていたからこそ、『海の沈黙』は一時期の状況に投じた時局的作品にとどまらなかったのであろう。戦後の私の前で、『海の沈黙』はなお一個の〝事件〟であった。

2　事件を定義する、または事件と報道の関係

ヴォルテールの『哲学書簡』（François Marie Arouet, dit Voltaire : *Lettres philosophiques ou lettres sur les Anglais*, 1734）の刊行は、その英訳本の先行（一七三三）を含めて、歴史的事件である。

黒岩涙香が『噫無情』の名で『レ・ミゼラブル』（Victor Hugo : *Les misérables*）を訳出し、これを萬朝報紙に連載した（1902.10.8～1903.8.22）のも、〝西洋事情〟紹介の意味をもつ涙香の一連の翻案のいわば頂点として、またこの作品の日本社会への深い浸透によって、歴史的事件であるだろう。

『哲学書簡』の刊行は、同時代のイギリスにおける諸事件・諸業績を伝えるその内容を離れて、事件たり得ないだろう。またこの書が一八世紀フランス啓蒙思想の展開に果した役割を離れて、同じく事件たり得ないだろう。さらに、訳本が原著の刊行に先んずるというその稀有な事例は、同時代における英仏両国の社会体制の相違にからんで生じているが、これもこの書の内容とは切り離せない。

萬朝報における『噫無情』の連載の開始は、同紙に報道された他の諸事件とならんで、一個のニューズであった。これがさらに大きなニューズとなってゆくのは、連載の進行過程においてである。その作品内容がひろい読者層に迎えられることによって、次第に大事件の様相を見せてゆくというのは、興味ある事実である。

思想上の、あるいは芸術の分野での諸業績も、その現実世界への介入と影響の大きさによって、社会

的事件として登録される。その事件としての性格は、その業績の内容と深くかかわる。作品内容の解読を離れて、事件の解明はない。

謡曲『蟬丸』は戦時下に、天皇家誹謗の内容を含むという理由で、禁演能となった。当時一般にはあまり知られることがなかったが、戦時下の一事件であった。これと似た理由で戦時下に公開されなかった作品にフランス映画『うたかたの恋』(*Mayerling*, 1936)がある。一八八九年一月三十日に、ハプスブルグ家の皇太子ルドルフ Ludolf の情死事件があり、『うたかたの恋』はこの事件に材をとっていたのだが、この甘い悲恋物語も、他国とは言え皇室の醜聞を描いたということから非公開となった。私がこの事件を知ったのは一九四六年、漸く公開されたこの映画を観に、連日東京・渋谷の映画館に足を運んでいた時であった。

一九四六年三月二十八日、『蟬丸』は神田・共立講堂で、梅若六郎と観世銕之丞によって演じられた。(5) 能楽界は戦後の出発にあたって、戦時下に禁演となった『蟬丸』を演目に選ぶことによって、その第一歩を踏み出した。日本の芸能にとって、これは歴史的事件であった。

日本の戦後にとって、それぞれの個人、それぞれの組織や団体が、またそれぞれのたずさわっている職業や専門の分野で、それぞれの日常のなかで、いつ戦後を迎えたかということは、重要な意味をもつ。一九四五年八月十五日の敗戦は、日本人にとっておそらく二十世紀の最も大きな事件だったが、戦時下に一貫して戦争を忌避あるいは否認していたきわめて少数の人びとを除いて、大多数の日本人にとって――私もまちがいなくその一人である――この日はただちに〝戦後〟の到来を告げるものではなかった。自由や平和を生きた理念とする戦後生活の日々が、また戦後文化の創造がいつ始まったかは、ひとりひとりにとって異なる日付をもつだろう。それが明確な日付をもとうと、あるいはそれが日付のややあいまいな数日ないしは数週間、数ヵ月であろうと、またそれが数度にわたるものであろうと、ひとりひとりにとってその日が戦後の起点であるはずであった。そして〝八・一五〟という象徴性を帯びた呼称は、ひとりひとりにとって異なる〝その日〟の総体を意味した。

その日の事件は、多分に私的な小事件であるかも知れない。しかし、その小事件の数々が、一九四五年八月十五日の大事件に対応してこそ、戦後社会が形成される。その対応を通して、無数の小事件は大事件のなかに組みこまれ、大事件の意味がひとりひとりの内に生きる。能楽界においてはその日付が、四六年三月二十八日であった。ひとりひとりの同様の日付をもつ事件が、個々人にとっての歴史的事件である。

チャールズ・チャップリン Charles Chaplin が『大独裁者』（*The Great Dictator*）を発表したのは、ヒトラー **Adolf Hitler** が勢威を振るっていた一九四〇年である。戦時下に日本では公開されなかった。ごくわずかの人たちが日本占領下の南アジアの土地でこの作品を観る機会を得ている。(6) 国内で禁じられている作品が占領地では観られたというのは皮肉な政治現象だが、この作品が日本で公開されたのは、製作・公開から二十年を経た一九六〇年である。敗戦直後の占領下で、またそれに続く戦後の日々のなかで、『大独裁者』が何故公開されなかったかは、いまだに明確になっていない。第二次大戦後のアメリカでチャップリンが立っていた微妙な位置と、このことはかかわっているのか、あるいは輸入会社の忘却のためか、それともこの作品が戦後の日本人に最も訴えるであろう時期が狙われていたのか、今日までそれは謎のままである。少なくとも戦後の二十年間、『大独裁者』の公開という事件は起きなかった。

事件が起きなかったことが〝事件〟であった。

この種の〝事件〟は第二次大戦後においてもかなり多くある。そして、その多くは報道のありかたとかかわる。海外の新聞に報道され、それが一年後あるいは数年後になって日本の新聞やテレビで報道されるという事例も多い。戦争犯罪人（の追及）に時効はない、という国連総会の決議が日本のマス・メディアでは報道されなかった、(7)というのもその一例である。核搭載軍艦の寄港に関する日米安保条約改訂時（一九六〇年）の条項が、(8)ずっと秘せられていたのはこの条項の性格からやむを得ないとしても、その間虚偽の政府答弁がくりかえされてきたというのは、さかのぼって問題にはなり得ないのか。いまあらためて事件になる、ということもあり得るはずである。

『大独裁者』は一九六〇年に日本で公開され、大ヒットした。その点で輸入会社は公開時を誤らなかった、ということにもなる。私自身、六〇年にこの作品を観て、いまだから見えた、と感じることがあった。いうまでもなくこの作品は、ヒトラーを戯画化しつくすことで独裁者を批判し、とりわけ独裁者を礼賛する美意識に痛棒を与えたものであった。同時にこの映画の二役、独裁者ヒンケルと床屋のチャーリーとの、チャップリンの動きを通して、私たちひとりひとりに、自己の意志と自身のことばをもって生きることを訴えた。とくにこのことを明確に提示したのは、作品の最後の有名な〝六分間の大演説〟においてであり、演説の中途から作中人物のチャーリーに作者チャップリン自身がとって代わることによってであった。

もし私がこの作品を、戦時下はもとより戦後の早い時期に見得ていたならば、その痛烈な独裁者批判に快哉を叫ぶことはあっても、私自身への作者からの呼びかけを受けとめ得ただろうかという危惧がある。さらに、この作品を通して、私自身の美意識の転換をおこない得ていただろうか。そのことから言えば、一方で一九四〇年にこの作品にふれ得なかった政治・社会状況を考えつつ、六〇年にこの作品に出会ったことはしあわせでもあったと思う。

このことは第一に、同一の事件が状況によって微妙にその意味を変え得るということ、第二にそのことから、過去の諸事件をただちに旧聞にせず、眼の前にとり戻して検証し直す必要があること、そしてこの検証は諸事件をいまに引き寄せることによってではなく、いまの〝後知恵〟を生かしつつ諸事件を当の時点に戻し、そこからいまの自身を照射する作業を伴なうものであること、等を私に教える。

諸事件は、それぞれに、ひとびととの出会いとその時期を待っている。その時期は、事件を受け止める主体の側から言えば、事件の意味を確認する私たち自身の見識や力量の問題にかかわるが、事件自体に沿って言えば、その事件の性格から、それにふさわしい、あるいは望ましいひとびととの出会いの時期がある。その時期を失すれば、とり戻しようもないような事態も起こり得る。これは事件に対応する報道の問題でもあるだろう。

一九四〇年にチャップリンが、『大独裁者』という虚構の世界を現実の世界に対置したこと自体が、すでに一個の事件であったが、そのラスト・シーンである六分間の演説は、さらに虚構と現実との興味深い錯綜を見せる。演説の中途でチャーリーからチャップリンへの変身がおこなわれるということは、この場面でドラマの世界を脱して現実世界の一角に立ったということを意味する。その時、この映画を観ている私は、一観客のままでスクリーンと向き合っていることはできない。現実世界に呼吸する自分自身をとり戻し、現状況の下で生を営む一人として、スクリーンからの作者の呼びかけに対決しなければならない。明らかにこの時、私はチャップリンから私自身の生きかたを、日常生活を営むその姿勢を問われている。『大独裁者』の公開当時、この演説場面はかならずしも好評を得てはいなかった。そして批判意見の多くは、チャーリーによる演説がドラマのリアリティをそこなうという点に向けられていた。評者たちはこの時、映画を観ていたのであった。

虚構と現実との厳しい切り結びは、しかし、本来、虚構の設定自体がもとめていたものであった。この演説場面におけるチャップリンの操作は、非現実の世界から現実を照射するという虚構の構築作業の、一つの行き着く先であったかも知れない。そして、報道が事件と切り結ぶさいにも、あるいは同様のことが求められてはいないか。

虚構が現実と切り結ぶ同様の事例は、ベルトルト・ブレヒトBertolt Brechtの『ガリレイの生涯』(*Das Leben des Galilei*, 1938)の作りかえの作業にも見ることができる。ブレヒトは、亡命先のアメリカでヒロシマへの原爆投下のニューズを聞いた時に、科学の民衆からの乖離の結果をそこに見て、ガリレイの断罪を含む『ガリレイの生涯』の改作(一九四七)を決意したという。(9) ガリレイ裁判にまつわる事件の意味が、後代における事件とその報道によって変えられた、とも言える。しかし、考えてみれば、一六三三年にガリレイが自説を撤回したさいに生まれた「それでも地球は動く」(Eppure si muove)ということば自体が、一個の虚構としてガリレイを救い、また彼の屈服に銷沈した民衆を救うものであった。この短い一言が当時の現実と格闘し、しかも三百数十年後の今日までそのことばの響きを伝えてくるのは、おそるべきことである。しかも事件の意味をくつがえすまでの力をもったこの〝報道〟は、あるいは歴史上最大のものであるかも知れない。

エミール・ゾラ Émile Zola が大統領フェリクス・フォール Félix Faure に宛てたアルフレッド・ドレフュス Alfred Dreyfus 擁護の公開書簡が、一八九八年一月十三日、“J' Accuse…!”（「余は弾劾す」）の見出しのもとにオーロール紙（L'aurore）に掲載されて社会的大事件となった時、この文章はゾラの「余は弾劾す」として世にひろまった。ここには、事件への明らかな報道の介入がある。“J' Accuse…!” という簡明直截な見出しは、ゾラの文章への呼びかけ効果を異常に高めた。新聞見出しの常道とは言え、それが事件の周知、事件への話題の沸騰に向けて実を結んだ。事件と報道との連動・連携の好例である。

黒岩涙香が『レ・ミゼラブル』を〃噫無情〃の日本題名で訳出したことにも、これと一脈通じるものがある。『噫無情』を代表作品とする涙香の一連の翻案は、文学的作業であるとともにそれ以上に報道であり[10]、また新聞経営上の意図から出ている。彼の翻案にあたっての原著の選択には、これらのことがたえずからみ合っている。その点で、彼が原著を読むさいに何を〃面白い〃と感じたかは興味深いが、『人耶鬼耶』『白髪鬼』『巌窟王』[11]等の日本題名も、文学性、報道性、広告性の共存の上に成り立つものとして、これはその後の外国文学や映画の日本題名のつけかたにも、大きな影響を与えている。

こうした日本題名には、原著のもつ芸術性を破壊しかねないものもしばしば見られるが、その成功例・失敗例を含めて、比較文化研究の好材料となり得るものも多々ある。たとえばアントン・チェーホフの『桜の園』（Антон Павлович Чёхов : *Вишнёвый Сад*, 1903〜04）[12]。これは名訳と言うべきか。ともかくこの題名によって、この作品が日本人の間に深く浸透していったことはまちがいない。『巴里の屋根の下』（René Clair : *Sous les toits de Paris*, 1930）も同様である。この原題名と日本題名との関係にも、事件と報道との関係を秘めるさまざまな葛藤や馴れ合いと同様の離合が見られる。しかし、事件と報道との間に、異文化接触のさいにしばしば見られるような、相互交流のなかに包含される異なるイメージ形成が生じることは好ましくない。しかもそれは両者の間にしばしば生じるのである。

最近の湾岸戦争を例にとってみても、この戦争報道が湾岸戦争そのものの実態を離れて、独自の――しかも注意してみれば個々の報道においてはかなり雑多な戦争報道を展開しながら、それらを湾岸戦争報道の初めから企図された主軸に収斂させてゆく形で――湾岸戦争イメージを造成していった。この報道ではとりわけテレビが大きな役割を担った。報道における〝リアル・タイム〟ということばが、第一にいまさらのように、第二に全くその内実を問うことなく、ことさらに喧伝されたのはそのためである。

一時期前に、ＰＫＯ（平和維持活動）がさかんに論議された。しかし、国連においてＰＫＯが成立した経緯、その後の展開、そこで確認されていた基本原則、等がＰＫＯ報道のなかで明確に提示されたことはなかった。しかも日本でＰＫＯへの参加が問題になった時期には、すでにＰＫＯの変質が始まっていた。日本のＰＫＯへの参加は、ＰＫＯの変質の一翼を担うことでもあった。本来のＰＫＯらしからぬものがＰＫＯの名で語られる時、その報道もこの変質に手をかすことになる。しきりに叫ばれる〝国際貢献〟ということば自体が、その正体を容易に明かさない。報道はこの無定義のことばを乱用することで、社会全体にある風潮をかもし出す。しかもそれは、マス・メディア側の確固たる見識にもとづくものであるようにも見えない。「これは一体、無能なのであろうか、それとも裏切りなのであろうか」とは、単に歴史上のことばではなくなった。

3　現代社会における報道の意味と役割について

事件は、その発生時に耳目を驚かすことによってのみ事件なのではない。しばしば大事件は、数ヵ月や数年の長い年月をかけての、その進行のなかで成立する。その進行の過程で、人びとの生活のさまざまな局面とかかわり、そこに生じる無数の小事件を包含することによって大事件である。人びとの生活とのかかわりを離れて、その社会的・歴史的意味を離れて、事件は事件でない。

大航海時代以前には、ヨーロッパの大事件も、アジア・アフリカの各地にとっては、事件ではなかった。二十世紀には、とりわけ第二次大戦後には、さまざまな局地戦争も、局地戦争以上のものとしての性格を帯びる。

第一次大戦が二十世紀の大事件に数えられるのは、これがはじめての〝世界戦争〟であり、またこれが戦争当事国とその国民にとって〝総力戦〟であったからである。ヨーロッパを主戦場にしていたとは言え、アメリカや日本が戦争に加わり、また植民地の兵士たちが戦場に動員されるなど、戦争は世界的規模に拡大した。また、これまでの戦争は敵味方の軍隊によるたたかいであった。人びとにとって戦争は生活の外側にあった。第一次大戦においては、国力が戦力であった。人びとの生活の全体が戦争のなかにとりこまれた。さらに第一次大戦は、ヨーロッパを変質させた。とりわけヨーロッパ人にとって、第一次大戦は二十世紀史上最大の事件であった。

国民的記憶ということで考えれば、アメリカ人にとっては、第一次大戦よりも一九二九年の世界大恐慌のほうが大きいだろう、と加藤周一は言う[13]。合衆国は第一次大戦に中途から参戦したものの、もとより主戦場はヨーロッパで、大戦後のヨーロッパの疲弊に対して、アメリカの二〇年代は空前の繁栄を誇った。それを一気に崩したのが大恐慌であった。日本人にとっての国民的記憶は第二次大戦であるだろう。ダグラス・ラミスCharles Douglas Lummisは、日本人のなかにはいまも〝平和常識[14]〟が生きていると言うが、これも第二次大戦の体験と深く結びついてのことである。現代での諸事件が、何らかの形で相互に影響を与えるような連関性をもっているにもかかわらず、国民的規模での事件の記憶がそれぞれの地域や国民ごとに微妙に異なるのは、諸事件がいかに深く人びとの生活のなかに浸透しているかの証左を見せている。

モスクワから「日本のみなさま」と岡田嘉子の声が流れてきた時、その声は一九三八年の、岡田と杉本良吉が北緯五〇度の国境線を越えた事件に直結した。その間の〝空白〟は両国内および両国間の事情による。とくにこの間の杉本良吉の不幸な事件を含めて、岡田・杉本の個々人の運命を左右したさまざまな事件との遭遇は、彼らの現代史との出会いと言っても過言ではないだろう。岡田・杉本のような激烈な歴史との出会いはきわめて稀であるにしても、現代における日常生活は、私たち自身をいやおうなく世界地図の上に立たせざるを得ないような、諸事態との関連をもたされている。岡田・杉本はみずからの行動として国境線を越えたが、今日の日常は国境や海の向こうの諸事件とも、たえずどこかで連動している。〝国際〟ということばが、しばしば空語性を伴ないながら、なお私たちの日常においてリアリティを帯びた響きを伝えるのはそのためである。

報道のもつ意味と役割は、このような時代にあって、きわめて大きい。しかし、報道は諸事件を私たちに近寄せもするし、遠ざけもする。報道は事件の発生、進行、終束を伝えるが、特にその事件自体に介入して、事件の規模を実際以上に拡大し、小事件を大事件に仕立て、また時には事件を作り変え、また事件を創出する。逆に、現実の事件を報道の外に置くことによって、これを闇のなかに葬り去る。

たしかに世界の一角に起きた事件がたちどころに世界中にひろまり、地球上の諸事件がたがいに連動し合うのも、概して報道の媒介によってのことであり、報道による事件の再生産の働きを通してである。報道によって事件が成立するような、価値と使用価値との顚倒と同様の事態が報道と事件との間にしばしば生じるのも、この〝再生産〟の働きとそのありかたによってだが、とりわけ今日では、事件の進行過程に報道が介入し、そのことで事件自体がその進行方向を変え、あるいはさらに事件の性格を変えるということも、まま生じるのである。それはたとえば一九七〇年の日航機よど号事件にも、六八年の東大紛争における安田講堂事件にも、また最近の湾岸戦争やオウム・サリン事件にも、見ることができる。

事件と報道とのこのような交錯は、とりわけテレビの同時性機能が発揮された事態に見られるような、事件の進行・展開と報道の進行・展開とが平行することによって促進されるが、そのためにまた、そうした報道を目あてに、事件の展開に人為的な工作がおこなわれ、あるいは事件自体がこれも人為的に作られる。こうした〝事件〟も現実の名で呼ばるべきか、それともある種の虚構としてこれを認識すべきか、その判断の容易につきにくいものが、現代社会における諸事件のなかには多く見られる。この現実と虚構との錯綜した今日の事態にあって、この事態をどう認識し、これとどうかかわるべきかを、現代の報道は問われている。マス・メディアによる大衆操作が現代社会においてはしばしば語られるが、このような事態においては、マス・メディア自体がその操作対象となりかねず、事実、さきの湾岸戦争やオウム・サリン事件においては、マス・メディアはかなりの部分でさまざまな外的な力の操作対象に堕している。

国連の創設を含む平和の切実な希求と戦争一般の否定を現実的可能性として保持する戦後世界において、〝冷たい戦争〟とは一種の、そしておそらく戦後最大の虚構であるだろう。冷戦はその戦略構想に沿って、さまざまな諸国間の同盟や局地戦争を生み出した。一個の虚構を基盤に数々の現実が創出される。こうして冷戦は戦後世界に根をおろしてゆくのだが、このような事態の進行を見ると、現実の事態やその上に起こる諸事件を、ただ平板に現実としてとらえることは、不可能とは言わぬまでもきわめて困難であり、またそれは不毛の作業にさえ感じられるのである。

事件の定義が、その背後にある現実と虚構との関係——と言うより、これは諸関係と言ったほうが妥当だろう。同時に、それぞれの現実・それぞれの虚構の現実性・虚構性が問われなければならない——の認識がもとめられる。そのことを離れて、報道は報道でない。報道の客観性に関しても、その客観性の保障は報道者自身の、事態への的確な認識のなかにある。報道の姿勢が問われるのは、何よりもこの点に関してである。

ユクスキュル Jakob Johann von Uexküll の〝最遠平面〟[15] (die fernste Ebene) に沿って言うならば、夜空に輝く北斗七星やオリオン座の星の群を、空の平面上にあるその配列から解き放って、それぞれを天体空間のひろがりのなかに戻してゆくような想像的操作をともなって、現代の諸事件ははじめて現実と虚構の諸関係のなかにとらえ得るのかも知れない。そしてこれは、報道に関してだけでなく、さまざまな報道に日常接している私たち自身についても言えることである。

現代社会における諸情報は、私たちの日々の生活の〝社会環境〟を形成するまでにいたっている。その時諸情報は、夜空の星の群のように平面上に並んで、これが世界だとでも主張するかのように、私たちの視界に映ってくる。諸情報は私たちの日常の視野をひらいてくれるが、同時に私たちの視界の壁を形成する。北斗七星やオリオン座の解体作業が、また星座を利用したさまざまな発明・発見およびこれにもとづく、これもさまざまな思考法の組みかえがもとめられるゆえんである。

かつて私は藤沢市の辻堂海岸に住んでいたことがあった。ここからは、よく晴れた日に、富士山がかなり大きな姿で眺められた。しかしこの、かなり大きなというのもおかしな感覚で、これはそれまで住んでいた横浜や東京の街なかからその姿を望んでいたこととの、相対的な大きさの感覚である。それまで静岡あたりに住んでいれば、かなり小さくということになろう。

富士のことにふれたのは、この大小の感覚を問題にするためではない。それは私たちの日常感覚が、かなりあいまいな諸要素を含んで成り立っていることを示す一例だが、ここでの問題は大小ではなく、晴れた日と曇った日との関係である。

どんよりと曇った日には、富士の姿が見えるはずの部分が空の一部である。曇り空が視界をさえぎり、重苦しい感覚のなかで、富士の姿は私たちの意識から消えている。曇り日が長く続けば、富士は実在しなくなる。ただ、晴れた日の視覚とその記憶が、そこにこだわりを残す。

閉ざされた空間のもとでの意識は、この曇り日の感覚に似て、視界をさえぎるものを意識の底で漠然と感じとりながら、そこに一つの〝世界〟をつくってゆく。さらにまた、この曇り空の陰鬱さから逃れようと、みずからより虚構性を帯びた小世界に身を浸そうとする。報道が諸事件の表象上でのみひたすら動きまわるのも、これと似た一種の逃避である。

晴れた日の記憶をとり戻さなくてはならない。

（注）

（1）作家たち、詩人たちは、占領からの解放直後にフランソワ・ラ・コレール François la Colère（アラゴン）、モルターニュ Mortague（モルガン）などの仮面をぬぐが、ヴェルコールは戦後の作品にもそのままこの筆名をもちいた。

（2）サルトルのこの文章は、彼が一九四八年に刊行した『文学とは何か』（*Qu'est-ce que la littérature?*）の「三、誰のために書くか」のなかに見える。

（3）加藤周一・白井健三郎訳『文学とは何か』（シチュアシオンII）。一九五二年一月十日、人文書院刊。七一～七三ページによる。なお、この「誰のために書くか」は、加藤が訳を担当している。

（4）同書、七三ページ。

（5）一九四六年三月の『蟬丸』の公演を、私はのちに当時の週刊朝日の記事によって知った。この記事には、曲中の姉弟役を梅若万三郎・六郎の兄弟で演じるとあり、そのことに興味をもった。たまたまＮＨＫから放送された『郵便往来』というテレビドラマ（盛善吉作・和田勉演出、一九六四年五月十四日放送）のなかに、一人の能楽師が『蟬丸』を舞う場面があり、この名テレビドラマを論じるさいに、このことにふれた。しかし、私のこの記述を読まれた能批評家の故戸井田道三氏から、「私は当日この能を観に行っているから知っているんだけれども……」と、思いがけない事実を知らされた。当時は敗戦後まもない時期であることから鉄道事情が悪く、万三郎の乗った列車がおくれて公演に間に合わず、銕之丞が代役に立ったというのである。私はこの話に衝撃を受けた。その後、また機会があって観世栄夫氏にこの事実を確かめた（銕之丞は栄夫氏のご尊父である）。諸事件には、当事者でなければ知らぬ事実がある。私は何よりもそのことを思い知らされた。このことは、能楽界が戦後の出発にあたって

『蝉丸』を公演したということの歴史的意味を減じるものではない。しかし、この小事件は、こうした芸術的試みも同時期の社会状況といやおうないかかわりをもっていること、さらにまた歴史の記述には細部まで目を届かせなければならないこと、を私に学ばせてくれた点で、私にとっては忘れられぬ事件である。

（6）当時、報道班員としてアジア各地に向かった文化人たちの手記等によると、シンガポール、ジャカルタという地名が挙がっているが、それも明確には判定できず、他の地名が挙がる可能性もある。占領ということの意味を追求する一事実なので、なお調査を深めたいと思っている。

（7）一九六八年十一月二十六日の第二十三回国連総会で、「戦争犯罪及び人道に対する罪への時効の不適用に関する条約」が決議された。日本はこの決議に棄権票を投じた。またこの条約は日本国内では批准されなかった。

（8）核持ち込みの問題は、日米両軍の共同防衛地域の範囲とともに、安保条約改訂交渉の重要事項であり、これに関する事前協議の条項は条文にも附属文書にも記載されず、日米両者間の口頭了解として、核搭載艦船の寄港に関しては事前協議の対象にならない、とされた。そのことは一九八〇年四月の岸信介へのインタヴューのなかであいまいに発言され、翌八一年には米国大使ライシャワーが証言して国会での論議を呼んだ。しかし政府はその後も一貫して、日本への寄港艦船は核を搭載していないと思う、米国政府に問ただせとの追及には、米国を信用している、と強弁し続けた。

（9）この作りかえについては、岩淵達治訳『ガリレイの生涯』（一九七九年十一月十六日、岩波書店刊〔文庫〕）に収められたブレヒト自身による「ガリレイの生涯」の覚え書き（同書、二〇三〜二四六ページ）に詳しい。

（10）涙香は一八九三年五月十一日の萬朝報紙に彼自身の探偵小説論を載せている。（「探偵譚に就て」）このなかで涙香は、「余は屢々探偵譚を譯したる事あり然れども文学の為にせずして新聞紙の為にしたり」、また「小説に非ず続き物なり、文学に非ず報道なり」と述べている。

（11）『人耶鬼耶』『白髪鬼』『巌窟王』のそれぞれの原著名は、*“Widow Lerouge”*（ルルージュ夫人〔未亡人〕）、*“Vendetta”*（〔家同士の何代にもわたる不和、抗争による〕復讐）、*“Le comte de Monte-Cristo”*（モンテ・クリスト伯）。

（12）　さらにこの原著名の二つの呼びかた、「ヴィシニョーブィ・サート」と「ヴィーシニェヴィ・サート」との意味の相違に関しては、宇野重吉がチェーホフの言葉をひきつつ、詳しく解説している。（宇野重吉『チェーホフ、「桜の園」について』一九七八年六月二十六日、麦秋社刊。一六〜二六ページ）

（13）　加藤のこの発言は、一九九四年一月十四日、「二十世紀の思い出」と題する講演のなかに見られる。

（14）　〝平和常識〟はダグラス・スミスの造語。彼はこの造語について、一九九五年五月二十三日、毎日ホールでおこなわれた「日本国憲法の今日的意味」と題する対談（浅井基文と）のなかで、アメリカ人の今日の常識と対比させながら、自ら解説している。

（15）　ユクスキュルは一九三四年に刊行されたゲオルク・クリサート Georg Kriszat との共著『動物と人間の環境世界への散歩』（*Streifzüge durch die Umwelten von Tieren und Menschen*）の中で、この〝最遠平面〟の理論を展開している。なお、本書は一九七三年に思索社から刊行された日重敏隆・野田保之訳『生物から見た世界』に収録された。〝最遠平面〟を論じた個所は同書の四二〜四八ページ。

ある戦後史——映画雑誌五〇年　1996.10

1

中井正一が「映画の空間」「映画の時間」の二論文を『映画芸術』に寄稿したのは一九四六年（七月号、九月号）のことでした。私がこの二論文を読んだのは河出文庫『美学入門』（五一年七月刊行）によってでしたが、歴史の〝聖なる一回性〟や〝体系空間から図式空間へ〟の指摘に受けた衝撃の大きさは、いまも私の胸に刻まれています。中井はすでに一九三一年の『美・批評』に「物理的集団的性格」を発表、この論文は後に「レンズとフィルム」と改題（改稿）されて五〇年に『シナリオ』（一一月号）に発表されていますが、私の映画の考察は、中井正一や戸坂潤の諸論文に教導されてのものだった（そこからどれほど学び得たかは、私自身の力量の問題です）、とあらためて思っています。「映画の空間」「映画の時間」は、雑誌『映画芸術』の戦後史の出発点でもあったのでしょうか。そしてその頃私は、戦前・戦時に観ることのなかった三〇年代ヨーロッパ（とくにフランス）の名画群、クレール、デュヴィヴィエ、フェデエ、ルノワールらの作品群を、焼跡の東京・新宿の映画館を渡り歩きながらむさぼるように観、私自身の〝戦後〟を模索していました。イタリアのネオ・リアリズムの諸作品やクレマンの『海の牙』など、文字通り戦後映画の新しい潮流にふれるのはそれから少し後のことですが、戦前のヨーロッパ映画群も、それを超えて戦後映画の流れを形成していった映画群も、いずれも私にとっては〝戦後〟の意味をもつものでありました。この〝二重の戦後〟の同時体験が、私自身のその後の歩みをかなり大きく性格づけていったのはまちがいないと思います。また、同一作品をくりかえし観るという点で最多記録を私の中にもっている『カサブランカ』は、体験的名作というものがあり得るのだということを私に教えてくれました。

戦後初期の日本映画では、四六年の『わが青春に悔なし』、『大曽根家の朝』、四七年の『今ひとたびの』、『戦争と平和』、五〇年の『また逢う日まで』、『きけ、わだつみの声』と、決して数多くはなかった日本映画鑑賞のなかで、戦争映画が目立っています。これも私の戦後形成と密接にかかわっています。映画を観ることが極度に少なかった五〇年代前期にも、やはり戦争映画が相対的には数多いのですが、この時期にとくに私の関心を惹いたのは、五二年の『カルメン純情す』から五五年の『野菊の如き君なりき』にいたる木下恵介監督の、〝日本の悲劇シリーズ〟とも呼び得る六本の作品（前記二作品のほか、五三年『日本の悲劇』、五四年『女の園』、『二十四の瞳』、五五年『遠い雲』）でした。日本における諸種の悲劇の根源をとりわけその精神的風土において衝いたこの〝シリーズ〟は、日本映画の戦後史に貴重な位置を占めていると思いますが、私が映画についてはじめて書いた短文も、『野菊の如き君なりき』についてのものでした。

六本の作品の数多い名場面の記憶はいまも私の脳裏に生きていますが、たとえば壺井栄の原作に驚くほど忠実だった『二十四の瞳』の、かつての教え子たちから贈られた自転車に乗って大石先生が雨道を行く最終場面を除いて、原作に無い唯一のとも言い得る戦時下の暗い夜の場面、「口で言わないだけじゃ、みんな心じゃ、そう思っとる」という大石先生のせりふが、戦後の日本社会に投げかけている意味の重層性や、『遠い雲』のラストシーン、飛驒高山の駅の構内において高峰秀子と佐田啓二とのあいだに交わされるせりふの味わい深さ、それが「嫂さん、行かないで下さい」、続いて「嫂さん、有難う」「有難うございます」という何でもない日常のことばを通して語られる面白さ（その重さと言うべきか）は、いまの日本社会にも問いかけるものをもっていると言えましょうか。

私が関心を抱いた外国の映画、作家や作品についても、広くとはとても言えないものでした。チャールズ・チャップリンや戦後初期のロベルト・ロッセリーニ、五五年の『夜と霧』から六五年の『戦争は終った』にいたるアラン・レネの仕事のほかには、一時期のアンドレ・カイヤットの諸作品であったり、あとは何人かの作家の個別作品の幾本かであって、そのほかには、多少とも私にも論じられると思えるような作家や作品はほとんどなかった。好きな監督、好きな俳優が、そのこととは別にいたことは事実です。たとえばジャン・ルノワール。たとえばイングリット・バーグマン、イングリット・チューリン。ただ、五六年に観たヘルムート・コイトナーの『最後の橋』（五四年）のように、もう一度観たいと切望しつつその機会を得られないで残念な、というような作品は何本もあります。

2

私が映画とかなり切実にかかわったのは、ちょうどレネの『夜と霧』から『戦争は終った』と同時期にあたる、一九五五年から六五年の、わずか一〇年の余にすぎません。雑誌『映画芸術』の編集にたずさわったのは、五六年から五九年までの、三年半ばかりの期間でした。映画を嫌って遠ざかったわけではなく、いまも映像文化について考え続けています。しかし、もともと映画について考える、あるいは映画から何ごとかを学びとるということはあっても、映画（作品）全般について均等に論じ得る力量はもたなかったし、そういう姿勢もなかった。やはり当時私のなかには、戦後文化・戦後社会のありかたを探り、そしてこれをどう確立させるかという問題関心があって、その関心軸に沿って映画を観続けていたと思います。

それでも、そういう私がともかくも一〇年の余を映画とつき合い得たというのは、映画自体が当時、かなりの程度、同様の問題関心のもとに創られていた、ということがあったからではないか。あるいは当時、映画とりわけ日本映画は、確実に戦後の文化創造の一角を担っていたのではないか。その一例としてこの一〇年間、映画雑誌の誌上には、〝映画界〟の外から、広い分野からの数多い筆者たちが登場し、さまざまな角度から映画を論じていました。だから私などもそのなかにまぎれこむことができたのだと言えるのかも知れません。映画自体が外界に向けて自己を〝開いて〟いた時期でもあるのだと思います。

この時期、私は『映画芸術』を通して数多くのかたがたと知り合うことができた。映画監督やシナリオ作家をはじめとする映画人たちはもとより、福田定良、鶴見俊輔、戸井田道三、加藤周一、武田泰淳、花田清輝、佐々木基一、丸山眞男、野間宏、瓜生忠夫、尾崎宏次、木下順二、林達夫といったかたがたです。そのなかの何人かはすでに面識はありましたが、その人たちとの交誼が得られたのはこの時期です。その何人かは亡くなりましたが、このかたがたとの交誼は、私が映画から遠ざかってしまった後も続いています。そしてふりかえってみると、さまざまな分野のかたがたと知り合えたという点では、私のこれまでの人生のなかでも、この時期が最も開かれていたと思えるのです。

ともかく、各分野の人たち、文学・演劇関係の人たちはもとより、歴史学者、政治学者、社会学者、経済学者など、人文・社会科学系の研究者たちが映画に注目し、それぞれの学問の視点や個々人の問題関心から映画を観、熱をこめて映画を論じていた。各映画雑誌にそういう人たちが登場したばかりでなく、喫茶店の一角で何時間も一本の映画について論じ合うという光景はザラに見られたし、私自身がしばしば経験したことでもあります。また、映画の専門誌以外の各総合雑誌に映画欄が設けられ、他の分野の専門誌上でも映画が語られていた。映画は当時映画以外の、あるいは映画以上のものでもあり、映画を語ることはそのまま同時代を語ることでもあった。映画が同時代の文化を代表し得ていた一時期、とも言い得るのでしょうか。それにしてもこの〝一時期〟はあまりにも短い。一九世紀が文芸の時代であるならば、二〇世紀は映像の時代と言い得るのに、と思います。

3

『映画芸術』誌上で強く印象に残っていることと言えば、編集部に入ってバック・ナンバーをめくった時、まず目についたのが戸井田道三さんの「木下恵介の特質」という評論でした。投稿だとのこと、ただちに辻堂の戸井田さんのお宅に伺って、以後戸井田さんは常連の一人となりました。編集者として最初にお訪ねしたのは福田定良さんです。その時のいきさつは福田さんご自身が『私と哲学との奇妙な対話』に書いておられますが、その福田さんがドイツ滞在の一年間、毎月一回エアメール用の薄いレター・ペーパーに細かい字でぎっしりと、ドイツで出会ったこと・考えたことを送り続けてくださった。いまもこの貴重な書簡集は私の手許にあります。「このあいだ『中央公論』の編集者が来ましてね、ウチにはちっとも書いてくれないのに、調べてみたら『映画芸術』というチッポケな雑誌には毎月書いているじゃないか、と言うから、江藤さんという人に会ってごらん、あの人は毎月やってきて二〜三時間、それも政治や思想の話ばかりするんだけれども、彼が帰る時にはどういうわけか映画について書くことになっているんですよ、と言ってやりました」、と笑いながら話してくださったのは花田清輝さん、その花田さんからはある時〝骨がらみのナショナリスト〟の一人に数えられました。この頃ほぼ毎月一回お会いしていたのは林達夫さんで、グラムシやマクルーハンの名を知ったのは、その名が日本でひろまる大分前、林さんの口を通してでしたが、林さんにはついに映画論を書いていただけなかった。

セルゲイ・ボンダルチュクが、ロベルト・ロッセリーニの『ローマで夜だった』に出演した時のことを綴った手記は、興味深い文章でした。戦後一五年の当時のソ連に、ネオ・リアリズム以後の世界映画の潮流が正当な形で紹介されていなかったことを思わせるこの文章は、私にとっていささか驚きを伴うものでありましたが、それ以上に、当のボンダルチュク自身がその驚きの表情を素直に見せていることが興味深かった。一九二〇年代のモンタージュ理論の先進性が、戦後のソ連においてそのままの形で生きていたのか、という私の驚き以上に、ボンダルチュクがロッセリーニの演出法から受けた衝撃は、そう単純なものではなかったように思います。そして彼の文章は〝ある開国〟を感じさせるものでした。紹介されたのは短い文章ではありましたが、六〇年代のはじめにこのような一証言があったということは、文化史のみならず、戦後世界史のその後の展開を考える上にも、かなり大きな問題を投げかけるものだったと思います。

一九五五年から六五年の一〇年間に、私自身が映画から学んだこと、映画を通じて考えたことは、非常に多く、また大きかった。ジャン・ルノワールの言うように、ロッセリーニの映像では、ロッセリーニ自身がその状況の一角に立っていることを、私はこの時期に確認し得たし、またそれが、ポール・セザンヌの風景画、とくにサント・ヴィクトワールの連作のなかに見いだされることにも、のちに気づいてゆきました。さらにそのことは、自己を介入させることによる歴史の客観的記述という現代史の方法や、現代報道の文体の問題にまでも続いてもゆきます。多分その大きな契機が、この一〇年間の映画との接触であったのです。

4

一九五九年五月のある日の夕方、東京駅横須賀線ホームのキヨスクで、私は一冊の週刊誌を手にとっていました。その表紙が目についたのです。『週刊平凡』の創刊号でした。真っ赤なスポーツカーに乗った二人の男女、高橋圭三がハンドルを握り、後の座席には団令子が起き上がって、さわやかな交歓の気分が表紙全体にあふれていました。この時の息をのむ思いは、こののちテレビ時代の日常を味わっておられる人びとには、ちょっと伝わりにくいかも知れません。しかし、当時NHKの人気アナウンサーであった高橋圭三さんと、映画女優として売出し中の団令子さんとが、つまり放送人と映画人とが雑誌の表紙上で顔を合わせるなどということは、当時としては思い及びもつかないことだったのです。のちに清水達夫さん（当時の『週刊平凡』編集長）から、この表紙は〝異種交配〟の方式として企図されたものだったと伺ったのですが、放送界・映画界などの〝界〟の枠を超える発想は、テレビ時代に先がけて、テレビの現実以上にテレビとは何かを問うものでした。まして、毎月の表紙にどういう写真を使うかに腐心していた身にとっては、この表紙写真はまさに〝青天のへきれき〟だった。その驚きと感動を、私は当時『新日本文学』誌上に短文で綴っています。

『週刊平凡』は明らかにテレビ時代を想定し、テレビ・メディアとの競合を図った週刊誌でした。この週刊誌の成功は何よりもそのことにあったと思います。映像か活字か、というような単純な対立図式の上に立った発想は、はじめからここにはなかった。

〝テレビ時代〟が、テレビ以外の諸メディアを時代の後景に追いやったのは事実であり、しかしその時代状況下に、たとえば書きことばと話しことばとの新たな親密関係を模索し、そこからかつての言文一致運動の再探査をおこなったり（平凡出版、現マガジンハウスの社長だった清水さんが、一時期、トーキング・マガジンの構想を立てたのも、このことと無関係ではなかったと思います）、あるいは新聞が放送メディアの機能を自メディアの内部において検討し、とりわけ結果報道と経過報道との相互関係を、記事の文体の上だけでなく、報道の姿勢の上で考えてゆく（一時、新聞界の一部でYTT方式〔イエスタディ・トゥディ・トゥモロー、昨日・今日・明日のつながりから未来を予測する〕が提唱されたのも、そのことと無関係ではないでしょう）など、新時代における自己の生きる道の探索がもっとおこなわれてしかるべきだったし、これはいまもそうでしょう。

テレビというメディアの出現にうながされて対抗メディアとしての発想をすべきでなく、そうした業界的発想を超えて、そもそもテレビなるものがどういう時代状況の要請によって出現したか、その文化的あるいは文明的意味を自己（自メディア）の内部で考えるべきでしょう。

同じく映画はテレビ時代の出現によって衰退したのではない、と私は思います。一九五〇年代後期の〝黄金時代〟からの急速な映画の低落が、たしかにテレビの出現という大きな外的要因によることはまちがいないのでしょうが、その内的要因はなにか。

リアリティの映画的表現について、「リアリティの照準を大衆にあわせ、逆にまた大衆をリアリティの照準にあわせる」と言ったのはヴァルター・ベンヤミンですが、一九三〇年代半ばにおこなわれたこの指摘は、映画に関してのみでなく、いまも生きている名言だと思います。何よりもかつての映画の黄金時代を形成したのが、当時の映画〝外〟に向かって開いた性格にあったと考えるとき、ベンヤミンの言う長い射程距離をもつ〝リアリティ〟と〝大衆〟との関連を、時代の底流に沿って、また映画観客層――それも重層構造をもつはずですが――の潜在的意欲に沿って探り当てる努力が必要なのでありましょう。戦後映画五〇年の歴史の検討のなかにも、多分その道の発見のよすがは無数にあると思います。

観世栄夫という人　1996. 11

〝有名人〟という言葉が嫌いだ。無名人のままでありたい。ひととのそういう普通のつき合いをずっと続けたい。眼の前に手本がある。観世栄夫である。有名人なのではあろうが、いつも無名人のようである。

栄夫さんはいつどこで会っても〝偉く〟ない。先年、ダブリンで能を観た。アンコールのある能は驚きだったが、おかげで銕之丞の絶品の仕舞を味わえた。その日の午後、同行の妻とともに私は、夜、能が演じられるはずの大学構内を歩きまわっていた。漸くその会場を探し当てると、場内では当夜の能舞台をしつらえる作業の最中だった。懸命に動きまわる数人の若者たちに交じって、会場の片隅で栄夫さんが一人、黙々と舞台用の木を削っていた。傍らには齧りかけのコッペパンとコーラの罐があった。

妻がソッと写真を撮れと言う。腕のせいでややピンぼけの一葉の写真となったが、敬愛する友人とのつき合いは人生を豊かにしてくれる。芸はその技を写すとともにその人を写すとあらためて思った。

同じ旅の途次、ウフィティとシスティナに寄った。「ヴィーナスの誕生」や「最後の審判」が、ボッティチェリやミケランジェロの描くルネサンスの〝人間〟がみごとに甦っていた。が、修復には議論があった。創造時の再現にも、その後の時代の流れの尊重にも、いずれにも歴史についての根拠がある。いずれの論も妥当だと私は思う。

観世栄夫が「井筒」を数人で朗読する試みをおこなった。同じ試みは演目を変えて何回か続けられた。能の様式は、様式自体が私たちに訴えるものをもつ。しかし、その完成された様式は世阿弥の心とその創造の原点を十分に伝え得ているか。朗読はそれを問い直す作業であった。その試みは歴史のなかで創られてきた様式の尊重とともにあり、同時に、世阿弥の創造の原点をその様式のなかに流しこんで、これを〝いま〟に生かせないか、という実験であった。試みはささやかに続けられたが、構想は壮大であった。観世栄夫はそんなことを考える人である。その成果を実のらせたいと思う。

栄夫さんはいま日本のことばと音の質を探り続けている。これもさきの実験とひと続きのものである。理論だけでなく、手探りをやめない人、そのために栄夫さんはいつも忙しい。

ことばの健康・不健康　1997. 2

ことばにも健康・不健康がある。街なかの看板に、商品名に、書きことば・話しことばのなかに、外来語が氾濫するのは、いささか不健康な社会現象だ。外来語自体の問題ではない、とも言い切れないが、室町末期以来、あるいは幕末・明治初期以後、数多くの外来語は日本語のなかに定着して、日本語の語彙をひろげたのも事実だ。襦袢は和服に入りこみ、天麩羅は日本料理となった。戦時下の野球の「ヨシ」「ダメ」のほうが不健康だろう。

しかし、若者がヤングと呼ばれるなかで〝青春〟の活力と心意気が失われ、さらにカフェオレがオーレと略され、アイス・オーレとなるにいたっては、これは何語とも知れず、ことばの破壊にもつながる。同じことばが、使われかたによって、健康にも不健康にもなる。一時期、フィーリングという言葉が大流行した。ブームには空洞化現象はつきものだが、そのことばのもつ意味や含蓄をあいまいに、またそのことばを生む社会風俗現象の分析を欠いて、不用意な流行に身をまかせると、逆にことば自体からフィーリングを奪うのに手をかすことにもなる。〝ネクラ〟とは不健康な事実を批判する言葉でなく、その言葉の使われかた自体が不健康だった。日常から健康な思考を消してゆく言葉であり、流行であった。ひとびとの自己喪失を組織することばの流行はこわい。

総選挙後、〝復活〟という言葉がしきりに使われた。小選挙区で落選した候補者が比例で〝復活〟するという言いかたである。重複立候補制や惜敗率の採用にはたしかに問題はあろう。しかし、この〝復活〟という言葉の使用法(喧伝と言ってもよい)にはもっと大きな問題がかくされている。並立制では比例区・小選挙区それぞれで当選者がきめられる。しかも比例のほうが民意をよりよく反映し得る。それを小選挙区の視点から一方的に〝復活〟という言葉で語るのは不健康だ。こういう不健康な言葉の使用は政党政治を崩しかねない。

木下順二と「夕鶴」　1997. 5

1

木下順二が現代劇『夕鶴』を書いたのは、一九四八（昭和二三）年十一月の初旬である。木下はこの戯曲を七日間で書きあげている。(1)

『夕鶴』は、佐渡に伝わる民話「鶴女房(2)」に材をとっているが、木下は、戦時下の一九四三（昭和十八）年前後に『二十二夜待ち』『彦市ばなし』『狐山伏』とともに、民話劇『鶴女房』を書いている。『二十二夜待ち』『彦市ばなし』は一九四六（昭和二十一）年(3)に、『狐山伏』は四七（昭和二十二）年に発表されたが(4)、『鶴女房』は活字化されることがなかった。(5)

木下順二が戦時下に幾篇かの民話劇を書いたのは、木下の内面にある切実な希求があり、それに支えられてのことであった。「あのやり切れない雰囲気(6)」と木下は書いているが、当時、新聞でもラジオでも、また街なかでも、「日本」あるいはそれに類する言葉がやたらに声高に叫ばれ、その空疎な興奮のなかで、木下は日本が日本でなくなってゆくという思いを味わっていた。(7)そんな時に木下は、中野好夫の勧めもあって、『全国昔話記録』(8)を読みながら、失われた日本を、あるいは時流の底に沈んでいる日本民衆の心をそこに感じ、代々民話を語りついできた無名の人びとと〝合作〟[9]するという姿勢の上に、民話の劇化を進めて行った。戦時下の孤独のなかで、次々に民話を劇化しながら、木下が味わったであろう民衆との連帯感は、戦時下の民衆の、言い知れぬ無力感をさまざまな形で見せるその現実の姿への失望の奥に生きて、その後の木下の作品創造の根底に生き続ける。それは数多くの民話劇や再話のなかだけでなく、『夕鶴』の与ひょうやつうの造型にも、『蛙昇天』のシュレやケロや蛙の群れにも、『沖縄』の波平秀や喜屋武朝元の姿にも、『夏・南方のローマンス』のトボ助にも、あるいは、『子午線の祀り』の影身や群読の人々にも、見ることができる。

木下が戦時下に、発表のあてもなく民話劇を書いて行ったということには、木下自身にとって重要な意味がある。もしこの時期に、いずれかの雑誌ないしは印刷物に発表することを前提にして民話劇が書かれていたならば、これらの諸作品は、作者の意図にかかわらず、何らかの形で時流への同調の意味をもってしまったかも知れない。これらの作品創造は、作者の内面の作業であればこそ、当時の状況への対決の意味をもち得た。時流に乗り、時流を動かしていた「日本」と、作者の〝日本〟とは別ものであり得た。多くの社会現象が、異なる意味を帯びる言葉や行為を、しばしば同類として重ね合わせにすることの上に成り立つことを、木下はすでにこの時期に知っていたか、あるいはその発表を期待せぬ創造の作業のなかで味わい、感じとっていたのでもあろう。芸術作品の文化的性格と社会的性格との間の微妙なかかわりについての配慮は、戦後の木下の作品創造や日常の言動のなかに、とりわけ観念的・抽象的な正当性の主張を嫌う形で、生き続けている。

木下が日本民話の劇化を進めて行ったのは、しかし、民話のなかに生きる民衆の姿に共感し、あるいは郷愁をおぼえたためだけではなかった。一方で民話に日本民衆の生活の哀歓と、そのなかで発揮される「生活の知恵」の数々を見ながら、他方、もろもろの民話を通して語られる民衆の生きる姿が、たとえばギリシャ神話やオイディプース以来のヨーロッパ劇が追求してきた主題に比して、いかにも「素朴であり矮小であり穏和である」[10]ことに、木下の目が向けられている。一言で言えば、それは自分自身の〝生きる意味への問い〟の欠落である。どんな状況下にも何とか生き抜いてゆくそのたくましさ＝エネルギーは、自分の生きてゆくことへの問いを欠くことによって、自分の背負わされた運命や、自分がその下に生を営んでいる状況自体との対決の姿勢をもたぬ、「たくましさ＝エネルギー」の欠如に通じる。民話を劇化しようとする木下の構想の奥には、そういう日本民話に対する共感と不満とが、同時に成立していたと思われる。あるいは、このことは、木下が戦時下に民話を劇化する作業を進めてゆくなかで、徐々に明確な意識となって行ったのかも知れぬ。たとえば『狐山伏』の劇化を何故木下は「狂言の形式に」[11]よっておこなったのか。それを、作者が当時「様式」というものにこだわっていた[12]、という理由だけで説明することはできない。語りというものがもつ語り手自身を照射する性格を考える時、その語りという形式によって、木下は、民話の主人公に自己省察の機会を与えようと、この時すでに漠然とながらも考え始めていたのではないか。

木下が戦後、『二十二夜待ち』以下の民話劇を次々に発表しながら、『鶴女房』だけは活字化しなかったことにも、それに通じる要因が考えられる。この作品を木下があえて発表しなかったのは、おそらく作品の出来不出来に関することがその理由ではない。『鶴女房』自体に、より高度のドラマに改変し得る諸要素が秘められていることが、そしてそれが早晩発現するであろうことが、作家の内部に〝ある予感〞としてあった。それは「鶴女房」という民話が全国各地に成立しているものであること、この話が報恩譚としての原話の枠にとどまらず、鶴が人間の姿になるという話のかたちを活かせば、より高度の人間ドラマをそこに組み立て得るであろうこと、そして、そのことによってこれは、日本民話の帯びる矮小さを超えるものになるであろうこと、以上のことが作家の内面にある予感として、あるいは漠然たる構想として、渦巻いていたのであろうと思われる。そして実際に、それは戦後三年余をへて、現代劇『夕鶴』として実現した。ことばをみごとに駆使した戯曲『夕鶴』が、近代劇の方法によってという作家自身の意図をもこえて、近代劇の枠組を乗りこえる諸要素をもつ作品として、きわめて短時日のうちに書き上げられた背後には、戦時から戦後にかけての、この作家自身の生きかたと、芸術創造とりわけドラマのありかたについての考えとその深化とがひそんでいる。

2

幕があいた瞬間になにか「わかる」ものがある、と木下順二はあるところで書いている。[13] 幕があいたその時に、観客は「自分の胸の内にある波長と舞台の上の波長とがピタッと合った感じがする」[14]というのだが、木下がここでその例に挙げているのは、ラシーヌの『フェードル』であり、サルトルの『汚れた手』である。つまり、それぞれの作品のテーマが、演劇の問題である以前に、民衆の生活のなかに問題として生きている、「それを知識と呼ぶのが却って滑稽であるほどにもヨーロッパ人の血や肉となっている」[15]、だから幕があいた途端に、これから舞台上で何が展開されてゆくのかが、観客にははじめからわかっている、というのである。

『夕鶴』の冒頭の風景も、私たちがかつてどこかで見たことのある、あるいは、子どものころからくりかえし味わってきた、私たちの記憶の底に深く沈んだ風景である。あるいはさらに、これは個人の体験をこえて、代々のひとびとの体験のなかにある風景である。『夕鶴』が日本民話に取材した作品だということを端的に見せるのは、何よりもこの冒頭の舞台であろう。ト書きには次のように記されている。

一面の雪の中に、ぽつんと一軒、小さなあばらや。家のうしろには、赤い赤い夕やけ空がいっぱいに――

遠くから　わらべ唄――

加藤周一は、この冒頭の風景にふれて、「『夕鶴』は日本人にとって何よりも〝理解可能〟な作品」だと述べている[16]。加藤の言う〝理解可能〟とは、ここに、夕焼け空、あばら家、子どもたちと、「観客の感受性に訴える材料がそろっている[17]」ということである。いうまでもなくこの〝理解〟とは、木下が『フェードル』や『汚れた手』を例に、ヨーロッパの観客にとって、幕があいた瞬間に何か「わかる」ものがある、と述べた、そのわかりかたと等質のものではない。『夕鶴』の冒頭の風景が私たち日本人にとって馴染み深いものであるということは、歴史の長い過程のなかで積み重ねられてきた生活体験が、私たちの〝生活の型〟とも言うべきものを形成し、私たち日本人の共通の意識構造や感性のありかた、あるいは美の感じかたを形づくってきた、その結果である。この馴染み深さは、さきのヨーロッパの観客のわかりかたに見られるような社会認識の媒介をかならずしも伴なっていないが、逆にそのために、社会の進化がひとびとの生活様式を大きく変容させることがあっても、日本人の意識や感性の奥深くに棲んで、私たちの生活意識をその底辺で規定しているものが、ここにはある。

加藤の指摘の重要な点は、たとえばここに出てくる「あばらや」は、「内と外とを明確に切断しない建築空間のあり方[18]」を示す日本独特のもので、この内と外の境界のあいまいさは、現代日本でも同様だということであり、だから老若を問わず、私たちがパッと了解するものをそなえている、という提起である。さらに重要な指摘は「夕焼け」に関することで、ここには「一日が終わったという、いわば過ぎ去った感覚[19]」があるという。夕焼け自体に関しては、たとえば『沖縄』や『子午線の祀り』にも見られるように、木下作品において、重要な場面に現われる真ッ赤な夕焼け空は、独自の研究対象になり得るという倉橋健の指摘[20]があるが、加藤がここで、「日本文化の質には、永遠なるものというより絶えず移り変わってゆくものへの共感が強く、その、日々変わってゆくものに対応するという感覚が深く浸透している。そのことを象徴する一つが、夕暮あるいは夕焼けへのなつかしみに似た愛着でしょう[21]」と述べていることに注意したい。

同時にまた加藤は、作者である木下順二にふれて、この「作家の資質や主張には、そうした過ぎ去ってゆくものにそのまま浸ることを拒否し抵抗する姿勢が明確に貫かれている[22]」と述べる。『夕鶴』の冒頭の風景は、加藤の指摘するように、一方で日本人の共通に抱く感受性に訴えつつ、他方で、このドラマの展開を貫いている作者の問題提起を、観客とともに考えようとする、その前提を形づくっている。

また、このドラマの開幕と終幕に立会う子どもたちは、両場面を結ぶ等しい呼び声（「おばさん、おばさん、うた唄うてけれ」）によって、『夕鶴』におけるドラマの円環を完結させる役割を担うとともに、そこでつうの不在（開幕）ないし非在（閉幕）を明示し、とりわけ冒頭においては、その遊び相手の選択によって（舞台上にいる与ひょうを選ばずに、舞台上にいないつうを呼ぶ）、与ひょうとつうとの像の質の違いをきわ立たせる。さらに、その与ひょうと接する姿勢によって、間接的に惣どや運ずの像を照射する。[23]子どもたちの無心な言動によって、『夕鶴』における人物たちの関係もまた明きらかになるのである。冒頭の風景、さらに子どもたちの登場による与ひょうと子どもたちとのほほえましい応待は、私たちをごく自然に『夕鶴』の民話的世界に誘うが、同時にここではすでに『夕鶴』のドラマが進行し始めている。

3

『夕鶴』が原話「鶴女房」ないしは民話劇「鶴女房」の世界との間に一線を画するのは、何よりもそのことばのしくみによってである。作者は、与ひょう、惣ど、運ずと子どもたちの話すことばを〝普遍的方言〟、つうのことばを〝純粋日本語〟と名づけている。[24]普遍的方言という、矛盾を内包したこのことばは、各地域に点在・定着している方言を、その土着性から引き離し、長い生活史を通してそれぞれの方言を裏打ちしているその生活感を失うことなく、方言同士の交流をはかり、それをやがて生まれるであろう共通日本語の土壌にし得ないかという、作者の試みをそのうちに秘めている。日本のドラマを構築していこうという構想の一端がそこに見える。熊本の民話に材をとった『彦市ばなし』と異なり、佐渡の民話に取材しつつ、民話「鶴女房」が全国各地に散在しているという事実を見すえたこの構想は、〝普遍的方言〟ということばにリアリティを与えている。[25]

また、鶴の化身であるつうは、単に人間の姿を藉りるだけでなく、与ひょうとの生活のなかで普通の人間たち以上に〝人間〟であろうとする。鶴の化身であればこその、その純粋な人間志向は、つうの像に理念的人間の形象を与えるが、その世俗にまみれることのない姿や言動は、生活の知恵をもたぬ、〝人間以下〟の性格を帯びる。この、人間以上でも以下でもあるつうの操ることばは、純粋に人間のことばであるが、常人の生活語ではない。〝純粋日本語〟という命名は、そのために生まれたものでもあろう。

『夕鶴』において作者が構想しているのは、日常生活の営みのなかでの〝人間のことば〟の獲得である。それは何よりも与ひょうとつうの関係を通して語られる。が、二人の間では、必ずしもことばを必要としない。ことば以前に通じあうものを基底に、それを通して、ことばの獲得が構想される。『夕鶴』において、そうした作者の構想を最もよく体現しているのが、このドラマの展開のなかで何度かくりかえされる与ひょうの「どうしただ、つう」というせりふである。

「どうしただ、つう」は与ひょうの、極論すれば唯一のせりふである。このせりふは、かつて彼が傷ついた鶴を助けたさいに発したであろう、その〝内面の声〟を基底に構成される。このことばを聞くたびに、つうは与ひょうの、自分に注がれる深い愛情を感じとるのであるが、それが単に自分自身に対してのみでなく、他の誰に対しても、そして、かつて鶴の姿をしていた彼女自身を含めて、生きるものの一切に向けられている愛情であることを感じとることによって、安心を得るのである。この「どうしたいう「つう」というせりふは、このせりふを吐き得る自然人与ひょうの美質を、あるいは与ひょうという人間像の基底に横たわるその神髄を、端的に表示する。

与ひょうは他方で、冒頭の子どもたちの遊びの誘いに、気軽に「ようし」と応じるその対応によって、自らの意志を明確に表示するすべをもたぬ、そのために子どもたちからもやや軽く見られる像の一面を見せるのであるが、それはつうに対しても、「どこさ行ってた?」と問いながら、つうの行動をことさらに問いただそうと言うのでもなく、おそらくただ、子どもたちから「どこさ行ったんけ? いつ帰るんけ?」と問われたのを思い出して、そう言ったに過ぎないと思わせるような、そういう与ひょうの〝ことばづかい〟なのである。それは与ひょうのつうに対するひたすらな信頼を示すとともに、穿鑿好きでない、物事を深く考えようとしない、まだ自分のことばを獲得していない与ひょうの一面を映している。だからこそ与ひょうは、理解し得ない惣どのことばを、〝布を織る〟という一点に沿って復誦するのであり、つうとの間にことばの断絶を生むのである。

人物たち相互の間の、ことばが通じる・通じないの問題は、おそらく作者自身の戦時体験にも根ざして、このドラマの展開を支える重要なモチーフであるが、とりわけ与ひょうにとって、つうとのことばの断絶は、彼自身の生きる意味を問う途が閉ざされることを意味する。民話の主人公と現代劇の人物との間に通い合うものが断たれる。終幕において夕焼け空を飛び去って行く鶴の姿は、舞台上に二枚の布を抱いて立つ与ひょうの内面に何を問いかけているかを考えさせる。(26) 『夕鶴』における通じる・通じないは、単なるモチーフでなく、このドラマの主題でもある。

4

『夕鶴』において、つうのことばが他の人物たちのことばと異なるのは、さきにふれたように直接にはつうの像とかかわってのことであるが、その後の木下戯曲の系譜を辿ってみると、このドラマにおけるリアリティを超えた意味をも帯びているように思われる。たとえば『沖縄』における波平秀や『オットーと呼ばれる日本人』のジョンスン、『夏・南方のローマンス』のトボ助、あるいは『子午線の祀り』における影身を思い浮かべると、それぞれがそれぞれのドラマの登場人物の一人でありながら、必ずしも他の人物たちと一線に並び得ない何かを帯びて登場してきているように思える。

ドラマの世界の内部に身を置きつつ、他の人物たちとドラマの全体を照射するような役割を帯びて登場するこの人物たちは、どこか作者の意図を背負っているようにも見える。しかし、それは作者が作品の狙いを、この人物たちに仮託して語らせているというのではない。そうではなく、これは木下順二という作家の創造方法に、ドラマの構築のしかたに、さらに言えば、これは木下順二の、ドラマについての考えかたにかかわって生まれてきていることなのではないか。

「ドラマというものは本来作者と超越者との対峙の生み出す緊張を劇中人物の行動の基礎とするものだ」、と木下はあるときそう述べている。(27) この〝超越者〟ということばは、私たちがその一角で生を営んでいる歴史の流れ、とも言いかえることができるだろう。ドラマ内の人物たちの矛盾・葛藤が、作者がその下に生きている時代状況との対決を支えに構築されていない時に、人物たちの葛藤は生きたものにならない、という考えが木下のなかにはある。

あるドラマの世界のなかで、作者によって性格をきめられた人物たちが、その性格に沿って彼女や彼にふさわしいせりふを吐き、それらしく行動する。それはそれで一個の世界であるのだが、そういう「こしらえもの」から「どうしたら抜け出せるかといろいろやってきたんだけれども……」と木下は語っている。[28] まちがいなく登場人物の一人であって、単なる登場人物ではない、という人物たちが木下作品に〝登場〟してくる、その背後に、作者のこうした考えかたや構想が沈んでいるのを見のがすことはできない。

それが〝語り〟という形をとって結実するのは、一九七八（昭和五十三）年に発表された『子午線の祀り』、さらに九一（平成三）年の『巨匠』においてであるが、前述の人物たちのせりふには、どこか〝語り〟ふうの要素がほの見えないではない。とりわけこのことは、『夕鶴』のつうに色濃く見えるように思われる。子どもたちと「かごめかごめ」を遊んでいたつうが夕闇のなかに立つ。「……あんたはだんだんに変って行く。何だか分からないけれど、あたしとは別な世界の人になって行ってしまう。……」つうの内面の声をつづったこの独白は、彼女の切実な声であって、同時に、つうからやや身を離したところにそのことばを成立させている。

『二十二夜待ち』以下の戦時下に書かれた民話劇群のなかに、明確な形をとってではなく、しかし、おそらく作者の内面で試行錯誤を続けていたであろう諸要素あるいは日本のドラマに関する諸問題が、最初に一つの形をとるにいたったのが、『夕鶴』であったのだろう。木下作品の原型とも呼び得るものがここにはある。私たちの日常、私自身の生きかたへの問いかけを含んで、『夕鶴』は〝ある響き〟をもった作品である。その響きとは、郷愁への誘いであり、人間愛への問いであり、日本のドラマへの模索であるが、何よりもそれは美しいことばの響きである。

1　木下自身の日録によると、同年十月二十二日（金）に木下は「婦人公論」編集部三枝佐枝子の訪問をうけ、同誌への作品の掲載を依頼される。同日から二週間を費して作品の構想を立て、十一月四日（木）から執筆に入り、十一日（木）にこれを書きあげている。この日に木下は『夕鶴』を脱稿し、直ちに原稿を持って山本安英を訪ね、山本に作品の朗読をもとめている。〝夕鶴〟という作品名も、このとき、山本と話し合ってきめたという。十二日（金）に原稿を三枝に渡す。筆者はこの日録を、八五年十二月二日夜に、山本安英の稽古場で作者より見せられた。

2　民話「鶴女房」は佐渡だけでなく、北は青森から南は九州・長崎、さらに奄美大島まで、ひろく全国各地に伝わっている。この、一地域のものでないということが、『夕鶴』における作者のことばの工夫――各地の方言の交錯――をより意味の大きいものにしている。この工夫によって、『夕鶴』が各地で公演されたさいに、さまざまな地域で、自分の土地のことばだという観客の反応を生んだ。

3　『二十二夜待ち』『彦市ばなし』は、それぞれ、「小天地」一九四六（昭和二十一）年八月号と十一月号に掲載された。したがって『二十二夜待ち』は、最初に活字化された木下作品である。

4　『狐山伏』は一九四七（昭和二十二）年、「時代」四月号に掲載された。〝狂言形式による〟と銘打たれたこの作品は、語りを軸にすえることによって、民話の人物に自己省察の機会を与える。この試みは、やがて『鶴女房』から『夕鶴』への改変にもつながるものとして、同時期に書かれた民話劇群とともに、木下順二の創作方法の前提を形づくっている。

5　『鶴女房』は活字にはならなかったが、一九四六（昭和二十一）年五月、NHKから一度だけ放送された。

6　木下順二「民話について（1）――概説的に」――『木下順二集3』（一九八八年二月、岩波書店）所収。三二七ページ。初出は『民話劇集（一）』（一九五二年三月、未来社）あとがき。

7　木下順二『鶴女房』から『夕鶴』へ」――『木下順二集1』（一九八八年四月、岩波書店）所収。二九五ページ。初出は「毎日グラフ」一九八四年八月二十六日（原題「『夕鶴』の記憶」）。このなかで木下は、「どちらを見ても日本民族の世界における優秀さが高らかに空疎に叫ばれ、民族精神の総ては戦争に向けて、総動員されようとしていた。そういう雰囲気の中でこのささやかな民話を読むと、ささやかなりにこれらの話の中に籠められている民族精神は――いや、民族精神などと大袈裟に叫んだりしないところの日本人のこころ、生活感情や意識、また生活様式などなどは、何と魅力的なものであるか。」と述べている。

8　三省堂刊『全国昔話記録』のなかの「鶴女房」の話は、一九四二（昭和十七）年七月に、このシリーズの一冊として刊行された『佐渡島昔話集』に収録されている。話の採集は一九三六（昭和十一）年四月におこなわれた。なお、この書は一九七三年十月、同じく三省堂より『日本昔話記録5　新潟県佐渡昔話集』として改版刊行されている。

9　この〝合作〟ということばは、『おんにょろ盛衰記　木下順二集II』（一九六一年七月、未来社）の解説対談（竹内実と木下と）中に紹介されている、木下が五五年四月に東京新聞に書いた文章のなかに見られる（二三七ページ）。また対談中、木下は「……多くの名もなき人々とぼく――一般に作者――との合作ということでなければならんということです。」（二三八ページ）と語っている。

10　木下順二『夕鶴』（一九五〇年十月、弘文堂「アテネ文庫」）あとがき――前掲『木下順二集1』二八一ページ。同様の表現を木下はその後何回もくりかえし強調している。

11　木下は、一九四七（昭和二十二）年に発表された（「時代」四月号）『狐山伏』の題名に「――狂言の形式による」と付記している。

12　木下順二『狐山伏』のことなど」――前掲『木下順二集1』三三五ページ――のなかに、「当時の私としては、一種の様式性や繰り返しということだけをもっぱら考えていたようである。」という一節がある。

13　木下順二「能楽への関心」――『木下順二集14』（一九八九年二月、岩波書店）所収。二五二ページ。初出は「観世」一九五〇年六月。

14 同右、二五二ページ。
15 同右、二五一～二ページ。
16 加藤周一「『夕鶴』一千回」(原題「『夕鶴』が日本人の心を動かすということ」)――『現代日本私注』(一九八七年八月、平凡社)所収。二七二ページ。初出は「『夕鶴』一〇〇〇回記念パンフレット」一九八四年九月、山本安英の会。
17 同右、二七二ページ。
18 同右、二七二ページ。
19 同右、二七三ページ。
20 倉橋健がこの指摘をしたのは、山本安英の会が主催する「ことばの勉強会」第一三三回(一九七九年七月)の席上においてである。
21 前掲『現代日本私注』二七三ページ。
22 同右、二七三ページ。
23 たとえば子どもたちが「与ひょうのばか」と囃したてる時、与ひょうをやや軽視するとともに、与ひょうの人間の好さに親しみを感じている。が、惣どがその与ひょうを「あげなばかの……」と馬鹿呼ばわりする時には、与ひょうの人間性への考察が欠落している。自己の吐くせりふによって、惣どが自己を語ってしまうその前提に、子どもたちのせりふが生きている。
24 〝純粋日本語〟ということばが出てくるのは、一九六二年一月、未来社刊の『夕鶴 木下順二作品集Ⅰ』の解説対談(内田義彦と木下と)においてである。ここで木下は、「つうの場合は、これは決して標準語っていうんじゃなくて、何か純粋な日本語のひとつのありかた。そして男たちの方は、日本語のある意味での共通語的形態というか――方言の要素をいれてきて、そしてどこへ行っても通じる共通の、まあ民衆的なことばっていうかな、それをつくる。」と語っている。(二三一ページ)また、木下は「『夕鶴』のせりふ」(「新劇通信」一九五八年三月五日――前掲『木下順二集1』所収。二八四～五ページ)のなかで、〝普遍的方言〟ということばを使っている。

25　『夕鶴』の各地での公演にさいして、それぞれの土地で「この土地のことばをしゃべっている」という声がしばしば聞かれた、ということが報告されている。『夕鶴』で使われている方言は、どこにもない、どこにでもある、ことばである。

26　「鶴女房」でも「鶴の恩返し」でもない、『夕鶴』という作品名は、ある日の夕方から次の日の夕方までの一日のできごとを描いたこのドラマを象徴する名であるが、それは何よりもこの場面の、夕焼け空をよろよろと飛び去って行く鶴の姿を想像させる。それだけに、この場面のもつ意味は重い。そしてここでの、与ひょうの「つう……」という叫びは、時をへだてて、『子午線の祀り』の最後の、「影身よ!」という知盛の叫びにつながってゆくように思われる。

27　木下順二「ドラマとの対話」I、どこにドラマは成り立つか1——『木下順二集15』(一九八八年六月、岩波書店)所収。三六ページ。初出は「群像」六七年三月号。なお、木下は同様の主張を各所で展開している。

28　木下順二『巨匠』(一九九一年一〇月、福武書店)巻末対談「『巨匠』を語る」より。一九九ページ。

書評『天皇と接吻　アメリカ占領下の日本映画検閲』　1998.5

平野共余子著　草思社　一九九八年

視点1・歪んだ鏡に映る〝素顔〟について

一九六〇年代の初頭だったと思う。パリの一映画館で『カミカゼ』という題名の記録映画が上映され、一時期、当地での話題をさらった。私たち日本人にとっては、あまり好ましい話題ではなかった。〝日本人は何と好戦的な国民であることか〟、〝日本人は女性たちまでが好戦的である〟、等々。当時パリを訪れた人たちは、カフェやタクシーで「日本人か?」と訊かれ、ほぼひとしなみに好戦国民のレッテルを貼られるという、少々不快な思いを抱かされたはずである。

『カミカゼ』の素材となったフィルムは、戦前・戦時に製作された記録映画・文化映画の断片群で、戦後初期に占領軍に没収され、合衆国に持ち出された作品群の一部である。それがどういう経緯かで(多分売られた)一フランス人の手に渡り、再編集されて『カミカゼ』となった。〝好戦的〟と受けとめられるのは、当然のことであった。

かなり粗雑な編集で、陸軍兵士の肩章と襟章とが、時系列に関係なく混在あるいは前後していたり、記録と劇との同居もあって、上質の作品とは言えなかったが、日本の〝ある時期〟の証言には、ともかくもなり得ていた。〝ある時期〟とは、必ずしも戦前・戦時に限定されないと考えられるからである。これは後述する。

日本女性の〝好戦性〟は、戦死した兵士たちの夫人や母親が、遺骨を抱いて埠頭からの道を歩んで行く場面にかかわって生まれた評価のようだ。この場面のナレーションは言う。〝日本では女性たちも勇んで戦争を支え、夫や子が戦いに命を落としても涙ひとつこぼそうとしない。〟これは誤解であり誤認である。この種の表現には、他の事例にも間々見られるように、故意の誤認が臭わぬでもないが、悲痛な人間的感情が発露して然るべきこのような場面での女性たちの無表情が、異様なものに感じられるだろうことは、想像に難くない。日本女性は当時、悲惨な事態にあっても人前で涙を見せないことが〝美徳〟とされ、そのように習性づけられていた。それがただちに戦争への積極的な協力・支援につながるものではないことは、言うまでもない。が、考えてみれば、この非人間的な〝美徳〟自体が、戦争を消極的にでも支えてしまう共同体的心情につながるものであった。『カミカゼ』は、そうした日本人の無意識の〝素顔〟を、歪んだ鏡に映して見せた作品であった。

本書『天皇と接吻』にもＣＩＥ（民間情報教育局）やＣＣＤ（民間検閲支隊）の映画検閲にさいして、日本の映画製作者たちの意図や意識との間に齟齬をきたす事例が、数多く顔を出す。検閲者の芸術的素養（創造と鑑賞とにまたがる能力の不足）から生じる問題も、また日本の製作者たちの政治的・社会的資質（戦争と体制からの解放を自己責任として突きつめぬ姿勢）にもとづく問題もある。ともあれ、占領軍による検閲は、日本の映画製作者にとって、ある種の〝歪んだ鏡〟であった。それに日本の姿をどう投影させてみるか、戦後の日本映画の課題の一つがそこにあった。

その点に関して本書に記された〝『暁の脱走』の場合〟（第七章）はとくに興味深い。脚本の第一稿から最終（第八）稿への過程は、谷口千吉監督の制作意欲もさることながら、この時期の映画製作者の望ましいありかたを呈示している。度重なる検閲のもとで当初の狙いや作品の精度が低められた面も数多くあろう。が、同時に、製作者たちの社会的視野がより開かれていったという側面も見のがし得ないのではないか。谷口が「戦争と娼婦……それに頼って映画を作ろうとするのは……」という検閲官の意見に感銘する件りが紹介されているが、戦後初期、すくなくとも戦後の十年間は、戦争を描けばただちに〝戦争否認〟につながる空気が、日本社会に、また映画観客との間にかもし出された。そのなかで、戦争をどう否認する映像表現を生み出すかは、とくに戦後初期の映画製作者たちの最も大きな課題であったはずである。検閲はいかなる意図のもとであれ忌むべきものであるが、そうした制約との格闘のなかで、戦後映画の主題と方法の模索がさらに深められていれば、といまにして思う（私がこのことをとくに強く感じたのは、ヴェトナム戦争に取材したドキュメンタリー作品の多くが、ヴェトナムの現地を十分にとらえ得てないのを観た時である）。

本書の著者はその注意深い目を、『暁の脱走』に関連する大熊信行の発言（〝政治的方向が変わればそれに流されていく戦後日本の風潮に対する警告〟）に注いでいる。さきの『カミカゼ』には、それに通じる後日譚がある。

『カミカゼ』はフランスでの公開の翌年、日本に逆輸入された。輸入会社はこの作品の、日本人を映す鏡の歪みに強い抵抗があったようだ。たしかに歪んだ鏡に映る自分の顔を見るのは、快いことではない。しかし、その不快感に耐えて、そこに映されている自分の〝素顔〟に見入ることが、私たち戦後の日本人にとって必要な作業ではなかったか。逆輸入に当って『カミカゼ』は再々編集された。戦後日本で公開された『カミカゼ』は、戦前・戦時と変わらぬ日本を、スクリーン上に再現していた。

視点2・〝後代の目〟のはらむ問題について

司馬遼太郎はかつて歴史小説の創作を〝屋上の作業〟と呼んだ。屋上（現在）からの視野が地上（過去）を行く人物たちの前途を見通すことが出来るという理屈である。また、歴史上の人物像あるいは歴史的事件の性格を確定するには、半世紀から一世紀の年月を必要とするだろう、という発言がある。

歴史上の人物ないしは歴史的事件の評価に関しては、当代における視野の限定や、分析に必要な諸資料の不足、さらにその後の時代の変遷のなかで、時代ごとの関心や趣味・嗜好のありかたにかかわって評価の変転が見られる。その積み重ねを通して、人物像や事件の性格の確定は後代にゆだねられねばならない。百年後に人物の生きた姿やその業績の意味が浮かび上がるというのは、しばしば見られるところである。各地の風物が〝名所〟として成立するまでの、時代ごとに異なる評価や賛辞の蓄積にも、同様のことが言える。

しかし同時に、当代に生きるひとびとの切実な思い、製作者たちの創造上の苦心・工夫などは、後代からは容易にとらえ得ない諸要素として、生きかたや作品のなかに深く沈みこんでゆく。後代の目は、何よりもそのことと格闘しなければならない。内田義彦が、歴史をとらえるには〝見える目〟と〝曇った目〟（当代に沿った）が必要だと述べたのも、そのことにかかわる。それは後代においては、資料を読む目であり、諸作品の表現の全体あるいは細部のなかに、そうした当代のにおいをかぎとってゆく作業である。

「歴史は数学のようにきちんとした答えや数値が出てくるものではないと思う。矛盾があり、謎めいたところがあってはじめて歴史は、人間の生の記録として、彩り鮮やかに織りなされるものになるということを、この研究をしながら実感した。」と著者は本書のあとがきに記している。続いて、「筆者の生まれる前におこった歴史的事実をたどるというこの研究で、筆者はもちろん歴史をできるだけ正確に再現したいと思った。」と述べているが、そのために著者は当代を実体験した先輩たちの論旨の引用やインタビュー等を自身の分析の補完に役立てている。その丁寧な配慮が本書の分析の緻密さを高めているのも事実だが、当代に生を営んでいるとは、同時に当代の〝偏見〟（必ずしも否定的な意味ではない）をも併せもつものである。さらに前述したように後代に比して視野の限定がある。戦後日本では不用意に〝戦争を知っている・知らない〟の世代別選別がおこなわれたが、その時代に呼吸した者がただちにその時代を知っていることにはならないということを、あらためて考えておく必要があると思われる。

本書では、一九四四年の木下恵介『陸軍』に関して、主題の〝曖昧さ〟が指摘される。（本書、三五～六ページ）が、私はこの作品の戦争忌避の主題を疑わない。私自身はこの作品を戦後に観たために、あるいは私の戦後の目がこの作品を外側から意味賦与していはしないかという不安もあり、当時この作品を観た数人の人たちを探し出し、当時の印象を訊いた。そこに共通してあったのは〝場違い〟あるいは何か〝はぐらかされた〟感じだったという返答だった。戦意高揚を目的（情報局）で作られたこの映画が、その役割を果し得なかったことは、作品の全篇にわたる表現を注意深く見れば理解できるはずである。この作品の主題の曖昧さは、検閲下における製作者の工夫としてあった。そこに製作者たちの時代との格闘の姿を見ることができる。それは一九三八年の亀井文夫『上海』にも同様に言えるのだろう。さらに、『陸軍』が上映禁止あるいは場面の削除にあわなかったことに関しては、より丁寧な調査の必要があるだろうが、私はそこに、今日にも続く無責任体制が垣間見られるように思われるのである。『海軍』とともに情報局が鳴り物入りで作らせた映画であった。

著者が「戦中の映画も占領期の映画も、意外にも、ある意味で非政治的なものであった」と述べる、その指摘は鋭い。その〝非政治性〟とは、日本映画全般に見られる、戦前から戦後にかけて一貫した時代からの逃避であろう。多くのいわゆる〝時局映画〟も、その逆の例ではない。その点、山田五十鈴の「演っていながら嘘だ嘘だと思っているのですから……」という発言は興味深い。（本書、三七ページ）

後代の目の帯びる問題を数多く抱え、逆にそのために一本の映画評として充実した内容を見せるのは、「第五部・『わが青春に悔なし』」である。滝川事件・ゾルゲ＝尾崎事件に材をとりつつ、戦時下における一人の女性の生きる姿を描いたこの作品は、ともかく戦争末期・戦後初期に青春を迎えていた私たちの世代にとっては大きな衝撃であった。作品の芸術鑑賞以前に一種の社会体験として、あるいは自身の人生体験の一部として芸術作品に接することが時にある。と言うより、どのような芸術作品との出会いにも、その要素を欠けばそれは鑑賞の名に値いしないとも言えるのであろう。『わが青春に悔なし』の翌年公開された同じ黒沢の『素晴しき日曜日』で、中北千枝子が画面からじかに観客に呼びかけた時、どの映画館でも館内に拍手が湧いたのは、同時代を呼吸している者の共感が、作者と観衆との間をとり結んでいたからである。とくに秀作とは呼び得ないメロドラマ『カサブランカ』が、〝体験的名作〟としてその印象をとりわけ私たちの同世代の脳裏に深く刻みこんでいるのも、同様のことからであろう。創造方法として最も強烈な衝撃を与えたのは、一九四〇年の『大独裁者』（日本公開は六〇年）六分間の演説のなかで、作者（演者）チャップリンが作中人物チャーリーに代って画面から私たちに語りかけた時であった。私たちは単なる映画観客として画面に向き合うことは許されなかった。作者はこの時、無意識のうちに、現代映画の方法的呈示をおこなっていたのである。

『わが青春に悔なし』については、この作品への肯定的評価と否定的意味との両面にわたって、妥当と思える指摘が多い。とくに主人公幸枝の性格描写に関して、「原節子は出色の出来栄え」という評、黒沢監督の「自我の強い人物」のイメージを出すのに原節子を選んだという意見には、強く肯けるものがある。これはとくに作品の後半、幸枝が野毛の故郷の農村で働く（というより時代との格闘）姿にふれてのことだろう。著者が「雨に濡れた腰の布を何も言わずに絞りはじめる彼女の手がクローズアップになる」ショットを抜き出していることにも、着眼の鋭さを感じる。ちなみに著者がここで、黒沢作品の〝土砂降りの雨のイメージ〟を論じているのも重要な指摘であろう。しかし、この後半での幸枝の行動を、戦時下の裏返しの〝自己犠牲〟とする評言にこだわるのは何故か。『わが青春に悔なし』は観念劇である。作者の言う〝自我の貫徹〟は、戦前・戦時の反省の上に立って、観念劇であるが故に、この時期に大きな意味をもった。筋の展開の上では破綻しているとも思われる設定をこえて、自我を通す一人の女性の姿を、強引とも思われる飛躍の数々とともに描き切った（ただし最後の場面は、著者も指摘するように、余計なものに思われてならない。私自身は糸川の歩み去って行く後姿で終ってほしかった)。裏返しに似た自己犠牲の数々も、戦後日本に見られないではない。この作品の幸枝の行動にも、その行動を支える〝思想〟(幸枝自身のものではない)にも、その要素が皆無とは言えぬ。が、個々人の思想の(あるいは無思想からの)転回、また体質の組み替えは、どのように可能なのか。時代風潮へのよりかかりからどのような過程をくぐって自立への道を探るか。『わが青春に悔なし』は、その出発点を呈示しようとした作品ではなかったか。著者がそのあとがきにおけるとともに、この件りでも「のちの時代の高みに立って」云々するのは気がひける、と記しているように、この作品をうけつぎ、それをのりこえる作業こそが重要であった。映画人の戦争責任のとりかたの一つは、戦争を、また戦場を、また戦時下の社会(自己を含めた)をどのように描くことで戦争批判の映像を獲得あるいは創造し得るか、ということであったろう。『わが青春に悔なし』は、いわばその叩き台にもなり得る作品であったろう。その点で本書の記述は、その新たな論議の恰好の素材にもなり得るように思われる。

視点3・〝昨日〟のことではない

『天皇と接吻――アメリカ占領下の日本映画検閲――』は、戦後初期の民主化の過程に関する、米国民主主義の性格に関する、米日文化のそれぞれの型と双方の接触に関する、日本社会の戦時から戦後への連続と非連続に関する、また占領者の被占領者に対する民主化と従属化との葛藤に関する貴重な証言である。それらすべてを含めて、私は本書の原題の *“Mr. Smith Goes To Tokyo”* に惹かれるが、タブーへの挑戦という点では、またアメリカの占領政策自体の矛盾を衝くという点では、さらにまた戦後日本人のなかにひそむ心性の微妙なひだにかかわるという点では、この日本題名にうなずけないでもない。とりわけ天皇と天皇制の問題は、戦争末期において日本の政権担当者とその周辺が、ことさらにポツダム宣言の受諾を引き伸ばし、多大の人命をそのために犠牲にするという、戦争末期における政治責任の最大の問題であり、また占領軍の日本民主化政策のはらむ矛盾の焦点でもあって、占領軍の検閲にもこの問題は微妙に反映している。本書では「第三部・天皇の描き方」で、亀井文夫監督『日本の悲劇』の制作・検閲・上映禁止を軸に、その経緯を詳細に記述している。

『日本の悲劇』の製作に先立つ「第九章・天皇に対する米国の政治」では、太平洋戦争下の米国の政策の変化を追い、「一九四四年初頭には国務省内で、天皇制を維持すべきとするグループが、天皇制反対のグループをしのぐようになった」こと、四四年に完成した『汝の敵日本を知れ』(*"Know Your Enemy : Japan"*)が天皇を戦犯として描いているために公開されなかったというヨリス・イヴェンスの意見が伝えられる。また、「一九四四年にはすでに、天皇裕仁を廃位しないことが米国政府内で決定されていた」という記述もある。(本書、一七七〜九ページ)この時期に関する証言は、戦後世界における米国の戦略ともかかわって、重要な意味をもっている。これは単に戦争の早期終結と日本の占領を容易にするためのみの措置とは言えないのではないか。

『日本の悲劇』の製作およびその作品内容については第十章に詳しいが、問題は「第十一章・『日本の悲劇』の検閲」である。その前提として、米軍の新聞「スターズ・アンド・ストライプス」の報道(一九四六年四月一五日)がある(本書、一九九ページ)。ここには、「この作品がCIEの検閲を通過した」

とあり、さらに第十一章の冒頭では、ＣＣＤの検閲で「何カ所かの削除が命じられた」（二一〇ページ）。しかし、作品の配給にあたって、東宝、松竹、日活がこれを拒否した（同ページ）。理由は「上映時間の長いこと、不人気が予想されること」だったという。占領政策のある面と、日本政府および日本社会の一部との間に、民主化を阻止する微妙な〝共働〟あるいは呼応が見られたことは、さまざまな資料が示唆するが、ここにもその一例が見られる。そしてそれは、占領軍の指令や指示の翻訳にあたっての微妙な意味の改変や、政策上のサボタージュや、やわらかな指示への離反等を伴って、しかもそれが日本社会の混乱が予想されるとの口実で、一見被占領者の〝自主性〟を示すかの形でおこなわれた。これは必ずしも占領下日本に特有のことではない。歴史上、一国による他国占領の場合に、戦時下における日本軍の占領地域においてさえ見受けられることである。この事態もその例にもれない。

『日本の悲劇』はその後、四六年八月になって、再検閲の結果、「上映に不適当である」とのＣＣＤの決定により、上映禁止となり、ネガ、ポジ・プリントともに没収の措置にあった（二一三ページ）。当時の首相吉田茂が民間諜報課長のウィロビー少佐を通してマッカーサーに上映禁止を訴えたことによるという（二一五ページ）。日映の製作者としてこの映画の製作にもたずさわった岩崎昶は、フィルム没収の期日までに緊急上映を強行し（二一九ページ）、岩崎と、同じく製作にかかわった徳光壽雄とは、数度総司令部を訪れ、上映禁止の理由を問いただしたが、回答は得られなかった（二一四ページ）。『日本の悲劇』の上映禁止の措置は、ついに占領が終わるまで解かれることがなかった。

『日本の悲劇』の検閲に関する本書の記述を追ったのは、この事例が、映画製作者が占領軍の検閲に対して格闘した一例であるばかりでなく、その作品内容が日本人自身の手による戦争責任追及の貴重な一例になったはずであったからである。この事件に対する著者の執拗な追跡も、このことと無関係ではないだろう。こうした戦争責任の追及にとって占領政策が障碍の一つとなるとは、占領の当初には、製作当事者たちにとって予想し得なかったことであるかも知れないが、ここにも、大戦当時の連合国内部の確執が大戦後にも尾を引いて、戦後世界の国際関係の形成に投影しているという側面と、占領者である米国内部にある自由主義と反共主義との相剋の側面とが、その背景にあるものとして浮かび上がってくる。また日本国内においては、戦後の民主化の過程において民主主義の理念を実体化させる作業が、戦前から続く政権担当者の非民主主義的諸施策やそれを支える風土との格闘を伴って今日まで続き、戦争直後の五年から十年の期間を一般的には意味する〝戦後〟という言葉を、五十年を経てなお維持（堅持と言っても好い）するという、世界に稀有の事態を作っている。ここで触れられなかった東宝争議（第六部）も、その戦後史の流れのなかに位置づけられる。

本書に述べられたのは直接には占領下の諸事件・諸事態であるが、それは決して〝昨日〟のことではない。

〈受け手主体〉とは何か　2000. 4

教養――リテラシー――について

I　芸術創造と社会的現実、または〈創造主体[1]〉ということ

『オットーと呼ばれる日本人』を観た。(二〇〇〇年四月一〇日、於　東京・紀伊國屋サザンシアター)

木下順二の戯曲によるこの舞台公演を観たのは、一九六二年の初演以来、ほぼ四十年におよぶ戦後日本の、大小の社会変動を伴う歴史の流れのなかで、四回目である。初演、再演は宇野重吉演出で劇団民藝、三回目は廣渡常敏演出で東京演劇アンサンブル、そして今回は米倉斉加年演出で劇団民藝による公演であった。私は演劇研究に関して全くの素人である。舞台と向き合うのは、つねに一観客としてである。

四回の公演は私にとって、同一作品をくりかえし味わうことであり、それぞれの異なる舞台のなまの感触を楽しむことであった。私自身の戯曲の読みを、舞台創造を媒介に深める。同一の人物像を、それぞれに異なる俳優の演技を通じて、異なる像として観るのも興味深いが、同一作品が否応なく関わらざ

るを得ない時代状況の推移・変貌を、舞台上の作品の様態のなかに確かめることも、さまざまな感懐を私のなかに生む。舞台創造の全体あるいは細部への感想や意見、賛否、是非の判断はそれらのこととともにあるが、同時にここには、客席に坐る私自身の、時代状況の変化に柔軟に対応する態様の底に、主張の一貫性を保ち得ているかどうかの確認と、それに伴う自省とがある。

『オットーと呼ばれる日本人』という作品は、公演のたびに微妙に、そしてその微妙さによって大きく、相貌を変えた。今回はとくに全曲上演とあって、作品全体を新たに見直させる舞台でもあったのだが、その今回を含めて四回の公演は、それぞれの芸術創造の成果を私に享受させ、そのことで私の内部に、時代状況に立ち向かう姿勢に関して、日本および日本人であることについて、劇中の時代といまとの関わりについて、さまざまな思いと思考とをかき立ててくれた。四回の舞台は私にとって、それぞれ独自の社会的事件との遭遇でもあった。

初演の二年前、一九六〇年に、チャールズ・チャップリンの『偉大な独裁者』（*The Great Dictator*）を観た。アドルフ・ヒトラーが勢威を振るっていた一九四〇年に完成・公開されたこの作品の日本公開が、それから二十年後になったという事実は、それ自体が日本社会の一事件であったが、そのこと以上に、この作品自体が芸術創造の内部に社会的事件をはらんでいた。それは独裁者の跳梁する現実に挑戦したこの作品全体の構想にも関わるが、とくにラストシーンにおける役の人物チャーリーと、作者であり演者でもあるチャップリンとの、卓抜な二人三脚による〈六分間の大演説〉が、その事件的性格を決定づけた。

この演説でチャップリンは、六回にわたる視点移動（ショットの切り換え）による巧妙なカメラ操作と、特有の演技力とを通じて、演説半ばから役の人物に代わって作者（演者）自身がスクリーンに姿を現し、私たちの一人ひとりに語りかける。この瞬間から〈演説〉は劇世界を脱し、現実世界のただなかに立つものとなった。

この大胆な試みは、劇映画の演者はカメラのレンズを直視して演じてはならぬというタブウを破る、映画史上の一大事件であったが、同時に、スクリーンを政治的舞台に変えて世界の民衆にじかに訴えるという、破天荒な、社会的現実と正面から切り結ぶという歴史的事件をそこに現出した。

この演説場面は、しかし、かなりの不評を浴びた。その多くは、評者が作者の企図を理解し得ず、この歴史的瞬間に〝映画観客〟として客席に居坐ったままの姿勢から生まれた。虚構の世界に身を浸した場からの批評であった。これは評者たちの、時代状況への関心や認識の稀薄さを物語っている。チャップリン自身はこの〈演説〉を最後に、二十七年間彼とともにあった扮装を脱ぐが、この時すでに〈もはやチャーリーの出る幕ではない〉と考えていたのだろう。チャーリーはこの二十七年間、アメリカの繁栄の裏側を歩き、戦争を忌避し、困難な状況を時にはすり抜け、時には笑いとばして、大戦間を歩み続けてきたのではあったが、その時代批評によって世界の大衆の支持を受けながら、ヒトラーの進出を阻止することが出来なかった。芸術創造はどこで社会的現実と切り結び、その変革に力を藉すことができるか。この〈演説〉に虚構と現実をつないだのは、彼にとって熟慮の末の、一方途であったのだろう。そして現実世界から独裁者を抹殺する訴えは、同時に、彼にとって、スクリーンの世界から、彼の分身でもあるチャーリーを追放することでもあった。

私自身は、それから二十年、ファシズムが現実世界から追放されたはずの安全地帯に立ってなお、この表現を読み解き、自分の客席を現実世界のなかに位置づけるのに、再度の鑑賞の機会を待たなければならなかった。これは私の映像分析の力量の問題でもあるが、それ以上に、現代芸術の方法についての理解不足のせいでもあった。チャップリンがこのラストシーンでとった方法は、今日、より一層重要な意味を帯びているのである。

『オットーと呼ばれる日本人』のそれぞれの舞台が私にとって社会的事件であるのは、『偉大な独裁者』、とりわけそのラストシーンが帯びる社会的事件の性格と、もとより等質のものではない。この作品が現実の〝ゾルゲ事件〟と、尾崎秀実の人間とその戦争忌避の活動に材を採ったとは言え、オットーは尾崎と、ジョンスンはゾルゲと、像を全く重ねるものではない。現実の事件とは別に、この作品はそれとして一個の虚構の世界を構築している。作者が初演のパンフレットに、「……予備知識などということを一切気にしないで観客が客席に安心して坐っていられるような」と書いているのも、そのことを裏書きしている。ただ文中の「安心して」の一句はなかなかの曲者である。この一句だけは、パンフレットのこの文脈全体からはずして考える必要があるように思われる。

パンフレットのこの一節は、この作家の、自作がある時代状況にのみ対応するものであることを嫌う、その作家的資質と作品の性格とを映している。〝時局〟的作品でありたくない、社会的現実と直接に対応するものとして作品を書きたくない、ということであるが、その一方で、作者はあるところで、「自分の書くドラマの世界が、ぼく自身にとって他人事であってはならない。自分自身が生きるという問題とかかわってドラマが書かれなければならない。(2)」と語っている。さらに続けると、「いまこうやって、お互い生きている。しんどいなとも思いながら生きているわけだけれども、そのことを離れてドラマは書けない。自分がいま生きているというのは、別の言いかたをすると、どうにも自分自身地面から足の離れようがなく生きているということでしょう。それをある視点からみつめることによって、ドラマの世界が成立する。またそのことで、いま生きている意味もとらえられる。」[3]この作家の内面で、芸術創造と、その時代時代をどう生きるかは、切り離し得ないものとしてあり、それが木下の個々の劇作を貫いてある。同時にこのことが、この作家の独自な、そして意識的な作劇法を形づくっている。したがって、その作品による劇的感動が観客のなかで、舞台と対坐している瞬間でのみ完結し、観客ひとりひとりの何らかの自己改造をその実生活のなかに生むものでないならば、その劇作ならびに劇的表現はリアリティの名に値しない、とこの作家は考える。

それは当然、舞台の創造にも関わってこよう。舞台上でそれぞれの役を演じる俳優は、役に生きることと、自分がいまその実生活を（現状況との格闘を）どう生きているかとを、舞台創造のなかでどう結び、あるいは葛藤させているかが問われる。そういう自分の視線が役の人物にどう届いているか、その自分が役の人物からどう照らされているか、人物たち・俳優たちの対話とそこに含まれる葛藤の総体としての舞台表現のなかで、その相互浸透がどう見られるか。『オットー――』の四回のそれぞれの舞台が私にとって、それぞれ社会的事件であったのは、作者の作劇法とその成果ということをも含んで、そのためであった。

かつてある雑誌で三國一朗氏と対談した時、三國氏が、「近頃の役者は役者である時間が少なすぎる」と言われた。「そうですね」と私は同意し、続けて「役者でない時間が少なすぎる」と答えた。[4]役者に限られることではないのであろう。

木下が劇作ならびに劇的感動について語ったことは、私たち観客一人ひとりにとっても同様に言えることである。さきに「安心して」が曲者だと述べたのは、私たちの観劇の姿勢が、その内側で問われているからである。現代劇作家である作者の自覚的方法との関連で言えば、無意識のうちに自己の内部に浸透し、ある時間持続し、そしてしばしば時とともに忘却される〝感動〟とは、劇的感動の名に値しない。私自身の内部に蓄積されて、やがて自分史を形成するにいたる種々の感動とそれに伴う自己認識は、こうした芸術創造の数々を内に含んだ現状況に対して開かれているはずである。[5]

またある時この作家は、〈古典〉、とりわけ文学の古典に関して、古典はつねに問題を提起するが、文学の古典は科学と異なって解決策を呈示しない、と述べた。例えば「To be, or not to be; という問題は、『ハムレット』を読みかつ観る代々の人々が、自分の問題としてその答を考えてみなければならない課題として永遠に残されるのである。」[6]さらに、古典は「発見されるに値いする問いを内に持って存在している。そしてその問いの発見を読者に期待している。だから、読者の側が問いを発見して、それに読者自らが答えようとする姿勢がなければ、〈古典〉はただ一冊の古い本に過ぎないということになる。」[7]と述べている。

私はかつて〈歴史から見られる〉ということを、過去の歴史にわけ入ってその正体を探る姿勢のなかに考えたことがあった。木下ふうにこれを考えれば、歴史の流れとその中の諸事件は、つねに後代に向けて問いを発している。しかし、自分がいま呼吸している時代状況に対して切実な問いを発していない者には、その問いは聞こえてこない、ということになる。芸術創造と社会的現実との切り結びの奥にも、つねにこの問題は生き続けているのであろう。

『オットーと呼ばれる日本人』の戯曲が、初演の舞台とほぼ同時期の六二年に発表された時、心躍る思いがあった。それは言うまでもなくこの作品の全体構想と、これが舞台上にどういう展開を見せるかに関わってのことであるが、しいて言えば、第二幕第三場のオットーとジョンスンとの対話に、また終幕のオットーの自己批評を伴う独白に、作品全体を貫く日本人オットーの激しい内部葛藤の集中的表現を見る思いがした。オットーの内的葛藤は、劇中、ジョンスンからの照射を浴びることで、一日本人としての立場を超え得るものになった、と私には思われた。二幕三場の両者の対話に注目し、ジョンスンからの照射を離れて一個人となったオットーの終幕の独白に彼の自己批評を見たのはそのためである。作品名の「と呼ばれる」という表現に私は惹かれた。

戦前・戦時下の日本において、至難とも思えるオットーの戦争阻止の活動を、その成否とは別に、国家主義権力の支配下にある〝祖国〟を戦争から救おうとする彼の日本的心情にのみ焦点をあわせることがあっては、作品の構想は急速に矮小化しよう。蜂の子を食べて「刺すか刺されるか」を楽しむというオットーの名ぜりふも、当時の政治機構内の綱渡りに似た行為にのみ擬せられては、オットー自身の実存を小さくする。彼の苦悩は日本国家に反逆し、国家を超えるその行為のなかで、なお、当時の国家権力の支配下に日本人であろうとする自己矛盾をはらんであった。もとよりそのナショナルな心情は、彼の理性を超えたものとしてあって、早急にその是非を問わるべきものではなく、作者自身もそれをそれとして描出していた。その上で、みずからの国を捨て、観念としての祖国を理念的世界につなげて行動するジョンスンの存在は、オットーの心情を相対化するものとしてあった。そのジョンスンとの共働を承認し、彼とともに、行動目的を異にしながら、しかも目的の共通部分を探求しつつ動くオットー内部の〈日本〉は、その時、外に〈開かれた〉ものとしてあった。戯曲の第一幕が一九三〇年代初頭の上海に設定されていたことも、オットーとジョンスンとの間を仲立ちする宋《スン》夫人の存在も、作品全体のなかで重い意味をもつと私には思われる。

こうしたものとして私の内面に入り込んだオットー像は、私自身の日本的感性・体質と、それらを含んで形づくられている私の思想のありかたや、それだけでなく精神構造や生活理念や行動様式、つまり私の存在自体に関わる主体意識・主体的行動のありかたを照射した。それに基づく私からのオットー像への逆照射もあって、劇（戯曲・舞台を含めて）の展開は、この相互照射の過程でもあった。あわせて、状況と主体との受動・能動の葛藤を含む関係は、四十年にわたる社会史と自分史の関係でもあり、私の〈いま〉に続いている。

四回のそれぞれの舞台は、以上のことをその時どきに問うものとしてあった。同時に、このこだわりから生じる舞台への視線の偏りを自戒もした。このこだわりは私のなかで大切なものでもあったが、それは時に先入観ともなって、舞台表現からの新たな発見を拒む。それぞれの舞台が背負う諸条件と、その時代状況との格闘を見誤りもする。作品は時代状況の諸様相を超えてあり、また時代状況とともにある。

四十年の間に、ヴェトナム戦争があった。この時私は、ヴェトナムから世界にひろがる視線（この視線はヴェトナムへの世界の注視と表裏の関係にある）の一角に私自身の位置をとらえることを学んだ。アラン・レネの『戦争は終った』（*La guèrre est finie*）に出会う機会を得た(8)。スペイン戦争終結後、その終結を認めず、実際に今日（六〇年代）まで反フランコの非合法運動を続けてきたグループの一人がシナリオを執筆しているこの映画は、さまざまの卓抜な映像表現とともに、私に、時代状況の変化の下で自己の理念とそれに基づく行為の貫徹はどうあり得るのか、新たな事態の認識とそれに伴う行動様式（芸術創造の場で言えば表現形態）は、前時期をどう継承し得るか、等のことを私に考えさせた。この映画は、状況の変化を全的に否認することで、新たな状況の下で共通目的をもつ諸運動との連帯をはかれず、必然的にその思考や行為のなかに頽廃を生む人びとの姿を描出したが、それは、状況の変化をことさらに言い立てて（それはしばしば不法の、あるいは状況の推移にただ流され、意識的ないし無意識の主張の変改による、既成事実の累積の結果にほかならない）かつての理念への復讐を勧める論理と、これも表裏の関係にある。

『オットーと呼ばれる日本人』の初演当時、さきの「と呼ばれる」を「と云う名の」と読みかえた批評があった。作品名とは明らかに異なるが、この読みかえは一概に誤りとは言えない。評者自身の主体意識を背負って、これは主体性のありかたについての多様な考えかたの一つであり、初演の舞台の様態からも大きく外れるものではなかった。（六六年の再演の舞台は、初演の舞台から微妙に、そして大きく変貌し、戯曲の構想をより深くくぐったものとなった。）しかし、私には若干の異論がある。

現状肯定の上には創造はない、とは、『オットー』の作者の弁だが[9]、時代状況に対して能動的に、そして果敢に働きかけ、その改変を迫る時にも、と言うより、私たちのそうした行為が能動的であればあるほど、その行為はより大きく時代状況からの規定を受ける。これを意識し、みずからの能動性のうちに状況への受動的な対応を含みこむ時、私たちの主体の自由は確保される。状況変革の論理は、そうした状況からの規定をどのように意識的に受けとめ受け容れるか、その測定ないし判定の的確さとともにある。芸術創造と社会的現実との間にも、また創造主体のありかたにも、同様のものがあるだろう。『オットーと呼ばれる日本人』の主人公オットーには、もう一つの側面、ジョンスンに「彼は、あまりにも多く日本人であり過ぎる。」と言われるように、〃日本人と呼ばれるオットー〃という強固な側面があった。そのオットーの内部矛盾・内面の葛藤についてはさきにも述べたが、これはオットー個人の心情としてのみ簡単に処理するわけにはいかない。彼を幼少から育み、其の自己形成を助け、彼の現在をそれ故に規定している日本は、代々受け継がれてきた〈歴史〉として、彼の体内に生きている。佐々木譲の小説『ストックホルムの密使』のなかに、終戦工作に関して、登場人物の一人に、「国体とは何です？　憲法ですか。皇室ですか。民族国家としての独立ですか。日本から何が失われたなら、国体が失われたことになるのでしょうか。」(10)と語らせる興味深いせりふがあるが、オットーのなかにも、同様な理性的判断を伴って、しかしなお混沌とした全体として、日本があったのだろう。もとよりそれは、当時の政府首脳たちが不必要にこだわってポツダム宣言の受諾をおくらせ、そのために数多の国民を死に追いやった〃国体護持〃の観念とは対極にあるものであり、だからこそ彼自身を国家に反逆する行動に駆り立てたのだが、なお彼のなかには日本があり、これを客体化して考えることはできなかった。私はここで第一次大戦時の、第二インター左派が呈示した〈自国政府の敗北〉という壮絶な、しかし第一次大戦の性格に照らして妥当なスローガンを思い出す。また二十世紀の初頭、戯曲『時は来らん』(11)に、英軍の良識的な司令官クリフォードにあえてボーア人女性デボラを対決させ、二人の興味深い対話を綴ったロマン・ロランの創造に思いを馳せる。〈歴史〉はしばしば、その全体性と地域性との間に深淵をつくる。オットーの内面にも、その双方の間を揺れ動く葛藤があった。

「日本における主体造出の問題[12]」と作者は書いている。いうまでもなくそれはオットーの内部葛藤として描出されているものであるが、同時にそれは、この作家がみずから創造した作品世界から、作者自身を照射するものでもあった。戦時下、「日本ということばが声高に叫ばれている時代に、日本を考えることが一種の抵抗になるというのは、不思議なことでもあるわけだけれども、ともかく、日本を考えることでこの時代の風潮に乗るまいとした。[13]」というこの作家の発言には、オットーの思考や行動にも一脈通じるものがあるように思われるが、自身の内部の日本との、あるいは自分が日本人であることとの、激しい内部葛藤を伴って成立する〈日本〉とは何か、日本人の主体とは何か、ということが『オットーと呼ばれる日本人』によって作者自身に、また作者から私たち一人ひとりに投げられた問いである。それは、日本に生れ育ったから日本人だ、さらには戦時に生きていたから〝戦争を知っている〟（戦後生れだから〝戦争を知らない〟も同様である）、あるいは、〝現地に行った〟〝現場に立っていた〟、といった、単純な〝事実〟立脚による主体喪失の論理とは質を異にする。自分と日本を媒介するものは何か、また、その日本ないし日本人は何を媒介にして現代の（自分がいまここに呼吸している）日本ないしは日本人になり得るか。『オットーと呼ばれる日本人』の戯曲と四回の舞台が私に問いかけてきたのは、そのことであった。

本章は〈読む〉ということ、あるいは〈受け手〉主体に関する私的な体験報告である。

II　一対一の対話、あわせて〈教養〉とは何かについて

あれはいつだったか、山本安英の会主催の「ことばの勉強会」の席上で、内田義彦氏の、話し手と聞き手とを媒介することば、という発言に、ハッと胸をつかれた。対話の間接性ということを考え出したのは、その発言を契機にしてだった。内田氏のこの発言は、「密室」と「交流」という、発話と聴取それぞれのありかたに関する指摘とともにあった。(1) 各人が密室をもってその上での交流が生まれないと、深いところで相手に話しかけるということがなくなる。聞き手も同様で、自分の密室内で相手の話を受けとめていないと、話に流されるということが生じる。また、そうした「交流」によって「密室」も生まれる、という趣旨だったろうか。たがいが「密室」を〈開く〉ことで、対話が可能になる、ということである。それをことばが媒介する。

しかし、「密室」内のことばは、容易に相手に通じにくい。相手のことばを〝自分なり〟にでなくとらえるのは尋常でない。分野の異にする数人の学者たちの討論を司会したことがあって、それぞれが深い〈教養〉をもったかたがたであったが、それでも同一の言葉に各自の含蓄があって、それを解きほぐして共通の言葉にするのに苦労したおぼえがある。一度、内田氏の提起で、「対談はいつ対談となるか」という対談をしたことがあった。対話性を内にふくみながら、これを日常会話に仕立て、しかも臨場感が失われては対談の味わいが生きない。これもいい勉強であった。

対面コミュニケーションの直接性と間接性とは、必ずしも、私たちがマス・メディア（とくにテレビ

画面）と向き合った場合だけのことではない。人と人との間でも同様である。話者同士の対話というその物理的条件は、対話の成立をただちに保証するものではない。その当然のことがしばしば思考から脱け落ちる。

発話者・聴取者の間で、たがいに通じにくい〈ことば〉が通じ合う。この過程は、話し手と聞き手相互の間に、発話のなかに聴取を、聴取のなかに発話を内包して可能であり、その絶えざる位置交換をそれぞれの内面で深めてゆくことで、対話を成立させる。「密室」を相手に向かって〈開く〉とはそういう意味であり、「交流」とはそのことであった。内田氏の指摘は、そうした〈ことば〉の本来もっている働きを、コミュニケーション活動の根に据えることに向けての問題提起であった。

私の当時の思考の重点は、読者を通しての著者との〈対面〉、テレビ画面を通しての語り手や演者との〈対面〉等、マス・メディアを通じて、書き手・話し手と読み手・聞き手との対面性、その間接性と〈直接〉性に向けられていた。その後に登場した双方向性の理論は、最近のインターネットの登場によって、未来への可能性を大きく開いたが、なおそこには大きな不安が感じられる。ここでは、フィード・バック装置というだけでなく、メディア概念のもつ意味の重層性がどう考えられているか。かつて鶴見俊輔が指摘したように、この国ではマス・コミュニケーション概念がコミュニケーション概念に先行した。その社会的・文化的（思考様式とそれを支える風土性を含めて）な余波は、今日まで生きていないか。昨今の〝発信〟という言葉の流行は、受け手の主体を喪失させる危険性を内包していないか。内田氏の「密室」と「交流」という指摘を、〈ことば〉というもののもつ意味を、あらためて考えたいのはそのためである。

内田氏の「話し手と聞き手とを媒介することば」の裏側に、「話し手・聞き手両者のことばを媒介する人間」を置いて考えてみることも、あるいは可能である。例えばアナウンサーやキャスターが、また番組のゲストとして登場する誰それが、テレビ画面に姿を現す時、彼や彼女の人間を、私たちの前に呈示する。それは単に表情・動作の見えるものにかぎらず、語り出す時のそれぞれの話法や口調をあわせてのものであり、それが彼らのことばを自身で映し出す。新聞で言えば紙面構成の全体と記事の配列ならびにそれぞれの記事の文字量が目に入る。記事の文体は、当新聞社と記者本人との、時には両者間の葛藤を内にふくんだ、複合的人間として姿を現す。総じて言えば、語られることばは、語り手と、語り手の〈いま〉を保有して、語り手の実存がそのことばのなかに生き、それが私たちに伝わってくる。しかし、昨今のようにことばの空洞化の目立つさまざまな社会現象のなかでは、やはりことば自体の検証がより優先的に重視されねばならないだろう。そして、さきに「ことばを媒介する人間」と述べたが、ことばの獲得度が人間の深みや浅薄さを見せることとあわせて、内田氏が対話の成立に関して語った〈ことば〉をあらためて考えると、これは、私の提起した表裏の両面を含んでの〈ことば〉であった。ことばは個々人の外にあるとともに、人間のうちにある。

さらに、話し手・聞き手の関係をひろげて、マス・コミュニケーションにおけるいわゆる送り手と受け手、芸術創造と享受、一般に専門家と素人の関係を考えると、これを一体化してとらえる契機は何か、という問題に突き当る。少なくとも両者を単に対極的存在としてとらえることはできない。専門家と素人とを別個の人間存在と見ることとの無意味さは、すでに早く戸坂潤が指摘しているが(2)、同時代を呼吸する日常人という素人の定義を離れた専門家ないし専門家意識は、アマチュア性を内に保持することによって高度の専門人たり得るということから外れて、政界なり学界なり芸能界なりの、〝界〟のなかに閉塞し、主体喪失の危機にさらされる。

また、日常の視野を極度に限定して、時代状況に背を向け、諸報道に対して、文化創造一般に対して、ひたすら受動的な享受者・消費者になり下っている〝素人〟たちも、情報の受け手であることによって生じる時代批評の目を、享受者であることによる創造への参加の道すじの獲得を放棄して、みずからを無媒介に創造者と誤認する同種人も、さきの〝専門家たち〟と同様である。〝発信〟者がはたして発信者であるかという問いも、ここから生じる。

以上のことから、対話の成立を媒介するものとして、〈ことば〉とともに〈同時代〉が加えられるのだが、この同時代性ないしは同時代意識も、個々の対話の存立条件としてあるだけでなく、人間存在自体およびその関係として考えられなければならないだろう。

「作者がそう考えている」ということを、しばしば語ってきた。作品の〈読み〉に関してであるが、いうまでもなくそれは、読者の内部においてのみ成立する〝解釈〟のことではない。(解釈のもつ意味ないしは解釈の自由を否定するものではない。しかしそれは読者の主体的行為とは言えない)芸術創造には、というよりあらゆる創造活動には、しばしば作者が無意識に「そう書いている」ものがあり、それはどんな意識的方法による創造の成果にも含まれている。そしてこれは、その作家の資質の、時にはその根幹に関わってあり、しかもその場合、これがすぐれた作品であるほど、作品の味わいを豊かにし、このことを含めて作者は作品世界の内部に棲むのである。作品はそうした作家の全存在をその創造の内部に映(=移)しており、「作者がそう書いている」とは、作者の無意識部分を含む表現の全体が呈示しているものを読むことによって、作家の全存在と向き合うことを意味する。作品創造への読み手の参加の途がそこに開かれている。[3]

マス・コミュニケーションにおける〈一対一の対話〉を考えるようになったのは、一九六〇年代の初頭である。幾つかの契機がある。

前章で挙げたチャップリンの『偉大な独裁者』の〈六分間の大演説〉で、自分の客席を劇の世界から現実世界に移すということを考えさせられた。チャップリンの語りかけにどう応えねばならないか、時代状況のいまと向き合う姿勢とは何か、を、チャップリンは自身の驚嘆すべき創造の工夫を通して、私に伝えてくれた。その直前の〈六〇年安保〉に、安保条約改訂さらに安保体制自体を、現時点では阻止し得ないという状況認識の下に、しかも安保反対の運動に参加し続けたことも、状況と主体との関わりを考え深める一契機であったかも知れない。

前年の五九年五月に創刊された『週刊平凡』の、創刊号の表紙写真[4]に驚いたということがある。これまでの大衆誌の作りかたからは考えられない着想に目を見張り、異なった分野で活躍している者同士の間に対話が可能であるかぎり、その話し合いは読者である私のところまで延長させ得る、読者の一人ひとりがその対話に参加し得る、と私は考えた。後に、この表紙写真がテレビ時代の到来を予測した編集部の狙いとともにあり、政界、文壇、芸能界の話題の人物たちを表紙上で会わせ、扉で対話させるという試みは、その後もずっと続けられたことを知った。〈異種交配〉の名で呼ばれたこの方法は、テレヴィジョンの機能をすでにこの時に認識した上でのことである。さらに、この試みの最大の長所は、それを視聴者の日常の場から構想したところにあった。そして、当時の大衆誌の構想とは対照的に、とくに七〇年以降、三十年間のテレビ番組制作は、なし崩しの変貌のなかで、自己閉塞の様相を見せる。ケネディ、ニクソンのテレビ討論も、それぞれの政策の開陳を、聞き手一人ひとりとの対話の姿勢のなかに置いて、この時期・この社会の政治的風土のありようを見せた。とりわけその語りくちは、テレヴィジョン本来の機能を生かしたものであった。

〈一対一の対話〉の主張は、六〇年代を通して概して不評であった。マス・コミュニケーション研究にとって、私の主張は〝非常識〟であった。メディア概念の意味の重層性とその意味同士の関連や葛藤に十分に目を配らず、コミュニケーション上の諸問題とマス・コミュニケーション上の諸問題を不用意に重ね合わせたその主張は、不見識のそしりを免れなかった。コミュニケーション理論の研究は、まだ私のなかでも、始まりかけたところであった。

一度、盛田昭夫が「一対一の対話」と題する文章を、新聞紙上に発表したことがあった。ソニーの小型受像機の巧みな宣伝文であった。しかし、〈一対一〉を考えたのは、個人視聴に通じるものとしてではなかった。逆に、受け手の〈一〉とは、単なる個々人を意味しない。また読者・視聴者を、読む・視聴するという日常行為のなかの一様態としてでなく、マス・メディアに固着した〝存在〟として見がちな風潮も気に入らなかった。その空気は今日、〝読者ニーズ〟という、ひとびとのなかに潜在する諸欲求に目を配らず、日常生活の営みの上で必要不可欠な情報を、顕在化した欲求の有無にかかわらず流してゆく判断と見識を欠いた〝ことば〟につながっている。

唐突のようだが、例えば〝冷戦構造〟ということば、あるいは第二次大戦後の世界の現実に即した時代状況認識がある。確かに〝冷戦〟は半世紀にわたって世界を蔽ってきた。しかし私はこのことばを使うことに抵抗がある。第二次大戦後の世界は、大戦の性格と民主主義諸勢力（その定義はどのような世界的諸要素・諸関係の上に成り立ったかを、あらためて考える必要がある。）の勝利は、国連の理念をも含めて、〈戦争一般の否定〉の現実的可能性を認めさせたものではなかったか。〝正義の戦争〟を死語化させた（いまなお平然と使用する国はある。）のはそのためだろう。〝冷戦〟とは、その理念的現実を組み変えようという政策であり、力の論理である。しかもその兆しは、フルトン演説や封じ込め政策以前から、大戦下の連合国諸勢力間に胚胎されていた。逆に〈平和的共存〉の論理は、冷戦構造と同様に力の頂点としての米〝ソ〟間を軸に考えらるべきでなく、かつて中印間にあったように、諸国間・諸地域間に存在して然るべきものであった。

状況認識とは、単純なものではない。一方では状況の流れを実際に作ってゆくその支配的な動向を認識しつつ、他方、それと敵対する〈あり得る〉状況の流れを理念的現実に沿って模索してゆくのも、状況の認識のしかたとしてあるだろう。私が〈一対一の対話〉の論理のなかに受け手主体を考えたのも、状況に受動的に対応しつつ、そこに能動的に働きかけてゆく、受動・能動の交錯の上に成り立つ主体的な姿勢をそこにもとめたからであった。

一対一とは、送り手と受け手とを単に真向かいに対面させる、錯覚を含んだ論理でも状態でもない。とくにテレヴィジョンの機能は、語り手たちは視聴者一人ひとりに向かっているかのような語りくちを要請される。が、それとは裏腹に、彼や彼女はきわめて多数の対象に目を向けている。その時彼らは、意識するかどうかとは別に、現状況のひろがりに身を投げ出しているのだ。受け手がこれに対応する主体を保持するためには、みずからも状況のひろがりとその流れのなかに自己を位置づけなければならない。それぞれ独自の状況認識とそれにもとづく情報の批評的受容が要求される。それも個別情報への個別的批評でなく、状況全体の批評のなかに諸情報を組み変え位置づける目である。しかもその目は諸情報によって与えられ、その奥の時代状況の規定を受けている。単純に自分を自分として認識するわけにはいかない。

時には事件自体の疑似現実性に目を向け、時に無報の〈事件〉に目を配る。興味深い作業であり、〈読み書き能力〉が要求される所以である。

ノーマ・フィールドの『教育の目的』(5)を読んだ。これはシカゴ大学における新入生を迎えての挨拶であり、感動的な講演であり、〈教養〉についてのみごとな解説である。講演全体を通して、教養の意味を説き、「教育それ自身のための教育」、「学習を超えた何事かのためになされるのではない学習」を語って、〈リベラル・アーツ〉liberal art の歴史的意味から、今日の〈メディア・リテラシー〉media literacy の根幹に関わる学習姿勢にまでおよぶその語りくちは、彼女自身の実体験と現在の日常に即して、学生一人ひとりの、その人以外のものではない〈知〉の多様なありかたを解き明かしている。

講演は、ＯＥＤと、レイモンド・ウィリアムズの『キーワーズ』(*keywords*, 日本語訳『キーワード辞典』(6))とによる〈リベラル〉の定義から始まる。一四世紀以来、このことばがもってきた肯定的・否定的な表裏の意味にふれつつ、「役立たず use-less であることによって、その自律性の発達を可能にする」学習、「生涯にわたる学習のための学習」として、リベラル・アーツのもつ役割を説明する。今日における日本の教育の歪みをどこでどう是正・改革すべきか、問題の根底にもふれる指摘だが、ここでこの講演の日本語への訳者が、scienceを「学問」と、artを「学芸」と、的確に訳していることにも注目すべきだろう。(7) scienceとliberal artとの、ことばの意味の歴史的なふれ合いや交換、あるいはliberal artとmechanical artのそれぞれがもつ階級的な意味は、今日の社会にまでその影を落している。ノーマ・フィールドが講演の最後に、シカゴという街を歩いてこの都市の歴史と現在を味わってほしいと勧めているのも、このことと密接に関わっている。学習に実感をと言い、さらに、リベラル・アーツは「愛によって生気を与えられる」と語る彼女のことばは、心を打つ。

ノーマ・フィールドは、〈リベラル〉の語の歴史的諸用法が現在の用法にその余韻をひびかせていると語り、〈教養〉とは「みずからの自由を育成cultivateする（表現し、かつ高める）」ものだと、リベラル・アーツの学習を説くが、続いて講演は、彼女の自己形成に大きな意味をもったという一九六八年のフランス留学、そこで遭遇した〈五月革命〉の体験談に移る。ノーマ二十一歳、大学三年。

六八年に関しては、加藤周一によるこの年の記述『言葉と戦車』(8)がある。とくにここには、〈プラハの春〉について、「圧倒的で無力な戦車と、無力で圧倒的な言葉」という名言があり、また、「民主主義的社会主義」という表現のもつ自己矛盾と現実即応性への指摘があり、さらに、この事件へのハヴァナとハノイの対応（の報道）に関して、「キューバや北ヴィエトナムにとっては、チェコスロヴァキアでのソ連をどうしても支持する必要があり、どうしても支持してはならない必要があった」という、理念と現実との葛藤をはらむ小国の論理についての考察があった。

それとともに私が注目したのは、ハノイ、ハヴァナの指導者たちについて、「彼らの条件は、われわれの条件とはくらべものにならぬほどむずかしい。ミュンヘンの酒場や、東京の喫茶店で、われわれが彼らを批判することはできないと私は思う。」という発言であった。一九六八年の世界についての報告であり、報道であり、批評であるこの文章には、筆者の立場と立っている位置、諸事件との距離が明確に記されている。諸事件の報道や批評が、事件に対するどのような自己の介入とともにあるか、さらに、現代史の記述が、自己の介入とその客観的記述とをどのように整合させるか、を考えさせるものがここにはあった。それはさきの『オットーと呼ばれる日本人』において、作者が、自己の創造する世界の一角に立ちつつその創造活動をおこなうという、現代における芸術創造の方法にも通じる問題である。

ノーマ・フィールドが、リベラル・アーツの学生たちへの解説に、彼女の体験からの視点を呈示していることに注意したい。そのことで彼女は、自身のなかにリベラル・アーツの歴史をどのように継承しているか、そうした歴史的現在の地点に自分がどのように立っているかを明示する。

「消費社会を否定せよ」という象徴的なスローガンをかかげたパリの運動に、彼女は自身の、ヴェトナム戦争やウォーターゲイト事件との遭遇を重ね合わせる。「三十歳を越えたやつらを信用するな」のことばは、二十代にさしかかった戦後初期に、四十代（以上）は当てにならない、と、前世代を訳知らずに一括して語り合った私たちの青春期をよみがえらせる。「学習への新しい飢え」も同様である。この時期の懐疑と拒否が「時期にたいするある関係を私たちに授けてくれた」、「歴史が寛大にも、おもしろい、のんびりした青春をめぐんでくれた」という発言は、リベラル・アーツの、あるいはさらにひろく〈教養〉というものがもつ意味を語っているが、これはかつての旧制高校がもっていた時間を私に想起させるとともに、今日の日本社会の非人間的な、あまりにも早い時間進行について考えさせる。

さらに、『ロビンソン・クルーソー』を通して一八世紀の思想にふれ、また『経済学批判序説』が、当時の思想家たちがクルーソーを誤読していると批判した文章を紹介して、諸個人をつつむ社会的諸関係に言及する。と同時に、アーシュラ・ノードストラムの「あなただけが知っている」ということばの大切さを語って、その一人ひとりの知が、世界との相互作用の歴史的産物なのだと述べるのである。

小学校三年時の彼女の「ばかげた質問」の体験例は、教室における教師と生徒間、または生徒相互間にしばしば生じ得る問題を通して、問題が「思いもよらぬ方向から」やってくることへの注意を喚起する。これは教育の〈現場〉だけの問題ではない。諸現象を自己の先入観のなかにとりこもうとする創造活動の、学問研究の、社会運動の、事件現場における報道者の、また私たちの日常生活が諸現象との対応の姿勢のなかに常時かかえている、数々の問題点をも摘出する。

ノーマ・フィールドの講演は、私を、一学生としての場に久々に立たせ、日常を学問する、ということを、またあらためて考えさせてくれるものであった。

シカゴ大学の伝統に感謝したい。

第Ⅰ章・注

(1) 本論で言う〈創造主体〉とは、芸術創造あるいは文化創造一般について、創造者の側のみを意味しない。ここでは創造と享受を一体のものとして考え、とくに〈受け手〉主体の側に立って、〈受け手〉の創造性とは何かを探求する。

(2) 木下順二『演劇問答・生きることと創ることと』(一九九四年一月、人文書院刊)四二ページ。本書は筆者の聞き書きによって、十余年にわたる数回の対話と随時の日常会話をもとに構成された。

(3) 同書、四二ページ。

（4）早川書房刊「悲劇喜劇」（一九八四年一二月号）一三ページ。この対談は、「舞台―読む、観る、語る」という題のもとに同誌十四ページにわたっておこなわれた。

（5）現代劇という呼称を、現代に材を採った劇と理解するのを、好ましくないと私は考えている。その作劇法が近代劇を継承しつつ、例えばポール・セザンヌの風景画のように、あるいはロベルト・ロッセリーニの戦後初期の映像表現のように、作者がみずからの創造した作品世界の一角に立ち、その世界と自己との関わりを呈示したものを現代的方法と呼びたい。木下の数多くの劇はその方法を意識的に用いている。その出発点はおそらく『夕鶴』である。作者もこの作品を『民話劇』の名で呼ばない。

（6）NHK人間大学・木下順二『劇的ということ』（一九九四年七月、日本放送出版協会刊）一〇三ページ。この講座は、教育テレビで同年七月から九月にかけて、毎週月曜日午後一一時から放送された。なおこの講座は講師自身の加筆をへて岩波新書の一冊として刊行された。

（7）同書、一〇三〜一〇四ページ。

（8）『戦争は終った』は一九六六年に公開された。日本公開はその翌年である。スペイン戦争終結の三九年から六〇年代にかけて〝戦争は終っていない〟と反フランコ闘争を続けてきたこのグループの運動の持続力は私にとって驚異だったが、反面、彼らの運動が戦争後の現実の事態を〝非現実〟と見做す思考の質を帯びていることに、いろいろと考えさせられた。なおこの題名は、三九年四月一日のフランコの宣言から採られた。私にはこの題名が、〝終った、終らない、終った〟という三つの意味をもっているように思われる。歴史の記述、また諸事件の報道にも、考えさせる多くの問題をもっている。

（9）木下のこの考えかたは、木下自身の実人生の、またその劇作の根底に見られるもので、随所で語られることばである。例えば一九九〇年一二月六日に東京・赤坂・星陵会館ホールで「古典と現代」の題でおこなわれた講演（マドラ・コミュニケーションズ主催）のなかにもこの発言がある。

（10）佐々木譲『ストックホルムの密使』（一九九四年一〇月、新潮社刊）七八ページ。このせりふを吐く山脇（海軍省書記官）には現実にモデルと思われる人物がいる。この作品が依拠したと思われる実録の一つに、小野寺百合子『バルト海のほとりにて』(一九八五年一二月、株式会社共同通信社刊)がある。

(11) ロマン・ロランの『時は来らん』は、ボーア戦争の終った一九〇二年に、ヨーロッパ全体を訴えるものとして発表された。なおボーア人の帝国主義侵略に対する闘いは、『ベートーヴェンの生涯』の前文において、ドレフュス事件におけるピカール大佐とともに、現代の闇を照らす光として高く評価されている。ここに挙げた対話は『ロマン・ロラン全集9』(一九八三年五月、みすず書房刊)の二四六~二四七ページにある。片山敏彦訳。

(12) 木下順二「越境した抵抗者の遺産」(一九八九年一月、岩波書店刊『木下順二集5』)三一七ページ。初出は一九六二年七月二日「週刊読書人」。

(13) 前掲『演劇問答・生きることと創ることと』一三ページ。

第II章・注

(1) 内田義彦氏のこの指摘は、山本安英の会主催の「ことばの勉強会」での講演「聞と聴」(一九七〇年二月二〇日)のなかで語られたものである。後にこれは山本安英の会編『きくとよむ』(一九七四年一一月、未来社刊)に収録された。この「密室」と「交流」の指摘は同書五六ページにある。

(2) 戸坂潤『イデオロギーの論理学』(一九三〇年六月、鐵塔書院刊)一八九~一九一ページ。この指摘は同書中の「科学の大衆性」(第六章)において、科学のジャーナリズム化の問題として呈示されたものである。『イデオロギーの論理学』は、勁草書房刊『戸坂潤全集・第二巻』に収録されている。

(3) 戸坂潤は、「可能的制作」という表現で批評活動について述べている。その場合批評は、実作のなかにまだ顕現されていない潜在的制作力に対して問題を提起し、将来の現実的制作力を約束することが出来る、と戸坂は言う。(戸坂潤「批評の問題」一九三三年二月、大畑書店刊『現代のための哲学』所収、三〇八~三一〇ページ参照)『現代のための哲学』は前掲『戸坂潤全集・第三巻』に収録されている(第一篇から第三篇まで)。作品創造への読み手の参加ということに、戸坂の「可能的制作」ということばは貴重な示唆を与えてくれる。創造への参加は、作品への感動を通じて読み手の新たな目を開発し、そのことによって読み手からの再創造への提案を可能にすることで実現する。作品の読み手の創造意欲をかき立て、そこから作り手と読み手との〈ある共働〉が生まれる。

（4）この表紙写真は、アナウンサー高橋圭三と女優団令子とを赤いスポーツ・カーに乗せて二人の交歓を見せる。そのことで二人はそれぞれに、アナウンサー〈以上〉、女優〈以上〉の存在になる。

（5）これは一九九八年九月、シカゴ大学で全学の新入・編入学生に向けての記念講演の日本語訳（訳者・大島かおり）である。雑誌「みすず」の一九九九年の三月号、二〜一七ページに掲載された。

（6）レイモンド・ウィリアムズ Raymond Williams の "keywords" は一九七六年、*Fontana Paperbacks* として刊行された。岡崎康一の日本語訳による『キイワード辞典』は一九八〇年三月、晶文社刊。

（7）scientia の流れを汲む science は、一八世紀までは「知識」の意味で用いられ、ars を語源とする art は、同時期まで「技術」と解されてきた。また science と liberal art とは、一四世紀以来、liberal art と mechanical art との階級差を対岸に、それぞれの意味の接近を歴史過程のなかで見せている。

（8）加藤周一『言葉と戦車』（一九六九年八月、筑摩書房刊）。この書は、「世なおし事はじめ」（ヒッピーズ現象）「言葉と戦車」（プラハの春）「文化大革命聞書」（実地見聞ではない）「米国再訪」（この年の米国におけるものの考えかたの変化）の四篇および「現代中国をめぐる素朴な疑問」によって構成されている。本文中の引用箇所は、本書の四五、六〇〜六一、七二、七三ページ。なお「言葉と戦車」は「世なおし事はじめ」とともに、『加藤周一著作集8』―現代の政治的意味―（一九七九年三月、平凡社刊）に収録されている。

日常を学問する　2000．7

内田義彦とわたし

日常的態度と学問方法

「大塚先生が面白いと言われた。」

きつい口調であった。

ＮＨＫ大河ドラマの、たまたまその原作を読んでいた私は、原作の味わいを消し去ってしまったこのドラマに失望感を覚えていた。晩餐後の一刻、「一緒に観よう」とのお誘いにも、すぐには応えられなかった。対して、この一言であった。

大塚さんは、多分原作をお読みではなかったろう。私自身がこのドラマから、原作との比較で〝消し去った〟その構想や味いを、あの透徹した目で引き出されたに違いなかった。作品や事物との出会いには、こちら側の力量にも関わるその出会いの時期やありかたを含めて、こうした微妙な諸要因が付随している。心すべきことであろう。

この時は、しかし、何よりも内田さんの一言に打たれた。学問とその方法を通しての、人間的信頼の深さが、日常における趣味とそのありかたにまでおよぶ。諸事への目の向けかた、さらには人生の趣味とも言うべきもの、それらが人間的態度の根底にあるものを映して、学問の方法にからむ、とも言えようか。

ボンサーンス（良識）ということばの響きも、一九世紀から二〇世紀初頭にかけての、フランス作家たちのボンサーンス否認の言説の系譜も、両者の表裏の関係も、このことと無縁ではないだろう。個々人の思想体系あるいは日常の思考方法が、それぞれの体質とその絶えざる組みかえ――それはつねに〝流される〟ということとともにあるが――と密接に結びついているということも、これと同義であるのかも知れない。内田さんの大塚さんに向かう姿勢は、その学問方法とつながったものであった。「批判的継承は全面的傾倒のなかから生まれる」とは、内田さんご自身のことばであった。これを〝文化〟の問題として読み解くこともできる。

内田義彦を読む

「正確さということ」という短いエッセーが毎日新聞に載った時、これをゼミ合宿のテキストに、一〇時間かけて読んだことがある。なぜ書斎の整理から始まるのか、から始まって、延々たる議論が続いたのだったが、それを聞きつけられて内田邸に呼ばれた。その要旨を、テープレコーダー（当時は大きかった）を前に約一時間半。その間、筆者は終始無言。文中に現われないところにまでつい足を踏みこんだ、冷汗ものの報告であった。

「行間に書きこみすぎて行が読めなくなったって？」そのお電話は「社会科学の視座」の際である。

私の読みに対するユーモラスな、しかし痛烈な批判であって、「来ない？」は気の重いお誘いであった。講演のテープを聴かせて下さった。明らかに三ヵ所の読み間違いがあった。筆（話）者の語りのリズムと読み手のリズムとの差から生じたものであり、しかも論旨の重要な部分に関わった箇所であった。作者をくぐる――あるいは時代をくぐるにも――作業のありかたを含めて、読みということをあらためて考えたのであった。

あるインタビューに、「一番正しいことが果して一番正しいかどうか」という題がついた。コペルニクスからガリレイにいたる歴史的・理論的過程についての、〝地動説の天動説的理解〟を戒めるお話であった。

ことばに媒介される対話の間接性、〈聞と聴〉に関して、聴いて聞こえず、の問題提起、話しことばの書きことば性と書きことばの話しことば性、等々、隣に坐らせていただいて、そのことばの一々をその息遣いとともに聴く幸運な機会をしばしば得た。ただしそのために、お話の細部にわけ入りすぎて、〝聞〟が成り立たなかったかも知れぬ。〝作者がそう書いていること〟を読むのに、作品世界のなかに生きる作者を、いわば本人の〝外〟にとらえることが必要なのと同様に、語りを受けとめるにも、ある距離の設定が必要である。

論文を書く際に万年筆でなく鉛筆を使えとのお勧めには、日常を学問する、という問題提起がひそんでいたのだが、いまだに承服できないでいる。学問と日常にわたる力不足のためである。

『歌行燈』賛　2002. 4

露伴の『音幻論』に、白馬は故事によってアヲウマであり、「故事は元来理屈ではない。」とある。逆に〝碧〟は〝白〟に通じ、碧桃は白桃であるという。

「町幅が糸のよう、月の光を廂で覆うて、西側の暗い軒に、掛行燈が疎に白く、枯柳に星が乱れて、壁の蒼いのが処々。」、また、「汽車はもう遠くの方で、名物焼蛤の白い煙を、夢のように月下に吐いて、真蒼な野路を光って通る。……」と、蒼と白の対置は随所に見え、また両者は相通じて、一場の風景をやさしく彩っている。後者の白にはさらに文の細工も見えるが、何よりも〝月〟が全篇に夜の光を投げて、物語の時相をつづる。

饂飩屋と旅籠屋と、交互の語りのなかによみがえる過去が、語り手たちのいまの心情を映しつつ、時の流れを重層に織り、二軒間の、現実の距離を超えたとも見える話の交錯には、按摩の笛と姿とに過去を背負わせて表をつなぎ、裏には、文中に巧みに埋められた弥次郎兵衛、喜多八の、路上と俥上での一瞬の見合いがある。喜多八はまた、饂飩屋の店内から、路上の駒下駄の音にふとお三重の姿を観る。寄り添う箱屋は按摩の影という。因縁も因果もすべて〝不図〟でつづられ、これもそれも、〝いま弥次郎兵衛〃の懐中にある膝栗毛五編の道中に誘われて、時ならぬ桑名の一夜に相をそろえる。

散りばめられた懸詞、随所に頭韻、脚韻を踏む声のリズム、要所を緊める七五調と、『歌行燈』は詩であり、劇であり、人物たちの科白もその像の抽出も主体と客体の間を往来して、これは能狂言の世界でもある。言葉の〃間〃が時空の〃間〃を際立たせ、同時にその間を自在に結ぶ。雪叟の打つ小鼓の響きに乗る急調子の終曲は、〃臨風榜可小楼〃の一間をにわかの能舞台にしつらえ、お三重の舞うは謡曲『海女』である。

「……我子は有らん、父大臣もおはすらむ……」と謡う弥次郎兵衛こと恩地源三郎の声の途切れを、「……さるにても此のままに別れ果てなんかなしさよ……」と喜多八が門口に立って承けるその言葉は、そのまま互いの身上を語る。海女はまた、鳥羽に売られて〈こいし〉と泣くお三重の辿った道のりでもあった。「旦那、その喜多八さんを何んでお連れなさりませんね」と笑って問う宿の女中に、「伊勢の山田ではぐれた奴さ」と寂しく笑む源三郎は、「膝栗毛を正のもの」にした、またし損ねた〃六十の迷児〃、片や喜多八も「浮世に別れたらしい、三味線一挺」を抱えた迷児の門附である。そして、いまお三重が舞う『海女』は、父が首を吊ったと同じ鼓ヶ岳の裾の雑樹林で、〃松風〃を「五十鈴川の流の音」と聞きつつ、ただ一曲、〃敵のような〃喜多八から習ったものという。その敵同士が、顔を見合わせた時も時からふと惹き合って、「殺されても死んでも」の一言を守り通し、いま源三郎から〃嫁女〃と呼ばれる。因果・因縁をすべてこの〃いま〃に凝縮した終曲である。

〃博多帯しめ、筑前絞り、
　田舎の人とは思われぬ、〃

と桑名の街並を流す門附の節は、「沖の浪の中へ、颯と、撥を投げたように、霜を切って、唄い棄てた。」とある。その咽喉を饂飩屋の女房は、「悚然《ぞっ》とするような、恍惚《うっとり》するような、緊めたような、投げたような、緩めたような、……海の中に柳があったら、お月様の影の中へ、身を投げて死にたいような、」と街なかの商売のうちにも生きる〝間〟は、「……ひきあげ給へと約束し、一の利剣を抜持って」の気組みと形に、ただちに流儀を読みとって、「ああ、待てい」と声を掛ける芸の世界に通じる。それはまた、「あのな、蛤であがりますか」「いや、箸で食いやしょう」、〝と独で笑って〟、「難有い」と額を叩く呼吸にも、門附の兄哥にうっかりと聞惚れながら、「出ないぜえ」を極めてこまそう可笑しさにも通い合う。

万葉の「宮柱ふとしきませば」を承けて、「宮重大根のふとしく立てし宮柱は、ふろふきの熱田の神のみそなわす、」に始まる膝栗毛五編とともに、桑名の停車場へ下り立つ二人の老人、ふろふき大根は私の少年期に、実物より前にある作品の文中の言葉としてあったが、老人の一人も自身の道行を膝栗毛文中の弥次郎兵衛に託して滑稽を演じつつ、心ははぐれた喜多八の行方にあり、七十路とも見える一人は、故意とその〝心〟に距離を置く生真面目ぶりを崩さぬ。その老人が背負う「色褪せた鬱金の風呂敷、真中を紐で結えた包」は、お三重の内懐に秘められた一本の舞扇とともに、「……それだけ床の間に差置いた……車の上でも頸に掛けた風呂敷包を、重いもののように両手で柔らかに取って」と記され、終曲を目指す件りには、「紅い調は立田川、月の裏皮、表皮、玉の砧を、打つや、うつつに、天人も聞けかしとて、雲井、と銘ある秘蔵の塗胴。老の手捌き美しく、」と高調に謡われて、全篇をつなぐ重い小道具である。饂飩屋の喜多八に届いたとある「ヤオ」の懸声は、終曲の幕開きを告げる緊まった一声であった。

江戸古文に重ねての緩やかな出から、二つの場のあいだの、意図して非現実とも見せる語りの呼応をへて、急調子の終曲にいたる文の巧みは、「路一筋白くして、掛行燈の更けた彼方此方《あなたこなた》、杖を支《つ》いた按摩も交って、ちらちらと人立ちする。」と、〝何事もなし〟とも言いたげな桑名の夜の日常を映すただ一行で結ばれて、これは人を酔わせて已まぬ一篇である。

テレヴィジョンの昨日・今日・明日　2003. 4

日本のテレヴィジョンは、戦争（第2次大戦）を体験していない。厳密にいえば、1940年に一度、愛宕山から三越への中継を行っているので、微かな記憶はあるはずだが、それも東京オリンピックの中止という一種の挫折体験を伴ったものだから、しかも一回かぎりのものに終わっているので、メディアの体験とは言い難い。当然のことながら、1945年8月15日という歴史的日付を、メディア体験のなかに持っていない。テレヴィジョン50年というこの時に、そのことを考えなくていいだろうか。

50年と言えば、ほぼ戦後史の歩みに重なる。そのメディアが、戦後史の出発点となる日付を欠いているということの大きさを、あらためて考えてみないでもいいのであろうか。戦後生まれの世代に戦争責任がないのは、言うまでもない。テレビ・メディアも同様である。だからこそ、そこに問題がありはしないか。

戦争体験世代だから〝戦争を知っている〟、体験していないから〝戦争を知らない〟、そんな安易な〝知る、知らない〟の論議が、あるいはそんな不可思議な主張が、戦後日本社会のなかを横行してきた。いまもある。そうしたなかで、日本のテレヴィジョンは〝成長〟をとげてこなかったか。そう言うのは、この50年のあいだに、多少ともテレビ番組の制作や批評にかかわってきた私自身の責任を考え、いまその反省のなかにいるからである。そしてそれは、決して小さなものではない。

テレヴィジョン50年という時に、私は映画50年をあわせて思い浮かべる。映画50年は、ちょうどさきほどの1945年であった。この年にそのことはほとんど話題にならなかった。社会の大転換期とあって、それは当然であった。しかし、いま振り返ってみて、この年は映画史にとっても大きな年であったと分かる。この年から、ロベルト・ロッセリーニの『無防備都市』を発起点としてネオ・リアリズムの潮流が生まれ、それが世界に広がって多種多彩な継承者を生み、現代映像の探究が進んだ。そして、それ自体が映画50年の歴史の批判的継承であった。

事実、映画の50年は、多視点からのすぐれた諸理論を生み出し、映像の探究を深めた。注目すべきは、その多くが時代の考察とともにあったことである。1936年以来の複製芸術の研究も見逃せない。そこで目立つのはドイツと日本（ヴォルター・ベンヤミン、長谷川如是閑）である。ファシズム期に、それへの同調でなく、これらの研究がファシズムへの切実な危機感とともにあったことに注目すべきである。第2次大戦後の現代映像の開花は、この50年の諸業績をふまえて、また戦前・戦時・戦後の時代認識とともにあったことも銘記すべきであろう。

映画史は、ニューズ史、ドキュメンタリー史を重要な要素として含むが、軸をなしたのは劇映画史である。付加すれば〝劇的〟の意味の転換が、50年とその後とを分ける。このことは、メディアの別を超えて、テレビにおいても深く考慮すべきことであろう。時代の要請によるものだからだ。そしてこのことは、この国においてはどうも関心が薄い。テレヴィジョンが戦争を体験しなかったことの、大きな意味の一つがそのことにあるのかも知れない。しかし、歴史はさかのぼれる。

映画の50年は、主として芸術創造にかかわっている。対してテレビは、報道のメディアである。テレビドラマも、特に放映される映画でさえも、そのことから離れることはできない。それも、ただいま流行の新作という意味ではない。それは報道による告知で足りる。テレビの機能を生かせる、あるいはテレビ制作の若さを補い得る映画だ。例えば『十二人の怒れる男』のような。例えば、たまたま生誕100年を迎える小津の諸作品のような（リメイクではない）。それにしても舞台中継は、どうして一貫した過誤を改めようとしないのか。本来、テレビ制作の中枢に座るはずのものであり、テレヴィジョンの働きを高める実験の場である。いまのままでは、舞台もテレビも死ぬ。テレビドラマの制作に働きかける力もそがれる。

ニューズを伝えるさいのアナウンサーのクロース・アップは、ニューズの内容に即して、どの程度のものであったらよいか。寄り過ぎは伝える言葉を消す。テレビ画面は、あくまで一個の〝通路〟である。視聴者によるニューズの吟味（それは二重の意味を持つ。その意味を持たないおうむ返しを〝発信〟とは呼ばない。）の時間を与える心理的距離を失えば、情報の一方的伝達になる。情報量よりもその質である。

テレヴィジョンは、映画に比して、社会的諸事件に、またその〝現場〟（官庁前からの報告も、街頭インタヴューの〝街の声〟も、そも表層のみを撫でて何ら現場ではない。）に、現場における事件の推移・展開に、はるかに密着している。テレヴィジョンの50年史は、一個の社会史である。が、テレビ史が社会史となるには、単にその時どきの番組制作や放送評論の総体（その具体的内容と、その批評的総括は重要な意味を持つが）であるだけでなく、それぞれが、テレビ本来の機能に即した体系的な、そして状況の進展に柔軟に対応し得る（〝なし崩し〟ではない、組み替え可能な、ということは、技術の進化を含めた〝あり得る〟未来の構図を想定する）テレビ理論の裏付けを持たねばなるまい。そのテレビ理論は、少なくとも世紀を読み得る時代認識とともにある。

湾岸戦争時にリアル・タイムという言葉が流行った。同時性の機能とは、同時刻性（岡本博の正確な命名である）から同時代性にまでわたる、伸縮自在の〝いま〟を内包した概念であった。同時に、私たちの可視・可聴の領野を無限にまで拡大し得るような、夢を伴った空間概念でもあった。〝リアル・タイム〟はその時空を閉ざした。湾岸戦争とヴェトナム戦争とが、〝見える戦争〟と〝見えない戦争〟というように、逆転の虚偽がそこに生まれた。その後の一点大量報道（以前にもある）の流行も、そのことと連動している。そのたびに生じる〝一点〟の移動は、歴史的時間からの乖離である。歴史的時間に背を向けたところに、歴史の、時代の叙述はない。それはまた、番組制作者と視聴者との双方を含めて、私たちが「いま」「ここに」生きていることの放棄にもつながりかねない。私はテレビが好きだ。「テレビを消そう」の運動は起こしたくない。私たちの可視・可聴の時空は、そのことによってさらに閉ざされるだろう。

生きることとは、その直前の過去につながり、直後の未来を、今日の願いとともに構想することによって成り立つ。〝いま〟はその日その日の〝消費〟によって生きるものではない。そしてそれは、私自身のこれまでの〝放送評論〟への自戒でもある。

加藤周一は、１９４５年8月15日に、二重の解放――戦争からの、体制からの――を言う。そしてそこに、戦前・戦時からの〝断続〟と〝連続〟を見る。そこに戦後史への加藤の視点がある。〝断続〟とはまず加藤自身にかかわり、〝連続〟には、すべてとは言えぬにせよ、断絶と自身を思い込んだ者を含めて、日本社会がある。私自身は当日、まだ〝連続〟の側にいた。

テレヴィジョンは、誕生以前とあって、幸か不幸かその〝外〟にいた。しかし、この問題は、その後の戦後史にもずっと尾を引いている。私自身、一応の断絶——自身の〝戦後〟の誕生——と思い得るまでに、ほぼ10年を要した。その視点を確立したとどうやら思えたのは、それから10年、ヴェトナム戦争期である。鈍なせいもあるが、今日ではその鈍なる身を幸せにも思っている。自己との格闘が続いたせいだ。私の放送評論はその格闘の過程で、格闘を交えつつ始まった。

テレヴィジョンが戦争を体験せず、したがってその記憶がないのは、何よりも幸せなことである。他方で、不幸だと思う。メディアの時代との格闘として、大きな自己改革期としての戦争との訣別期——とりわけそれは1945年とその後の5～10年にあった——を経ていないことは、時代のリアリティーを感得する力を薄めてはいまいか。

しかしそれは、日本のテレヴィジョン誕生にとって〝つい昨日〟のことである。自己が生きるための想像の目が届かぬ範囲ではない。そしてその視点から見れば、その後の歴史過程にも、この問題を背負った日常的諸事実・諸事件は続出して、その発見に事欠かない。

テレビ理論に関して言えば、ふり返ればこれを触発する番組も論議も、数多くある。現在、形を遺していないものを含めて、これを忘却の彼方に追いやってはならない、と思う。戦争報道のしかたもそのことで変わってこよう。すべては、私自身の、また私たち自身の協働の課題である。

〈平和の思想〉について　2003. 6

平和の思想について考えている。戦争を忌避する心情、意識、論理、理論とともにあるこの思想は、いかなる戦争の発動も、それへの策動も、また戦争の名を以ってする脅しも、それへの一切の加担も容認しない。第二次大戦以前の諸戦争に対しても、それが戦争の美化とともにある事を容認しない。日常のさまざまな領野で、一見戦争と無縁に見える諸現象にも、戦争への微細な兆候ないしは方向性があるかどうかに、この思想は敏感である。自己の論理や感情の中に、とりわけ美意識の中に、戦争を支える、あるいは戦争へと向かうものに同調、共感するような残滓がないか、この思想は絶えず問いかける。

不正・不法な戦争行為が罷り通るかに見える現実にも、平和の思想には諦念はない。自己の殻に閉じ籠もることも、無関心を装うこともない。平和の思想は、明るく、開かれた思想である。ロマン・ロランは、第一次大戦下の青春を描いた『ピエールとリュース』に、「明日は？　明日は死んだ。」と書いたが、ひとびとの明日を奪うのは、戦争の思想である。

第二次大戦後〝正義の戦争〟は死語となったはずであった。その復活を図るのは犯罪者である。〝先制攻撃〟は犯罪行為である。この戦後世界の、そして戦後日本の、莫大な犠牲を払って獲得した常識を、不毛な現実主義の名の下に、非常識の世界に追いやってはならない。それは文化の、芸術の、報道の、またその受容者の、戦後責任である。

戦争を語るという。ある人間が、ある時、こう語った。「戦後はいい時代だと思います。しかし考えてみると、戦前もいい時代でした。したがって日本は、戦前から戦後にかけて、ずっといい時代を送ってきたと思います。」みごとな詭弁である。戦争を語るには、戦前・戦時の思想・美意識との明晰な断絶をへて、はじめて語る意味を持つであろう。半世紀余の営為はそこに生きる。平和の願いは、いま、思想化されなければならない。

E・W・サイードを悼んで　2003.12

サイードが亡くなった。世界の灯がまた一つ消えた、という思いが去らない。サイードの、自己にも他者にも誠実な、筋を通した人生を支えていたのは、つねに状況と正面から向き合った発言であり、記述であった。「歴史に情けはない。苦しみや残酷を禁ずる掟もなければ、罪業の犠牲になった民族に世界における正当な地位を回復させるような内的バランスも存在しない。…あまりに多くのものごとが、言語をすり抜け、関心からも記憶からもまるごと滑り落ちてしまう」とサイードが書くのは、単に現状況への批判としてだけでなく、歴史全体への彼の考察のなかでだが、歴史のいまを生きる私の胸に、じかに響く言葉である。何よりもサイード自身の〝痛み〟を伝えてきた。

客観性を失うことのない、抑制の利いたその発言や文章の裏には、現代世界の一角に、一人の〝当事者〟として生を営む者の、状況と主体との葛藤をつねに伴った、自己認識と責任意識があった。無差別テロに対するサイードの批判は、彼自身の深い痛みを伴っていた。同時に彼は、見えるものを見ようとせず、現状況を強者（と一見見える者）からの単純きわまる〝善悪〟の論理（＝非論理、言葉とさえ言えぬ）で歪めるキャンペーンと、それに無言で随う怯惰な姿勢をしりぞける。発言することで、書くことで自らの責任を問う。そこにサイードの発言・著述の、現代の〝知〟のありかたを開示する証言としての力があり、私を打ち続けたのも、何よりもそのことであった。現代史の記述あるいは現代の報道は、記述者あるいは報道者自身の、自己の責任を伴った、そして自身の目を動員した、主体の介入なしには、その客観性を保ち得ないと私は考えている。

いまサイードを追悼することは、彼の諸発言あるいは著述をあらためて読み直し、そこから新たに学ぶことと共にあるだろう。例えば「アメリカについての考察」。別のところでサイードは、「唯一の超大国が支配する世界においては、その超大国を熟知し深い知識——その歴史、制度、潮流と奔流、政治と文化——を獲得することなしには、政治的に機能し責任をとろうとしてもまったく無意味である」と述べている。また別のところで、「合衆国で暮らすことは現時点ではとても苦痛な体験だ」と語る。

歴史的に言えば、「アメリカについての考察」は、一九世紀半ばのトックヴィル、第一次大戦直後のヴァレリー、さらにはアンドレ・シーグフリードのアメリカ考察を継ぐものでもある。私は高校時代に、K教授の講義によって、シーグフリードの『アメリカとは何ぞや』(*Qu'est ce que l'Amérique*)を学んだ。後に知ったことだが、K教授は、戦争末期から戦後初期にかけて、『アメリカとは何ぞや』を、生徒とともに毎年読み返し、読み続けておられた。その持続は、学問研究の、またそれによって日常的思考を深めるための、一つの態度を示すものであった。

サイードの小論はさらに、アメリカの外からの、異文化としてのアメリカ考察ではなく、アメリカの地に住み、合衆国の政治・社会とその空気を日々呼吸する者の〝この国〟の考察である。彼の小論が私に、私自身の「日本についての考察」を促すのは、そのためでもある。それは単に両国の現状における類似、一国の他国への盲従や模倣によってのみそうなのではない。サイードの論点に、わが身を振り返させる事柄は数多いが、何よりも、そこに居をもつ当事者の一人として責任意識が、私の怠惰な意識を目覚めさせるのである。サイードはそれを〝一員としての資格〟と呼ぶ。

「アラブ系のムスリムのアメリカ人で、自分が敵方に属していると現在感じていないような人物をわたしは一人も知らない」とは、「アメリカについての考察」の冒頭の文である。そういう敵意や疎外や差別は、私と私の周辺にその根をもたないか。逆に、幸いにして私は戦後初期に、戦時日本を敵として見る目をもつことによって、愛郷・愛国のよって立つ基盤を自身の内部にとらえることができた。当然のことながら、サイードがアメリカを一色として見ないように、戦時・戦後の体験を通して、日本を一色として私も見ることはない。さらに、サイード流に言えば、合衆国は日本ではなく、そして（ありがたいことに）日本は合衆国ではなく、その一部でもない。しかもそのなかに、（ありがたくないことに）という諸要素も含まれるかも知れない。

サイードは亡くなった。しかし、いまもサイードは私のなかに生き、私に呼びかけ続けている。サイードのように二国を内側にもつ苦渋と、それを避けることのない姿勢の上に築いた鋭利な目を私はもたないが、同時代を呼吸する人間の一人として、その苦渋を少しでも分けもとうと、いま思い続けている。

ことばを読む・映像を読む

1 断章・眼と耳

2003. 5

眼の触覚と目の知覚

よく晴れた日に、波打際に立って沖を眺めると、空と海とを区切って、明晰なとも呼び得るような一本の線が眼に映る。が、遠浅の海に足を踏み入れ、腰の辺りまで海水につかって、そこから沖を見ると、水平線は消えて、不安感が私を襲う。眼の前にひろがるのは、無限の海面である。砂漠のただなかに立って、地平線の消失を感じる時の畏れも、おそらくこれと等質のものであろう。この視覚には身体全体が関与している。

一本の道が真っ直ぐに走っている。その道を遠ざかって行く車が、ある距離以上になると、そこから先は車は遠くならない、小さくなるだけだ、とヤーコブ・フォン・ユクスキュルは指摘する。彼はそれを〝最遠平面〟(die fernste Ebene) と名づけた。ユクスキュルの説を立証するのは、山脈の向こうに青々とその色を見せる山の姿であり、夜空に輝く星の相である。北斗七星は〝同一平面〟上に顔を並べる。この時の視覚は、触覚からほぼ完全に身を離している。

私はＹＳ11という飛行機が好きだった。眼下に見える地上の生活と上空にいる自分が〝切れていない〟。ジャンボ機では、地上の風景は〝地図〟になる。

モーリス・メルロ＝ポンティは、見ることを〝離れて持つ〟(avoir à distance) と言う。日本語にも、〝手にとるように見える〟という好い言葉があるが、〝離れて持つ〟とは、視覚の触覚性——触れる眼——を示唆した味わい深い言葉である。

いま私の家は中伊豆、狩野川に面した小さな崖の上にある。居間から川向こうを眺めると、切り立った崖を意識して、眼が怖がった。竹を二本横に組んだ囲いを作った。それだけで、眼は怖がらなくなった。

以前は、横浜・大倉山にいた。丘の上に、大倉山記念館と呼ばれる高雅な建物がある。それを近距離から見上げると、フッと入口から内部に入っていけるような身近さを感じる。が、ある距離以上になると、記念館は〝そこにある〟だけだ。しかし、そこにある記念館も、立体感を失ってはいない。ユクスキュルの最遠平面は、もっと遠方を措定している。このような視＝触覚空間を何と呼ぶべきか。

二度、ともに一カ月ほどプロヴァンスに滞在して、サント・ヴィクトワール山の周辺を徒渉しながら、セザンヌの〝サント・ヴィクトワール〟に、しばしば、遠近の操作があることを想った。それはセザンヌ自身の視覚の組み替えとともにあるのだろうが、それを彼は〝実現〟(réalisation) の言葉で呼んだ。山がカンヴァスに入ってくれた、と言う。メルロ＝ポンティの〝離れて持つ〟の指摘もそれに触れてのことだった。

海中にいて水平線が消えるのは、視覚が身体全体に動かされて、視線の先に一本の〝線〟を見る錯視から解き放たれるからである。身体が、通常の視覚を超える知覚を、視覚のなかに喚び覚ます。メルロ＝ポンティが、〝見る者〟に先立って〝見える世界〟があると言い、同時に、見る者を内在させて見える世界が成り立つ、と言うのも、このことを示唆している。

宇宙衛星から撮った月の裏側の写真を見た時、私は、自分の〝視覚〟を改変することを求められた。それまでの月は、地球上からの遠近法の世界のなかにあった。しかしこの時、月は一個の〝球体〟として、宇宙空間に浮かんだ。その球体としての月が私の視覚のなかに入った。同時に、私のいる地球自体も、月と同様に宇宙空間に浮遊するものとなった。月と地球とは、視覚上、初めて対等の存在同士の関係をとり結んだ。私の月を見る視覚は、同時に月から見られるものとなった。それは私にとって、視覚の地動説の到来であった。

一九六五年に、私からの一方的な視線によってヴェトナムを見るのではなく、ヴェトナムから世界に伸びる視線の延長上に、その視野のひろがりの一角に自分を立たせることによって、私自身のヴェトナムを見る行為が成り立つことを学んだ。それと同様のこと――視線の交錯・その相互性――を考えさせるものが、月の裏側の写真にはあった。

ベラ・バラージュは、「印刷術の発明は、人間の顔を次第に分りにくいものにした。」と述べている。自分の目で文字を見、言葉を読むと、そこに深い思考が芽生える。さまざまな情緒・情感が、思考の深化とともに、表情の内にひそみ、外貌からの直感を難儀にしている。彼女や彼が何を望み、何を考えているかは、容易に判断し難い。バラージュはそのことを語っているのだが、他面で彼は、物の名を言葉で知ると、眼が怠惰になる、ということを伝えている。自動車という言葉を早く知ったために、それぞれの車種の微細な差異が、容易に眼に入らない。幼児とのつき合いのなかで知ったことだ。彼にとっては、ブルーバードやコロナやセドリックは全部違う〝もの〟だった。私の眼には、どれもが同じ自動車に映った。そしてよく見ない眼は、よく考えない心に通じる。シャーロック・ホームズは友人のワトソン博士に、「君はただ見ているだけで観察をしない、僕はこの眼で見て、そして心で見ている」と言った。

漢字に〝眼〟と〝目〟と、二つの文字があることは面白いことだと思う。視覚は、その可視性や対象との間の相互性（見ることと見られることと）を超えて、想像力の世界や、その世界を含んだ認識の領域にまで踏みこむことを、この二文字の存在は教えてくれる。

眼と目の違いを学校で習った覚えはない。しかし私たちは、日常、この二文字を巧みに使い分けている。目を奪われる、と言い、イヤな目にあう、と言う。この場合、眼の字は使わない。眼前と目前とは、明らかに異なる意味をもつ。目の前、眼の前と、〝の〟を入れた時には、その使用法がややあいまいになるが、やはり違う言葉である。〝目前〟の前に対象の姿はない。

問題は眼と目の相違ではなく、両者の相関関係である。英語の“I see”を引き合いに出すまでもなく、見ると知るとの相互性は、しばしば論じられているが、それを支えるのは眼と目の共働である。あるいは、眼と目が瞬時に連携すると言っても好い。ジャン・ポール・サルトルは、正六面体に注がれる眼は、その三面を見ているに過ぎないが、知識と経験に裏付けられた眼（＝目）は、それを正六面体と直感する、と述べる。

知ることを心得た、既知に根ざした目と、新たな知を触発する眼とは、たがいに親しい双生児の兄弟でもある。諸事件の展開の先までも、しばしば目は見通すが、それは事件の展開の細部に注がれる眼が、そこに事態の動いてゆく兆候を見てとるからである。また、状況の展開のなかにそれぞれの事件を置いて見る目が、現在の眼に合図するからである。逆に、既知にとらわれた目に、それに符合しない新事態を、眼は目に報告する。昨日の目は、今日の眼によって態度を変える。新たな土地への旅とそこでの日常に、昨日の目は、不当に、過剰に関与してはならない。discover とはそういう語であろう。

眼と耳・受動と能動

コナン・ドイルの〝ホームズ〟連作の中に「赤髪組合」という作品がある。その一場面、ホームズが質屋のドアを叩いて、現れた青年に、自分の目指す街への道筋を聞く。青年は「三つ目を右へ、四つ目を左へ」と答えて、ドアを閉める。この件を読みながら、私たち日本人の道の聞きかたとの相違を想った。二人の応答には、上空飛行の思考が働いている。鳥の目である。対して日本人は、概して虫の目だ。

最寄りの店に入って行先への道を訊ねる。親切な人がいて、店先に出て指さしながら、道筋を丁寧に教えてくれる。しかし、これも概して最後まで聞かない。見えるところは好いのだが、角を曲がってからを聴きとるのが苦手だ。不届きなことに、説明の詳しさをくどいとさえ感じたりする。私は、この地を這う発想を面白いと思うのだが、視野に入る街並みが、見えない部分への想像力をかき立てているのに、耳に入る言葉を画に変えない。目が眼につながらない。映画のスクリーンも、テレビ画面も、画面外を、あるいはその奥行きを、示唆している。道を聞くのは耳の問題である以上に、眼の問題であるようだ。鳥の目は、はじめから目の働きである。

言葉をもつ身体、もたない身体がある。言葉をもたぬ身体、あるいは言葉以前の身体は、時に言葉以上のもの、言葉では表現し得ないものを発動させるが、それは多く、主体の意図によるものではない。が、それを読むのは、言葉とともにある目であり、耳である。

チャップリンのパントマイムの面白さは、それが単に言葉の翻訳でなく、言葉以前の身体行動を伴っているからだ。彼はそれを、彼の意図通りに表現し、そこに彼の芸を成り立たせている。その芸は彼のトーキー作品にまで続いている。彼の芸は、それを身体感覚で受けとめるだけでなく、それを読む言葉を待っている。

眼は文字を見、耳は言葉を聞く。〝見る〟を辞典で調べた時、みるという漢字が優に五十字を超すのに驚いた。中国は文字の国である。さまざまな見かたを文字に作っている。眀という文字があった。音はク、両眼で見るとある。眲、音はジ、軽んじ見る、とは、耳に対して失礼な話だが、視覚と聴覚の連動には間々あることだ。目を凝らし過ぎて、耳がおろそかになることもある。が耳偏に目という文字には、まだお目にかかっていない。

〝百聞は一見に如かず〟というのも、耳に失礼に思えるが、ひとの言うことをただ信じて、自分の目で見ようとしない姿勢を警める言葉と聞けば、納得がゆく。〝聞いて極楽見て地獄〟にも、同様の意味がある。ただ、極楽と地獄の対比には、私たちが日常、いかに自己の目の発動に怠惰であるかの暗示があって、心苦しい。最近流行の〝発信〟という言葉は、軽々しく使うべきでないと、先人たちが忠言しているようにも思える。

ここにあるのは、眼＝目の能動と、耳の受動との関係だ。視覚・聴覚の構造上の問題であるが、耳の機能を受動とのみ規定してしまうのは、いささか軽率である。耳がいかに音を、また言葉（音声）を聴き分けるか。その力量は、時に文字を見る眼よりも上に思われる。この場合、眼＝目は、耳が聴きとっているものを、しばしば見逃し、見落している。荻生徂徠の『訳文筌蹄』に、「ミツクルハ此方カラナリ、ミユルハアノ方カラナリ」とある。〝アノ方カラ〟に関しては、眼の能動性＝主観性はやや弱く、耳の受動性＝客観性は強い。メルロ＝ポンティの、〝見る者〟に先立つ〝見える世界〟や〝見えるもの〟の指摘を、あらためて想い起こす。眼＝目の改変が迫られ、あわせて耳の見直しが求められる。身体性の主張のもつ意味がそこに生きている。

耳の受動性（の見直し）に関しては、『訳文筌蹄』の〝聞〟と〝聴〟の解説が生きる。聞は「耳、受レ声也」とあり、聴は「耳、待レ声也」と説明される。〝待ツ〟は聴の能動性を語る。物音が耳に入る前に、聴こうとする主体の発動がある。

『訳文筌蹄』と同時代の辞典、伊藤東涯の『操觚字訣』は、明治、大正期にも書生たちに愛用されたようだが、ここには「視而不レ見」「聴而不レ聞」（大学・中庸より）の指摘が見える。日常の視野（〝見〟）が閉ざされた上では、〝視〟の集中は生きない。聞と聴についても同様である。学問と日常、芸術創造と日常との関係を語る言葉ともきくことができる。三國一朗さんと対談していた時、三國さんがフッと、「近頃の役者は役者である時間が少なすぎます」と言われた。私は同意しながら、「役者でない時間が少なすぎます」と答えた。『操觚字訣』のこの言葉は、見る（聞く）主体がたえず状況に対して身を開いていることで、視も聴も深まる、と語る。時代を超え、国を超えた先人たちの研鑽が、いまに呼びかけている。

耳ざわりと目ざわり

耳触り（が好い、悪い）という言葉は評判が悪い。この言葉がテレビから流れ出た時には、はじめは耳を疑った。耳遠い、と言うより耳立つ言葉だった。耳障りは、もともと目障りとともにあって、手触り、肌触りとは異次元の世界に棲んでいた。それが突然、世界を棲み替えた。目障りだけがとり残された。

が、棲み替えは急速に認知されたかに見える。悪評のなかを、この耳新しい言葉はすくすくと育ち、常用語として耳馴れるほどになった。理由があろう。無知のせいばかりとは言えまい。ならば、何故目障りは棲み替えぬのか。目の時代遅れか。知覚の領野で、まだ目のほうが耳より貴ばれているためか。

六〇年代末のことだったが、ある作家と長時間の対話をした。夜に入って場所を移したのだが、変えた場所が悪かった。突然すごい音響が鳴り出してやまない。対話が成り立たず、顰蹙している二人に、同行の若い友人が、「これは皮膚で感じとらなきゃ駄目なんだ」と言った。咄嗟にもう一人の年輩の友人が、「だって、耳に入ってきちゃうもんな」と応対した。耳触りは、その頃から誕生を迎えようとしていたのかも知れない。ロラン・バルトは、聞く（entendre）は生理学的現象であり、聴く（écouter）は心理学的現象である、と述べる。

バルトは、〝聴き取り〟について興味深い分類をしている——第一に警戒、例えば近づく人の足音。第二に解読、耳で記号をとらえようとする。第三は現代的な問題。ここでバルトは〝相互主体的空間〟という言葉を使っている。例えば電話。——が、何よりも彼の〝理解＝選択機能としての聴き取り〟という指摘に惹かれる。人間が空間を獲得するのは音によるので、現代の環境論的現象としての音の公害を、バルトは問題にする。「人間は、自分の空間の中に入って、自分の居場所に見当をつけたい」、そして音の公害は、「生物が自分の環境（Umwelt）とよく交流する能力」を妨げる、と言う。してみると、さきのすごい音響のなかに身を浸すのは、現代環境に対する〝報復〟としての一種の自己放棄、自分の〝居場所〟を放擲し、環境との交流を拒否する〝快感〟でもあるのだろうか。バルトに沿って言えば、そこには、耳の選択を、自分の期待、自分があらかじめ知っていること、自分自身の〝好み〟、に合わせる危うさが感じられる。が、耳の能力、聴覚の触覚性を、その身体感覚にのみ限定することはない。

山本安英さんがかつて〝役の耳〟について語ったことがある。舞台上で宇野重吉さんと相対している時、そこに立っているのは、さきほどまで楽屋で打合せをしていた宇野さんではなく、役に扮した〝別人〟である。その時、「宇野さんの声を聞いているのではなく、つうの耳で与ひょうの声を聴いているのです」。続けて、「でも、聞いているのは山本の身体なんです」。山本さんのその時の言葉を、正確に、言葉通りに伝えてはいないかも知れない。が、最後の言葉はそのまま耳に残っている。そして、役の耳と自身の身体との間の関係を通しての、耳の触覚性と耳の知覚との複雑な相互関係を、いま考えている。語られた言葉と語る言葉、という分けかたがある。語られた言葉とは、自分の外にあって、誰にでも共通の意味を与える言葉である。ある時、異なる分野の人々が語り合うサロンの司会をしていて、それぞれの人たちが自分の分野に閉じこもった研究者でなく、誰もが〝開かれた〟人たちであったにも拘らず、語られる同じ言葉がそれぞれ異なったニュアンスを帯びているのに、司会進行に苦労したことがある。〝語られた言葉〟は、それぞれの内にとりこまれるさいに、異なる言葉に微妙に変質してもいるのだ。

〝語る言葉〟とは、いま話されている言葉だが、そこには語る人それぞれの、いまを生きるさまざまな願いや、その時の体調や気分などが付加されて、〝語られた言葉〟と錯綜する。そして、注意深い耳は、その触覚と知覚との交錯に支えられて、二つの言葉を同時に聴き取ってゆくのだろう。バルトは、「〈私の言うことを聴いて下さい〉というのは、〈私に触れて下さい、私が存在することを知って下さい〉ということだ。」と言う。そこには、人間同士の生きた関係が開かれている。

いつごろからか、耳触りを、これは新語だ（単なる棲み替えではない）、と思うようになった。時流におもねるのでもなく、また、耳障りを死語に追いやってはならないと思う。そして眼触りも、目障りとともに生きて好いのではないか。眼＝目と耳とがそのように共働して、私たちの身体は、現代世界に対してより主体的に、より適合し得るように、身を開いてゆくのだろう。同時にそれは、私たち自身の知覚の変革でもある。身体のありようを、また言葉をより深く知った眼や耳が、そこに生きる。眼も耳も、いま、新たな外界に身を開くことを、切に求められている。

2 〝青空〟という言葉　2003. 7

『あな』――絵と文がひびき合う――

『あな』という絵本がある。文は谷川俊太郎、絵は和田誠。一九七六年十一月一日、福音館書店から月刊予約絵本「こどものとも」二四八号として刊行され、後に単行本として版を重ねる。ひと月前に刊行された『わたし』（同「かがくのとも」九一号）と、これは対をなす絵本である。『わたし』は、文が同じ谷川俊太郎、絵は長新太である。単行本になってから、見かける度に買いもとめ、友人たちに贈った。これほど楽しく読める、そして深い共感を与えてくれる絵本は、私の経験のなかで、多くはない。絵にも文にも、みごとな構築がある。これは一篇のドラマである。

縦開きの表紙をめくると、見開きページの上三分の一のところに、一本の横線があって、そこで上下を仕切っている。上部は白、下部は土色とも言える茶である。三十四頁（見開き十七枚）を通して、このスタイルは最後まで変わらない。作者たちの品格を思わせるスタイルである。同時に、『あな』の主題がそこに秘められている。この〝線〟は空と地面との仕切であることが、つぎの見開きでわかる。扉の、空の部分が白であることが興味深い。つぎの見開きからは、ずっと〝同じ〟色の青である。

主人公のひろしがスコップを右手に、地上に立つ。「にちようびの　あさ、なにも　することがなかったので、ひろしは　あなを　ほりはじめた。」という文が、横書きで、絵の下方に記される。ドラマは、ここから始まる。

ドラマに登場するのは、登場順に、お母さん、妹のゆきこ、隣のしゅうじ君（犬を連れている）、お父さん、それに一匹のいもむし、一羽の蝶である。犬は愛らしい点景だが、いもむしと蝶には大きな役割がふられている。人物たちは順番通りに二度ずつ顔を出し、それぞれの口ぶりでひろしに声をかける。このスタイルも興味深いが、ひろしの答えがまた面白い。ゆきこには「だめ」、しゅうじ君には「さあね」、お父さんには「まあね」と、二度とも同じ答えである。逆に、お母さんは、問いが二度とも「なにやってるの？」と、同じだ。対してひろしは、「あな　ほってるのさ」「あなのなかに　すわっているのさ」と、母の問いに含まれている〝何で？　どうして？〟の意味を、無意味なものに変えてしまう。

「さあね」も「まあね」も、答えではない。作者は、「ひろしは　こたえた」と書く。意味は、〝答えず〟である。ひろしは自分の〝あな〟に閉じこもって、誰にも対応しない。それを作者は、「だめ」「さあね」「まあね」と、みごとなドラマの科白に変えて表現した。ひろしは一人だけの世界、他者と交わらぬ〝密室〟のなかにいる。

面白いことにひろしは、いもむしに対しては「こんにちは」と自分から声をかける。いもむしはひろしのように、答えず、黙って土のなかに帰って行った。ひろしは「ふっと　かたから　ちからが　ぬけた。」。読者の解釈の自由を許す表現の豊かさがあって、ここも私には興味深かった。そのひろしがあなのなかから上を見ると、一羽の蝶が空を横切って行った。作者は、「あなのなかから　みる　そらは、いつもより　もっと　あおく　もっと　たかく　おもえた。」と書く。ひろしははじめて外界をしみじみと見た。表紙に描かれているのは、ひろしから空と蝶を見たその瞬間である。

『あな』で私がとくに惹かれるのは、「これは　ぼくの　あなだ」というひろしのことばだ。これも二度くりかえされる。同じことばの意味が前後でちがう。ひろしの意識のありようの変化を、この同じ科白の意味のちがいは、ものがたっている。

誰もが自分のなかに〝密室〟をもっている。また、密室をもたなければ、外界に自分自身として対応できない。現実との間に距離をとらなければ、現実は見えない。時代状況のただなかに身を投じている時にも、それはより一層必要だろう。しかし、自己閉鎖、人間関係や状況への無感覚は、〝密室〟とは異なる。ひろしは蝶を見て、外界とふれ合った。「これは　ぼくの　あなだ」と、二度目に語る時、そのあなはすでに、外界に窓をもったものとしてひろしのなかに棲んでいる。

〝開かれた〟密室と言うと、表現に矛盾が生じる。しかし、他者との交わりを全く離れては、密室の意味はない。ひろしは〝密室〟をもっていたから、その密室を開かれた密室にした。彼の成長が嬉しい。

谷川俊太郎の文は、和田誠の絵である。最後の三枚から入りたい。地上に上がったひろしが、じっとあなを見下ろしている。裏表紙はひろしの視線からのあなだ。表紙・裏表紙の対応にも感嘆する。全巻が一つの〝世界〟を作る。

ひろしがあなを見下ろしている場面から、漸く空の色が薄紫に変わる。画面の片隅に蝶が飛んでいる。

二枚目、ひろしがあなを埋め始める。空の色はピンクである。最後の見開きは、紫に近い濃紺の空である。陽はもう落ちたのか。誰もいない。

最後の見開き三枚で、はじめて時間が動き始める。それまでは時間が静止していた。ひろしは作業している。お母さんの買物袋が、時刻の推移を告げる。それでも時間は流れない。それを見せるのが、変わらぬ青空だ。


〝青空〟と言う。が、晴れた日が続いても、日々その色は異なる。刻限によってもちがう。しかし私たちは、これを一括して青空と言う。明るい言葉のひびきは、私たちの解放感からだろう。眼はその微妙な変化を味わい、陽が雲に隠れると、身体が敏感に反応する。それでも目は、頭は、言葉は、青空以外にない。日本語の〝あお〟という言葉の包括性にもよろう。青年時代（ここにも青がある）に、青白きインテリという言葉があった。青くさいとも言われた。青丹よしの青は緑であろう。頭を剃ると〝あおあおと〟である。北原保雄の『青葉は青いか』（一九九七年十二月、大修館書店刊）は、日本語・日本文学に関して、触発してくれることの多い本だが、とくに青と緑との関係を論じながら、とくに「まだ熟していない」状態（〝なま〟との関係が興味深い）、また、「〝青〟は、本来、黒と白との中間の不鮮明な色を広く表した。青、緑、藍だけでなく、灰色までも表したらしい。」と、見過ごせない記述もある。露伴もかつて、白馬は故実によってアヲウマであり、碧桃は白桃である、と語っている（幸田露伴『音幻論』一九四七年五月、洗心書房刊）。

和田誠の青空は、外界に関心をもたないひろしの心境を映した表現だ。密室は時間を止める。中井正一は、日本の〈間（ま）〉に触れつつ、時間が滞る、と表現している（『美学入門』一九五一年七月、河出書房刊）が、扉の〝白〟は、見開き十三枚にわたる変わらぬ青空を集約しているのだろう。時間が滞っている。

谷川は、ひろしがあなから空を見上げた時、「……そらは、いつもより　もっと　あおく　もっとたかく　おもえた。」と記している。ひろしの、外界とのふれ合いに関わる一文だが、〝いつもより〟とあるのが微妙である。密室は外界との遮断によって成立する。が、日常生活では、外界との一切の断絶はない。接触と言い、断絶と言い、日常行為は多くあいまいさを含む。密室という言葉を硬直してとらえては、日常のもつ豊かさが死ぬ。和田の絵――変わらぬ青空――は、密室の象徴的表現である。谷川のこの文は、それを日常の実態に寄せている。〝いつもより〟は〝ふだんは〟に対応する。

ならば、ひろしも私も同じことだ。私はふだん、いかに物を見ていて、見ていないか。〝敏感な耳〟（alert ear）という言葉があるが、これは〝怠惰な眼〟だ。それは多くの絵画を見て、そこから画家の物の見かたを学ばぬに等しい。そして怠惰な眼は、しばしば、言葉を知ることとともに生じる。

〝青空〟は、ここでは言葉である。和田は明らかに、言葉としての青空を描いている。日々の空の色の微妙な差異を、眼は感じとっているはずだ。青空という言葉が、その感受性を妨げる。しかしまた、言葉の習得によって目が冴える。言葉の味わいが人をつくる。「これは　ぼくの　あなだ」の二度の発言は、ひろしのなかに〝言葉〟を生かしている。和田はこれに応じて、空の色を変える。谷川は言葉を通してひろしの性格とその成長を描き、和田はその絵にひろしの心を映す。二人の呼吸の合わせかたは精妙であり、一人の少年が見開き十七枚の絵と文のなかに息づいている。

その〝青空〟がなかった時代がある。

「わたしが一番きれいだったとき」――〝きれい〟という言葉――

わたしが一番きれいだったとき
街々はがらがら崩れていって
とんでもないところから
青空なんかが見えたりした

茨木のり子の詩「わたしが一番きれいだったとき」は、一九五七年、雑誌「詩文芸」に発表された。これはその冒頭の一聯である。戦争末期から戦後初期の、大きな時代の転変に、自分がどう考え、どう生きたかを語るこの詩に惹かれるのは、単に同時代体験のためばかりではない。いつも真ッ直ぐな姿勢で立ち、自分自身に、また時代に立ち向かうこの詩人の真摯な態度に、私は多くのことを学んで来た。とくに作者の、ことばに対する誠実さ、自分のことばに対する厳しさが、私の胸を打つのである。「わたしが一番きれいだったとき」には、一九四五年八月十五日に二十歳だった茨木のり子と、その十年後、戦後十一年を生きてきた茨木のり子とがいる。

その第五聯には、

わたしが一番きれいだったとき
わたしの国は戦争で負けた
そんな馬鹿なことってあるものか
ブラウスの腕をまくり卑屈な町をのし歩いた

とある。戦時下の十代に軍国少女だったと聞く作者の、率直な自己告白であり、同時にここには、そういう十年前の自分を見つめる作者の目がある。〃そんな馬鹿なことってあるものか〃という一節を声に出して読む時、二十歳の茨木のり子の声と、十年後の作者の声とを重ねて読むことに悩んだ。二十歳の声がつかめなければ、この詩章は生きない。十年後の、当時はそういう少女だった、という作者の言葉が、これも声に生きなければ、この詩の心から離れる。作者自身の、戦後十年間の自分との格闘が、その声のために無になってはいけない。

私は戦時下、とくに太平洋戦争期の中学時代に、作者のような生真面目な〃軍国〃少年ではなかった。戦争に対してやや斜にかまえて、それでいて時流に乗った。半端な判断の結果、四年次には軍学校を志願し、入った。戦後の十年は、その屈折した体質、それに加えて十五年戦争下の日々に、知らずに身につけてしまった意識や思考の質との格闘であった。その体質を改善しなければ、私の〃戦後〃は来なかった。そのことを思う時、茨木のり子が現在の揺るぎない自己を築き上げていった、その原点ともなる戦後の十年を、どのように生きて来たか、どのような自身とのたたかいを続けて来たか、そのことを併せて想うのである。

茨木のり子の〝八月十五日〟は、いつ来たのだろうか。あるいは戦争末期に、作者の内心には〝聖戦〟や〝八紘一宇〟や〝一億玉砕〟の空念仏への疑惑は、すでに芽生えていたのではないか。しかし、作者は自分に厳しく、一度抱いた信念を、あいまいな気分、周囲のあいまいな空気によって変えない人である。第一聯に戻る。

ここには戦争末期の息苦しい時代閉塞の状況が、作者がある日ふと目にした光景、その一瞬に過ぎない〝解放感〟が、語られる。時代とわたし、やり切れない日々の連続と、その下での日常の営みのある一瞬と、その対位法による表現は、作者の実感に支えられて、時代の様相を鋭く映し出す。一行目と二行目との、音程をパッと落とす変位を含んだ詩章の、明暗の表情にもそれがある。B29による無差別爆撃で、自国政府の指令による家屋の強制的な取り壊しで、自分たちの住む街々が破壊され、不条理な空間が、そんななかにポッと窓を開ける。作者の怒りが、〝とんでもないところから〟という的確な、一種はぐらかしを含んだ表現を通して届いてくる。〝青空なんかが〟というのも正確なことばだ。

戦時下、とりわけ戦争末期には、青空はなかった。あったのは灰色の日々、灰色の空であった。北原の、〝あお〟は灰色を含んだ、という指摘は、時代に即して皮肉である。一九三一年に中国侵略を開始してすでに十余年、泥沼と言われてからも数年を経て、生活は日々に逼迫し、空の〝青〟はとうに薄らいでいた。〝青空なんかが〟という表現は、一言で、そういう時代状況、そういう生活のありようを伝えている。

一九四五年八月十五日。この日、数多くの日本人が、久々に〝青空が見えた〟と、その思いを語っている。この日まで、晴れ渡った空を眺めようという気持も、またその余裕もなかった。心のなかの空は、どんよりと曇って、B29があの異様な爆音をひびかせる、灰色の空であった。そして八月十五日に、私のなかの〝戦争〟は、まだ終わっていなかった。私のなかで、青空が青空になるには二年、五年、十年とかかった。その自己との格闘のなかで、青空はその色を濃くしていった。

茨木のり子が〝わたしが……〟と語り出す時、その〝わたし〟は、確かな自己主張と明るい自己省察に裏付けられている。この詩を読む時、私は、その声に内なる自己主張がこもっているか、そのことばが確かな自己省察を伴っているか、と作者に問われている。読む私にとって、〝わたし〟は他者ではない。単に自分自身でもない。作者の〝わたし〟――それも二十歳のわたしと、十年後のわたしとの二重写しである――をくぐって、そのなかから浮き上がってくる〝わたし〟である。作者の、戦時から戦後への歩みを離れて、〝わたし〟はない。これを読む私自身の体験――必ずしも戦争体験にかぎらない――と切れても、その声は〝わたし〟ではない。

「わたしが一番きれいだったとき」の、〝きれい〟も単色ではない。第三聯に、

　男たちは挙手の礼しか知らなくて
　きれいな眼差だけを残し皆発っていった

の二行がある。〝発っていった〟に深い哀惜と憤りとがある。その男たちの〝きれいな眼差〟とは何か。

ひたすらに信ずるものに向かって突き進んで行く。その時、人間の眼はきれいだ。ある映画のなかで、一人の美少年が、同じく美しい声で歌っている大写しの映像を見た。少年の眼はキラキラと輝いていた。カメラがゆっくりとパン・ダウンすると、少年はナチの軍服をまとっていた。〝きれい〟には、時代に対する、いま進行している戦争に対する無知、自己の思考力・判断力の喪失がある。作者はここで〝挙手の礼しか知らなくて〟と書くが、この〝きれい〟は、第一聯から七聯まで、同じ詩章で綴られている冒頭の一行のなかの〝きれい〟と通じている。作者は同じく、きれい、と語っている。その自分が、自己を確保した人間的なきれいさを獲得するにはどうしたら好いか。戦時下には、これを運命と諦めて、あるいは無限の恨みを遺しつつ、命を捨てていった多くの先輩たちの暗い眼もあった。その暗い眼に明るい灯をともすには、どうしたら好いか。生きるとは、その思いを共にしつつ、それを自身の内に異なるすがたで〝継ぐ〟ことでもある。そこに茨木のり子の戦後十年がある。当時のきれいを打ち消しつつ、しかもそのきれいさを保ちつつ、人間のきれいさを自分のなかに創ろうとしてきた、そして現に創ってきた茨木のり子の自分史がある。詩の最後に、「できれば長生きすることに」のことばがある。

年とってから凄く美しい絵を描いた
フランスのルオー爺さんのように
　　　ね

〝ね〟のひと言がやさしい。そして〝美しい絵〟とはきれいな心であり、きれいな生きかたである。作者は戦後十年に、自分自身の現在を見、時代の未来を見ている。

3　三つのラスト・シーン——チャップリン・一九三〇年代

2003. 9

ガラス一枚を隔てて

ガラス一枚が、木の葉のそよぎが見せる生の躍動を遮り、額縁に入った絵からその生命を奪うことは、よく知られているが、素通しの窓ガラスを通して眺める自然や街頭の風景を、私たちが実景そのものと信じて疑わないのは、不思議なことである。

ヴァルター・ベンヤミンは、絵画の複製写真が原画の保持するアウラ（aula）を消滅させると説いたが、十数コマのコマ焼きをつないだ映像には、同じ対象を凝視した映像に生きる空気の流れがない。それを同一映像として見る眼は、機械文明にまだ慣れていないせいか、文明が私たちの日常の視覚を退化させたためか。

チャップリン『街の灯』（*City Lights*, 1931）のラスト・シーンは、人生について、ことばの、映像の表現について、実にさまざまなものを私たちに見せ、また考えさせる。

ガラス一枚が、いま、男と女を別世界に立たせる。ショーウインドーの内と外とに、二人は真向かいに顔を合わせる。想像を超えた瞬間の再会に、男は呆然と立ち、一切を忘れて女の顔に見入る。が、女にとって、眼の前に立つのは、見知らぬ、一人の浮浪者である。

直前の場面で、男は路上に不様な姿をさらし、女は花屋の奥で、その醜態を嗤っていた。その男が無意識に振り向いての、二人の出会いであった。二点に注意したい。一点は、この路上のショットで、新聞売りの少年たちにからかわれて荒れる男の姿態を、カメラは画面の前景にとらえるが、後景には、花屋の店の奥でそれを見て嗤う女の姿を映し出していた。その画面構図は、明らかに、女の男に注がれる画面内の視線を軸に構成されていた。カメラの視点は、この画面内視点を受けとめる形で成立していた。こうした二重視点は、とりわけ自作自演（演技者から演出家への移行を含んで）のチャップリン作品にしばしば見られるが、とくにこの場面では、画面内視点によるチャップリン（チャーリー）の〝自己対象化〟がきわ立っている。

第二点は、路上のショットからショーウインドーを挟んでの出会いのショットへの、画面つなぎに見られる二人の位置の飛躍である。路上の男と、それを店の奥から見る女とは、次のショットで、ショーウインドーの内と外とに、間近に引き寄せられる。〝対面〟のもつ意味が明晰になる。この種の、自然主義的なリアリズムを超えた表現や画面つなぎも、チャップリン作品には数多い。

男の、再会の喜びに加えて、彼女の眼の回復を〝共に〟喜ぼうとする心が、直前までその表情や姿態に見せていた精神の荒廃を、瞬きの間に至福の表情に変える。右手にもつ一輪のバラの、花びらがぽろぽろと散るのにも、男は気づかない。が、ガラス一枚を隔てて、男の真情は女に届かない。〝イヤだ、この人、私に好意をもったらしいわ〟と、なおも彼女は嗤うのである。かつて街角の路上に花を売っていた、目の不自由な、貧しい少女と、彼女の前では紳士を装い得た浮浪者と。誰からも相手にされることのなかった二人の間に芽生えたささやかな愛は、すでにその相を変えた。二人をじかに対面させ、しかも一枚のガラスが二人を決定的に隔てる。二人の間は全く近く、全く遠い。

『街の灯』には、消えた七分間の名場面がある。チャーリーがたった一片の木切れと格闘するこのフィルムのなかに、チャーリーと洋装店の仕立て職人との間に交わされる奇妙絶妙な〝会話〟がある。窓ガラスに遮られて、双方の声は相手の耳に届かない。とりわけ仕立て職人の、相手への助言の通じない苛立ちが、ガラス窓を叩く動作や、次第に声高になる表情に見える。無音のフィルムのなかに音声が〝響く〟。

浮浪者と花売り娘との再会の場面の、〝消えた〟前提がここにある。同時にここには、サイレントにこだわったチャップリンの、秘かなトーキーへの接近の姿勢、その研究の一端が垣間見られる。

一輪の花、一枚のコイン

『街の灯』が公開される直前の一九三一年一月二十五日の「ニューヨーク・タイムズ」に、チャップリンは「パントマイムとコメディ」と題する文章を発表している。これは『街の灯』が何故トーキーではないかの弁明を兼ねた文章でもあった。彼によると、サイレント映画こそがユニヴァーサルなものであり、トーキーは言語の相違によって、通じ得る地域を限定する。また、パントマイムは実力をもった俳優ならばその素養を身につけていなければならない。

『街の灯』はその主張を裏づける実例であり、この作品は子供たちにも十分理解されるものだ、というチャップリンの言説はたしかに全く妥当であり、しかし、それはチャップリンのパントマイム芸の質とかかわって成立する。サイレント作品のユニヴァーサル性も、一面では事実であるが、ベラ・バラージュがすでに指摘しているように、映像表現はその地域・民族の風土性を色濃く帯びる。ただちにその国際性を云々することはできない。チャップリンの〝世界市民〟の称号は、あくまで彼の芸とその演出術に支えられてのものであった。

そして何よりも、高度の象徴性を帯びた例の〝扮装〟は、トーキー作品の要求する日常会話にはなじまない。〝扮装〟をとるか〝ことば〟をとるかのチャップリンの悩みは、『街の灯』全巻ににじんでいる。音の工夫に細かく神経が使われ、セット撮影ながら、街頭風景は〝実景〟に依った。〝無声〟時代と異なり、トーキー作品には日常風景が要求される。

「花が好きなのね？」と娘は浮浪者に言う。が、彼が手にしている一輪の花は、先刻花屋の店先からゴミと一緒に掃き出されたものだ。かつて街角の路上で、ズボンのポケットの底に残った一枚のコインと引き換えに手に入れたのも、一輪の花だった。

一九二〇年代、〝永遠の繁栄〟を誇る合州国の国内を、その繁栄に見捨てられた〝裏側〟を、彼は一貫して同じ扮装で歩き続けた。ここにも一個の人生がある、という生存権の主張だった。三一年の『街の灯』は、その歩みの終着点とも言える。

『街の灯』の冒頭、合州国のある街の朝の広場で、〝平和と繁栄の像〟の除幕式に、一人の浮浪者がたった一人で異議申立てをおこなう。それは三〇年代における彼の新たな歩みの予告であった。それはずっと時代の裏側を歩いてきた男の、時代への正面からの挑戦であった。同時に、チャーリー自身の変貌の兆に注意したい。

除幕式のあいだ中、この男の動作は、広場に集まった〝紳士〟たちの誰よりも紳士的であった。そして、除幕式に続く『街の灯』のドラマの展開の過程で、この〝浮浪の紳士〟にある変質が生じる。同じ日の午後、路上で出会った貧しい、目の不自由な花売り娘に、彼は富豪の紳士と間違えられ、娘の前で金持を演じる。浮浪者と紳士とが、ほかならぬ彼自身の内部で分離する。その契機が一輪の花と一枚のコインとの交換である。

街の片隅で、誰に知られることもなく芽生え、進行する貧者たちの愛のドラマは、美しい。それは二〇年代のチャーリーの歩みの延長であるとともに、彼にとって、いわば初めての愛の成就であった。一輪の花、一枚のコインは、『街の灯』の全篇を貫くモチーフである。しかし、『街の灯』は単純なメロドラマではない。浮浪者が娘に捧げる愛の献身は、ついに彼の投獄までを伴って、娘の眼の手術におよぶ。そして、眼の見えるようになった娘の前に、その浮浪者の姿をさらすのである。

しかし、彼女は眼が見えるようになったのか。優雅な花屋を経営するようになった彼女には、路上に花を売っていた当時の心は失われたのか。極貧の身から抜け出せた幸せは、その代償に何を得たのか。チャップリンの、チャーリー自身の境遇を客観視しながらの、独特の皮肉な目が、浮浪者に、娘に、二人の愛に注がれる。

娘は浮浪者に、新しい一輪の花とともに、一枚のコインを差し出す。かつてのなけなしの小銭が恵みの小銭に変わる。浮浪者は我に返って店先を逃げ出すが、再会の喜び、かつての愛への未練が、彼の足をとどめる。娘は花を男に渡し、コインを彼の左手に握らせる。その掌にかつての感触が戻る。

字幕に〝声〟が聞こえる

"You ?" と女が男に語りかける。「あなたが？」とも「あなたは！」ともつかぬこの一語は、自分を助けてくれた者への無限の感謝を内に包みつつ、〝あなたは浮浪者だったのね〟という嫌悪感を伴う驚きを先立たせて、女の内面の解き難い錯綜を伝える。それが過去をいとおしむ気持ちを遮って、再会の喜びに到らない。掌の記憶するなつかしい感触と、眼の前に見る哀れげな男の姿との、感触と視覚とのよじれが、言葉にのしかかって、意味のよじれを作る。その表現は、鋭く厳しい。

チャーリーの変わらぬ扮装は、二つの意味を帯びる。第一に、その象徴性である。どの作品でも、その特異な扮装とそれに伴う動作・行為によって、彼は他の人物たちと峻別される。彼はつねに彼自身を演じ、個々の作中人物を超え、作品をも超えて、時代のなかを歩いた。スクリーン上で、彼は一人で〝大衆一般〟を象徴し、そのために彼は他の人物と交わらず、つねに孤独であった。それが『街の灯』では、人生の伴侶を得た。

第二に、矛盾を絵に描いたようなこの扮装自体が、これをまとった人物と一体化して、この人物が内面に秘める矛盾をあらわにする。山高帽もチョビ髭も竹のステッキも、ことさらに紳士的に振舞おうとするこの浮浪者の見栄でもあり、届かぬ願望でもあろうが、同時に、一方でつねに紳士を夢見つつ、他方で、現実に紳士を自称する〝紳士〟たちを否認する。〝紳士協定〟（gentlemen's agreement）という言葉格的なドラマであった。そして、この〝浮浪の紳士〟を逆説的な視点からみごとに定義した。『街の灯』はチャップリンの、最初の本分から遠ざけて行った。愛の深まりが、愛の挫折を用意する。り娘の前で金持の紳士を演じ、そう演じることで、彼は娘と親しくなった。同時にそのことで、娘を自『街の灯』では、その〝浮浪の紳士〟が、花売り娘の前で浮浪者と紳士とを分離させる。浮浪者は花売の意味を彷彿させる。彼は浮浪者であるにも拘わらず紳士であり、浮浪者であるが故に紳士であった。

女の問いに、男は慌しく頷く。困惑とも諦めともつかず、浮浪者の身を明かす。かつての献身を語らないのは、男の僅かに残った自負であり、善良な魂である。頷きかたの速さに、かつての物語を誘い出す余地はない。そのすべてを、一瞬の表情と動作にこめるのは、チャップリンの芸である。

“You can see now ?” と、男が問う。“Yes, I can see now.” と女が答える。

指で自分の眼を指しつつ訊ねる動作は、言葉での説明を要しない。なお、そこに字幕が入る。さきの“You ?” もそれに続くこの問答も、すべて字幕で語られる。しかし、これはみごとなドラマの科白である。ドラマの科白には、発話者の性格が、その時の心情が、相手役ないしはそこに立会っている人物たちとの関係が、それら一切を含む状況の全体が、そこに生きていなければならない。何よりも彼や彼女は、その科白の語りかたによって、彼や彼女自身を、その実存を語る。『街の灯』のラスト・シーンのこの問答からは、彼や彼女の〝声〟が聞こえる。

簡潔な、ごく日常的な言葉が、幾重もの深い意味を伝える。「見えるようになったんだね」という祝福の言葉は、「いまは私の姿が見えるんだね」という絶望的なひびきを重ねる。「ええ、あなたのお蔭で」という感謝の言葉は、「あなたの姿がいまこそ見えます」と、当人には無意識の、冷酷なひびきを伴う。これは秀抜な、トーキーの科白であった。さらにこの科白的字幕には、作中人物の言葉としてでなく、作者からの逆説的な、"You can't see now ?" のひびきさえも聞こえてくるようにさえ感じられる。かつて襤褸の奥にひそんでいた人間同士の真情は、いまは通わなくなってしまったのかも知れぬ。糾弾ではなく、哀しみである。ラスト・ショットの浮浪者の笑顔のなかに沈む絶望の目付きは、このことを物語っている。そして、その原因は浮浪者自身が作った。

あるいはこの時チャップリンは、映画における科白のありようを考えていた、ないしは、私たち観客の前に、それをそっと呈示していたのではないか。チャップリン作品のトーキーへの移行が、ここから始まっている、と言えるのかも知れぬ。

言葉とは何か、を問う

一九三〇年代・チャップリンの、サイレントからトーキーへの歩みは興味深い。三六年『モダン・タイムズ』(*Modern Times*)、四〇年『〝大〟独裁者』(*The Great Dictator*) と、時代への公然たる挑戦のなかで、サイレントからトーキーへの直線的ではない歩みが続くが、同時にそれはチャップリンの、チャーリー像との訣別の過程である。

ベラ・バラージュは「『モダン・タイムズ』のラスト・シーンで、チャーリーははじめて、一人ぼっちでなく、女友達とともに広い世界にさすらい出るのである。無声のチャップリンは孤独だった。」と述べる。この指摘は、鋭い。このラスト・シーンが、何故私の心をとらえるのか、ずっと考えてきた。

これは一本の作品のラスト・シーンでなく、一九一四年以来、同じ扮装で四半世紀を歩み続けてきた浮浪者チャーリーの最後の道行きであり、その歩み全体のラスト・シーンであった。

そして、チャーリーとヒンケルの一人二役によって展開する『〝大〟独裁者』のドラマは、これまでのチャップリン全作品の総括である。冒頭、一兵士として第一次大戦の戦場に登場するチャーリーは、『担え銃』（*Shoulder Arms*, 1918）の夢を現実にし、〝シャルロ（Charlot）は戦場で生まれた〟という、ヨーロッパにおけるチャーリー伝説を、スクリーン上に生かして見せる。『担え銃』において軍隊機構になじむことのなかった兵士チャーリーは、『〝大〟独裁者』では、深い靄の中を敵軍兵士と共に突撃する。

『〝大〟独裁者』の映像は、一見古くさい。『街の灯』『モダン・タイムズ』と、フォークロワの世界から脱け出し、〝実景〟のなかを歩み始めたチャーリーは、『〝大〟独裁者』では一転して、かつての〝無声〟の世界に戻り、チャーリーをはじめ登場人物たちの科白は、サイレント時代の字幕に近い。皮肉なことに、これがチャップリンのトーキー第一作である。

『街の灯』が単純なサイレント作品でなかったのと対照的に、『〝大〟独裁者』も単純なトーキー作品ではない。そして、トーキーを生かしたヒンケルの演説は、〝ヒンケル語〟と呼び得るようなデタラメ言葉の羅列である。『街の灯』の冒頭の〝紳士・淑女〟の演説が、不快な音響に過ぎなかったのを想い起こさせるが、チャップリンのトーキー第一作は、言葉とは何か、を問うものであった。その結実が、終幕の〝六分間の大演説〟であり、それも、演説中途から作者（演者）チャップリンがチャーリーにとって代わることで実現する。そしてこの時チャップリンは、スクリーンの世界をも脱け出し、現実世界のただなかに立っている。この瞬間に、『〃大〃独裁者』は全く新しい作品であった。

演説の直後、スクリーンに再び顔を見せるチャーリーは、恋人ハンナに"Look up, Hannah !"と呼びかける。顔をあげよ、とは、自分の足で立て、であり（その呼びかけは、後に『ライムライト』〈*Limelight*, 1952〉で、クレア・ブルーム扮するテリーの、"I'm walking !"によって答えられる）、自分の言葉をもて、と同意であった。演説の終わった後も、ハンナはなお、チャーリー（チャップリン）の演説に聴き入り、その内容を嚙みしめている。彼女はいま、半ばドラマの世界に身を置き、半ばドラマの〃外〃に立っている。長老ジェッケル氏の、"Hannah, did you hear that ?"（〃聞いたか、チャーリーが喋っていたぞ〃）という、演説していた事態のみを言う問いかけを制して、空の一角に眼を注ぎつつ、"Listen!"と語るハンナの一言が、『〃大〃独裁者』最後の科白が、スクリーンを超えて、現実世界に響く。

4 名訳と誤訳の間——翻訳題名の魅力と魔力

2003. 11

一九八九年七月十四日の夜、私はロンドンの中心街からやや外れたアパートの一室で、パリ・シャンゼリゼ大通りからのテレビ中継に見入っていた。移動する大型車の車上に設けられた仮舞台に、黒人女性歌手ジェシー・ノーマンがただ一人立って、〝ラ・マルセイエーズ〟を歌う。移動する車で彼女は歌い続け、テレビ・カメラが、歌う彼女の姿を追う。二百年前の〝七月十四日〟が眼の前によみがえる。深い感動が私を襲った。

七年前の八二年の同じ日、同じシャンゼリゼ大通りに、私は大群衆にまじって立っていた。が、眼の前の軍事パレードに、〝この夜〟の感動はなかった。五区の宿に戻って、終夜聞こえる近くの広場の喧騒のほうが、私の想う〝巴里祭〟の相を映して、親しみが湧いた。

寺田寅彦は、映画『巴里祭』(*Quatorze Juillet*, 1932) の命名を、「悪い」と記している。確かにフランスでは、あるいは日本以外のどの国でも、誰もこの日を巴里祭とは呼ばない。が、私はこの邦題名に、一九三〇年代日本人の、パリの文化・パリの自由への、憧憬のまなざしを感じる。〝花の都〟パリ、そして巴里祭は、いまも私たち日本人のなかに生きている。同時に、当時にあってこの命名を〝悪い〟と言い切る寺田の見識に、その理性に、敬意を表したい。

その寺田も、『巴里の屋根の下』という邦題名には異議をとなえてはいない。しかし、〝巴里の屋根の下〟とは、不思議なひびきをもった言葉である。あるいは、その意味あいまいな表現が、当時の日本人の異国情緒を揺さぶったのかも知れない。原題 *Sous les toits de Paris*（一九三〇）は、正確に訳せば〝巴里の屋根裏部屋〟である。

私はパリの古いホテルの sous les toits が好きだ。天井はやや傾いているが結構高く、部屋は明るく、窓外の見晴らしも好い。何よりも、廉い。夜、向かいのアパートの sous les toits で、若い女性が炊事をしているのが眼の前に見え、パリの生活感が漂ってくる。が、三〇年代の日本人が〝屋根裏部屋〟と聞くと、暗く、ほこりが立ち、時にねずみが走る、そんなイメージが目に浮かんだろう。〝屋根の下〟は名訳だったかも知れぬ。

フランスのトーキー第一作（厳密には第二作）だったこともあって、『巴里の屋根の下』は、一九三一年の日本で大ヒットした。寺田はルネ・クレールの腕を誉める。『巴里祭』を含めて、どうということもないパリの庶民生活の哀歓が、カットつなぎの微妙な〝間〟によって生きる、と言う。俳諧の味に通じるという評が面白い。しかし、両作品とも、現実のパリ風景でなく、全部セット撮影（美術監督ラザール・メールソン）だったことは、日本では案外知られていない。その〝作られたパリ・イメージ〟が、日本人たちの心をかきたてた、とも言えようか。

『巴里祭』の日本公開は一九三三年、岡本かの子は三六年に小説『巴里祭』を発表する。巴里祭（文中にもこの名が使われる）の一日を描いたこの作品で、パリの魅力にとりつかれ、みずから〝追放人〟（エキスパトリエ）と名乗りつつパリに長期滞在する主人公淀島新吉は、数年前パリに遊学した作者の分身でもあろうか。パリの女性たちの様態の〝表裏・真偽〟を含めて、かの子のパリ体験に根ざしたものがここにある。「巴里で若し本当に生活に身を入れ出したら、生活それだけで日々の人生は使ひ盡される。」という叙述もあれば、「特色（キャラクテール）に貪欲な巴里。」という表現もある。彼女の資質にかかわるとしても、ここには現実のパリが顔を出す。

日本人の〝パリ〟には、イメージと現実との交錯がある。歴代の文士たちのパリにも、それはある。『巴里祭』は、正解と誤解とを混在させて、やはり名訳なのであろう。しかし、日本人には、〝七月十四日〟はまだ遠い。まして当時は〝革命記念日〟とは言えなかった、と開高健が言う。それが尾を引いている。

ジャン＝リュック・ゴダールの『勝手にしやがれ』を、私はしゃれた名訳の一つだと思い、しかし少々気になっていた。この題名は、ジャン＝ポール・ベルモンドの全篇にわたる破天荒な行動に拍手を送り、ベルモンドを日本でも一躍大スターの座におし上げた。原題名は *A bout de souffle* 〝息も絶え絶えに〟である。

ラストシーンを見てみよう。大通りに仰向けに倒れたベルモンドの周囲に、刑事たちと、彼の恋人役ジーン・セバーグの脚が立ち並ぶ（ベルモンドを囲む脚の近寄り方も異常だ）。瀕死の彼は、得意のしかめ面を見せた後、「全く最低だ」（C'est vraiment dêgueulasse.）と呟く。セバーグが刑事に、「何て言ったの?」と聞く。刑事は「あんたは最低だ、と言ったんだ」と答える。〝最低〟のたらい回しだ。彼女はこちら（観客）を向いて、「最低って何?」と聞き、くるっと後を向く。セバーグがこの一言を吐く時、彼女は明らかにカメラのレンズを見て語っている。それは役を超えた、本人自身からの観客への語りかけである。「あなただって最低じゃない?」とも聞こえる。正確には、「最低っていう言葉の意味、あなたは知ってるの?」ということだ。この一言が、〝息も絶え絶えに〟という題名とともに、ラストシーンから逆に全篇を照射する。ベルモンドの〝恰好よさ〟とは何か、がそこから浮かび上がる。私はこの作品から何を見たのか。〝勝手にしやがれ〟ではすまされないだろう。

〝桜の園〟の原題

アントン・チェーホフの ***Vishnyovyi sad***（一九〇三）を『桜の園』と邦訳したのは、木村荘八だという。原題の正訳は〝さくらんぼ畑〟である。久保栄もそう改訳することを主張したそうだが、若しそう訳されていたら、日本の地で、この名がこれほどに人口に膾炙していたかどうか。戯曲に目を通せば、さくらんぼ畑だということは即座にわかるのだが、するとこの作品は、その有名度ほどには読まれていないということか。それとも、一九一八年以来、何度も上演されたこの芝居を、日本人観客は、〝桜〟の文字とともに陶然と味わい続けてきたということか。芸術作品の解釈には正解はないから（誤まった解釈はある）、これはこれで名訳と言うべきかも知れぬ。しかし、何事も自分に引きつけてとらえようという習性は、好ましいことではない。

宇野重吉の『「桜の園」について』（麥秋社刊）は、故人の長年にわたる研究の成果を見せる名著だが、この題名についての興味深い記述がある。宇野はスタニスラーフスキーの『芸術におけるわが生涯』からチェーホフ自身の発言を引きつつ、題名についての深い考察を行なっている。チェーホフは初め、この題名を〝ヴィーシニェヴィ・サート〟と発音したという。が、一週間後には〝ヴィシニョーヴィ・サート〟と改めた。同じ果実園でも、前者は収入をもたらす商業的な園であり、後者は収入をあてにせず、ただ純白の花を眺め楽しむだけのものになってしまった。そこには、かつて大地主であったロシア貴族の、〝生きざま〟(文字通り〝生きざま〟である) の変遷がある。宇野の探究はさらに続く。ロシア語辞典を引くと、一八六七年版にはヴィーシニェヴィの発音しかなかった。が、一九〇三年版には、二つの発音が併記されていた。チェーホフが『桜の園』を発表した年である。そして一九五七年版には、ヴィシニョーヴィだけが載っている。宇野はそこに時代の移り変わりを見る。何故それほどにこだわるのか。作品内容の理解にかかわるからである。

宇野さんはこだわりの人であった。同じチェーホフの神西清訳 (岩波文庫)『かもめ』に、「今晩二杯ひっかけようか」という科白を見つけ、〝何故二杯なんだ。どんなにロシアが寒い土地でも、ひっかけるのは一杯ではないか〟とこだわり続け、ついに日本語における〝一〟と、ロシア語における〝二〟の用法との、相関関係の発見にいたった。見習うべきこだわりと思う。

開高健は、ルネ・クレマン『呪われた人々』(*Les maudits*, 1947) を『海の牙』とした邦題名を、「この飛躍ぶりには天才的と舌を巻きたくなる詩の閃きがある」と絶賛する (もっとも、高すぎる評価の言葉には、しばしば逆説が含まれる)。『呪われた人々』という題名には、作者の、ナチへの強い憎悪がにおう。事実、一九四七年のこの映画は、ナチとその協力者に対する厳しい断罪である。〝殺しのヴァラエティ〟と称されたほどに、一人ひとりがさまざまな形で死んでゆく。多くは同士討ちだが、作者の見えざる手によって、と言っても好い。そしてこの題名は、この潜水艦に誘拐され、たった一人残された医者の書き綴った手記の題名でもある。それが〝海の牙〟ではたまらない。

戦後初期、『題名のない映画』(*Film ohne Titel*, 1948. 製作者ヘルムート・コイトナー、監督ルドルフ・ユーゲルト)という作品があったが、制作者たちが頭をひねったあげく、ついに題名を思いつかなかった故という。題名は客の入りを左右しかねないから、輸入会社が訳名に知恵をしぼるのは当然である。が、それが作品の質や性格を歪めてはならない、と思う。

『哀愁』(原題名 *Waterloo Bridge*, 1940)のヒットには、邦題名が大きく寄与している。後にこの橋の上に立って、橋上の場面を思い浮かべた。『悪の決算』。原題は *Les hèros sont fatiguès*, 1955. 〝英雄たちは疲れた〟。作品の時代とその内容を、原題はみごとに表現していた。監督はイヴ・シアンピである。『戦争と貞操』。原題は *Letyat zuravli*, 1957. 〝鶴は翔んでゆく〟。時代の空気・文化のかおりが死ぬではないか。監督はミハイル・カラトーゾフ。ソ連映画の新しい方向を示唆する内容と技法を、いくつかの場面が呈示していた。『突撃』。原題は *Paths of Glory*, 1957. 〝栄光の小径〟。監督スタンリー・キューブリック。米国映画の新しい潮流を萌芽としてもったこの原題はなつかしい。シドニー・ルメット『十二人の怒れる男』(*12 Angry Men*, 1957)とともに、〝ニューヨーク派〟が誕生する。イタリアに生まれたネオ・リアリズムが、現代映像の新鮮さとともに、世界に拡がってゆく時代である。

消えゆく名訳

黒岩涙香が『噫無情』を「萬朝報」紙（いまこの紙名を〝よろず重宝〟とかけて読む人がどのくらいいるだろうか）に連載するのは、一九〇二年十月八日から翌一九〇三年八月二十三日、当初の予告通り、百五十回で完結する。『噫無情』は一九〇六年に扶桑堂から前後編二冊の単行本として刊行された。新聞連載と単行本刊行との間に日露戦争が横たわり、朝報紙が非戦から主戦へと態度を転換するのは、朝報社内のみならず（堺利彦、幸徳秋水、内村鑑三の退社）、当時の日本社会に大きな問題を投げかけたが、涙香の『噫無情』にかける情熱は揺るぐことがなかった。「……若し我が日本に『レ、ミゼラブル』の一書を飜譯する必要ありとせば、必ずや人力を以て社會に地獄を作り、男子は勞働の為に健康を損し、女子は饑餓の為に徳操を失し、到る處に無知と貧苦との災害を存する今の時にこそ在るなれ」と〝小引〟に記すが、その精神はその後の言動の各処に見える。

私は豊島與志雄訳の『レ・ミゼラブル』（*Les misérables*, 1862）を中学二年次、長い病床から漸く離れた直後に読み、その後の人生に影を落すほどの衝撃を受けた。とりわけ〝ABCの友〟のくだりと、ユゴーの分別（ボンサンス）批判の文章である。「それはアルセストに対するフィラントの如きものである。……批難と容赦とを交えているので自ら叡智であると信じてはいるが、多くは半可通にすぎないものである。……深遠さを装い、実は皮相にのみ止まり、原因に遡ることなく結果をのみ考察するこの一派は、半可通の学説の高みから街頭の騒擾を叱責する。」この一文は、戦後に読んだロマン・ロラン『ピエールとリュース』（*Pierre et Luce*, 1918. 片山敏彦訳）の一節、「汽車が発車し、戦争が進行を始めたからには、乗って行かねばならないことを分別が彼に教えた。」とともに、その後もずっと私の胸中に残っている。ボンサンスという言葉を、その否認の文章とともに、私は知った。十九世紀から二十世紀にかけてのフランス文学のなかに、ボンサンス批判の文章をあさり始めるのも、一七八九年から二十世紀前半の時代の変遷に関心をもち始めるのも、それからである。〝太平洋戦争〟はすでに始まっていた。

『噫無情』の名は知っていたが、読んではいなかった。涙香訳を読むのは、戦後、それも五〇年代の末に近くなってからである。『噫無情』の縮刷版が明文館書店から刊行されるのは、第一次大戦が始まった翌年、一九一五（大正四）年である。縮刷版は、大正期十年余のあいだに、百六十版を数える。その直後とも言える私の少年期に、『噫無情』は眼の前にはなかった。「少年倶楽部」の全盛期、山中峯太郎や平田晋策らの軍国小説に熱中していた私の目に入らなかっただけなのかも知れぬ。それでも、〝噫無情〟の名だけは、どこからか伝え聞いていた。名を知るかぎりは、その内容もおぼろげながら頭に入っていた。中学期に、『世界文学全集』（新潮社刊）のなかから『レ・ミゼラブル』を真先に手にとるのも、多分そのためでもあったのだろう。

涙香独特の巧みな抄訳『噫無情』（英訳からの重訳）を読んで気付き、そして打たれたのは、大衆化を狙って、原作のジャン・バルジャンの波瀾万丈の人生に挿まれた、多くの史実に関する長い記述が省略された（これが涙香訳の一問題である）なかで、〝ABCの友〟が生きていたことである。

とくに明治末から大正期にかけて、驚くべき数に上る読者が、このくだりをどう読んだかは興味深い。妻の亡くなった母は、ある日、私の書棚に涙香本を見付け、喜んで次々に借りてゆき、ついにその全部を読んだ。

一九〇二年以来、『噫無情』の名は、その厖大な読者群から語り継がれて、二十世紀のなかを生き続けた。近代日本において、おそらく最大の翻訳題名であろう。その名が、いま消えようとしている。坪内雄蔵訳の『該撒奇談・自由太刀余波鋭鋒（しいざるきだん・じゆうのたちなごりのきれあじ）』（一八八四）はその題名に、当時・明治日本の自由民権の空気をただよわせている。これがもはや判じ物に過ぎないとしても、『レ・ミゼラブル』の名を知って『噫無情』を知らぬのは、果して好ましいことか。

5 小津安二郎の世界 Ⅰ——小津の〝戦争〟 2004.1

花嫁行列と鯉幟と

麦畑を縫って、簡素な花嫁行列が行く。

大和の野に、ふっと浮かび上がるその行列は、老夫婦（菅井一郎・東山千栄子）の視線の先に、実景とも、老夫婦の心象ともつかぬ儚い風情を見せて、麦の穂のなかを過ぎて行く。

「どんなとこへかたづくんでしょうねえ」という東山の呟きは、近くは秋田に嫁入った末娘を案じる胸中を見せ、遠くは、戦場からついに還らぬ次男への執着を包む。行列は、この呟きを間に挿んで、二つの短いショットに分割される。老夫婦と行列とを一画面内にとり込んだ画はない。

「いろんなことがあって……長いあいだ……」（東山）「欲を言えばきりがないが」（菅井）「ええ…でも、ほんとうにしあわせでしたわ」（東山）。〝ええ…でも〟は、「しあわせでした」に、肯定・否定双方の響きを与える。来し方を顧みる二人の等しい想いに、男と女の微妙な差異を乗せて、一室にシナリオを書く野田高梧と小津安二郎と、二人の間に流れる空気を、ふとのぞかせるような科白のやりとりである。

東山の和やかな微笑は、俯き加減の硬い表情に続く。カメラは、茶を一服して静かに溜息をつく菅井を真横からとらえ、じっと一点を凝視して動かぬ東山を、斜め正面から映し出す。観る者に濃い残像を遺す二ショットは、一家族の日常の一齣一齣を積み重ねた劇進行の全体を受けて、重い。老夫婦の懐旧に、一家の離散と、戦争の影を落して、日々の営みを時流のままに流されてきた〝生〟への歎息を重層化する。

劇の半ば、鎌倉の一間に杉村春子を迎えて、夫婦が杉村と、戻らぬ次男を語る会話がある。「お宅の昌二さんも……」と問いかける杉村に、「あれはもう戻って来ませんわ」と菅井は言う。「でもこのごろになってまたぽつぽつ南方から……」と、慰めと励ましを交えた杉村の言葉にも、「いやァ、もう諦めていますよ」と答えつつ、茶を注いで出す東山にちらと眼をやって、「これはまだ昌二がどこかで生きていると思っているようですがね」と続ける。じっと押し黙る東山に、「やァ、もう帰って来ないよ」と繰り返すのは、自身への、納得を促す言葉でもある。

この場面も先の場面も、いずれも茶を喫しつつの会話である。東山が顔を上げる。軒先に、鯉幟が五月空に舞っている。次男の少年時を想い起こすよすがの鯉幟が、終幕では花嫁行列となる。物語ふうの筋立ても、〝劇的〟起伏も好まぬ小津の、巧みな劇的構築である。二つの場面は、劇進行の時空を超えて、たがいに呼応し、たがいを喚び起こす。

『麦秋』(一九五二)のラスト・シーンは、その始まりも終りも、前景に一面の麦畑を、後景に大和三山の一つ耳成山のなだらかな山容を配した、古都大和の風景である。千五百年余にわたるその変わらぬ相が、老夫婦とその会話を内に包んで、終幕を締める。

ラスト・ショット、ハミングからコーラスに転じる音曲に乗って、カメラは、麦の穂のあいだを移動する。が、後景の耳成山は〝動かばこそ〟の風情を見せて、画面構図は変わることがない。カメラの移動と不変の構図との両立は、悠久のなかに人間の日々の営み・世々の移り変わりをとらえる小津の目である。老夫婦の、無言の溜息も、呟きも、その人生そのものが、不動の構図をもつ風景のなかに埋もれる。逆に言えば、変わらぬ自然と歴史の転変のなかを生きる日々の営みが、その重さと空しさとを交錯させつつ、そこに浮かび上がる。小津作品の、日本人の日常の諸相をその深部にとらえる練られた科白が、そこに生きる。さらに、小津の戦後作品が執着を見せる〝戦争〟(の回想)が、ひとびとの日常の営みに深く影を落すものとして、目に映る。

変わらぬが故に変わるもの

小津は、戦時にも戦後にも、〝戦争〟を正面から主題の軸に据えた作品を創っていない。戦時における戦争協力も、戦後における戦争批判も、小津作品の主題にはない。これには若干の注釈は要る。が、いずれも注目さるべきことである。

戦時に〝国策〟に沿うことを嫌った。戦後に〝時流〟に乗ることを好まなかった。時代の転変にも、小津は小津であると、日本家族とその日常の様態をとらえ続けた。戦前の下町から戦後の山手へと主舞台の移動があっても、また後景に、世相風俗の移り変わりに注がれる小津の目が光ってはいても、その基本姿勢は変わらない。一時は小津作品の非社会性が問われたことがあった。私自身にも、戦後初期、同様の思いがあり、小津作品との私の関わりを遅らせた。が、〝非社会性〟は、日本映画全般を蔽ってきた性格であり、さらには、日本人の日常意識の深部に関わる問題である。戦争の記憶が個々人の体験とその有無のうちに閉ざされ、これが社会的記憶を形成し難いこともそれと無関係ではない。その点、日本家族とその様態を描き続けた小津の目が時折キラリと光って、人物たちの日常会話のなかに、また話の交わされる場とその周辺との間に、日本人の日常意識への批評をのぞかせるのは、小津作品独自の〝社会性〟の表出ではないか。が、その意識が何故変わらぬかの問いはない。小津の批評が、しばしば、多くの日本人観客に、己への批評としてでなく、自慰の共感を以て迎えられるのは、皮肉な現象である。

変わらぬ日常の様態は、同時に、時代の転変・世相の移り変わりに流されてゆく日常の相でもある。変わらぬが故に変わるという自己矛盾（あるいは当然の成りゆき）をはらんだその様態は、生きることへの問いを内にもたず、社会をたえず彼岸に見ることとともにある。戦争を忌避する心情も、社会認識の欠落によって、時に戦争を支えもする。そして、すべてが過ぎゆく時間である。老いを迎えては、重い溜息とともに、人生を回顧する。「離れ離れになって……でも、私たちは好いほうだよ」と菅井一郎は言う（『麦秋』）。「一人ぼっちか」と笠智衆が呟く（『秋刀魚の味』）。

二つのショット・三つの場面

小津の遺作となった『秋刀魚の味』（一九六二）に、気になる二ショットがある。

場面は、とある中華料理店――ラーメン屋の名がふさわしいが――の店先である。白い料理人帽をかぶった東野英治郎が小椅子に腰をおろし、背を屈め頸を垂れて思いに沈む。カメラはその姿を真横から、フル・ショットに近く映し出す。少し前に、東野の娘を演じる杉村春子の、同じ姿態、同じ構図に近いショットがあった。いずれも短いショットだが、観る者には長い時間感覚がある。父と娘の双方が、ともに、それぞれの思いで、自分の人生とは何であったかと、戻らぬ時間を悔い、恨む。あるいはこの二ショットは、『秋刀魚の味』の性格を規定しているかも知れぬ。〝あはれ秋風よ〟の詞章を謳うかのように、『秋刀魚の味』は表に笠智衆の人生を描き、裏に東野・杉村父娘の人生を見る。『秋刀魚の味』において、父親たちの淋しさや悔いを形づくるのは、娘を〝かたづける〟〝かたづけぬ〟ことによる、正反対の、しかも〝同義〟の出来事に発しており、娘たちもその事態に〝従順〟に処して、自らの意志を殺している。小津の描く〝家族〟とは何かをあらためて考えさせる。

東野は元中学教師、綽名はひょうたん、いまも教え子たちからこの名で呼ばれる。偶々教え子たちの同窓の席に招ばれ、一同の軽視と同情の眼にさらされつつ、ひたすらに食い、浴びるように飲み、酔いしれ、笠と中村伸郎に送られて店に帰る。これを硬い顔で迎えるのが、この作品に初めて登場する杉村春子である。『秋刀魚の味』の杉村は、出演の多い小津作品中、唯一〝女〟を消している。笠の娘岩下志麻の表情も始終硬い。

笠の経歴が海兵出の元海軍士官だと語られるのは、同じこの店先である。部下の下士官だったという加東大介と再会するまでの笠には、一会社の幹部社員であるだろう以外の顔はない。そう言われれば、この作品の笠の背筋は伸びている。

場末のしがないこの店と、岸田今日子がマダムをつとめるトリス・バーとは、岩下の嫁入り話を軸に進行するこの劇の、笠一家を表に、『秋刀魚の味』の裏の主舞台である。

笠と加東が、バーのカウンターでグラスを合わせつつ、たがいの回顧談にふける。先ほどから軍艦マーチが鳴っている。話は〝戦争〟にゆき着く。「負けてよかった」という笠に、加東はやや不服げに、だが〝馬鹿な野郎が威張らなくなっただけでも……〟と応じる。このことばは、小津の戦争観の、おそらく要にふれる。小津作品の戦争回顧に何度か顔を出す(『早春』の消された科白を含めて)科白である。

軍艦マーチは、『東京物語』(一九五三)でも、笠と東野、十朱久雄の旧友三人がたがいの思い出を語り、戦争で失った息子たちを追憶する酒席に、店の外から鳴った。『秋刀魚の味』では、バーの内に響き、この場面から終幕にいたる劇の進行を支える〝主題曲〟となる。

話の邪魔と一度は止めた曲に乗って、加東は海軍式敬礼をしつつ、バーの内を一人行進を続け、果ては〝本日天気晴朗なれども波高し〟と、日本海海戦にまで突き進む。たしかに、軍艦マーチに乗った一人行進が敗戦の記憶とともにあったのでは、加東の意気も上がるまい。しかし、日露戦争の作られた〝戦勝〟の記憶(語り部・小笠原長生の名も、私の少年時代の記憶のなかにある)と十五年戦争とのつながりを加東の行進のなかに見せる小津の意図は、ここにはまだ明瞭ではない。

笠や岸田の答礼を交じえて、この場面は異常に長い。加東は、元下士官の体質の名残を巧みに演じた。バーの〝空気〟がそれを支える。笠も岸田もその空気に微妙に関わる。が、この場面の異常な長さは何か。小津の批評の目がそこに働いていないか。この場面に続く同じバーの二つの場面が、あるいは解明の糸になる。

第二の場面には、笠と佐田啓二がカウンターに坐る。とりわけて話はない。一点、笠がこのバーを気に入っていることが示される。第二場面をいわば挿入句にして、第三場面では、岩下を嫁にやった淋しさを見せて、笠がモーニング姿で、半ば千鳥足でバーに現われる。「お葬式ですか？」と問う岸田には、「まァ、そんなもんだ」と答える。背は曲っている。「アレかけましょうか」。〝アレ〟とは軍艦マーチである。この〝アレ〟が第一場面とこの場面をつなぐが、こだわりを残す言葉である。一人グラスを傾ける笠の奥のカウンターで、二人連れの客が、「大本営発表！」「帝国海軍は……南鳥島東方海上において」「敗けました」「そうです。敗けました」と呼応しつつ笑う。二人を見る笠。この時、レコードをかけた若い女の子が、曲に合わせて手で拍子をとりつつ歩くショットがチラと挿入される。私には、最も気にかかるショットである。カウンターに両腕をつく笠の後姿が淋しげなのは、もとより娘を嫁にやってしまった胸の空洞からである。軍艦マーチはその空洞をどう埋めるのか。

『秋刀魚の味』——小津の終幕

かなりの酔態をその足どりに見せて、笠が家に戻る。佐田啓二・岡田茉莉子の息子夫婦も去った。侘しさの漂う空間に、末息子の三上真一郎が寝間着姿で立つ。笠はチャブ台の前に平たく坐っている。『秋刀魚の味』のラスト・シーンが不思議な感触を私に与えるのは、この作品が小津の遺作となったためばかりではない。作者が笠の内面に異常なこだわりを見せる、そのこだわりとは何かに私自身がこだわっているからでもあろうか。

私は、〝無〟の文字を刻んだかのような『麦秋』のラスト・シーンを、小津の全作品のラスト・シーンであるようにも思ってきた。その考えにはいまも変わりはない。が、『秋刀魚の味』には、『麦秋』とはまた異なる終幕の趣がある。軍艦マーチから転じて劇の終幕を告げるそのメロディーは、『麦秋』のコーラスが老夫婦の人生とその哀歓を内に深く埋めて、自然の動かぬ相に響くのと異なり、笠の内面を追い、〝観照〟の音色を響かせない。

あるいはこの終幕の笠は、はじめて小津の分身でもあるのではないか。笠はこれまでもしばしば小津の分身と言われた。事実、笠は佐分利信とともに、作者の分身としての一面を、劇中人物として与えられた役割を通して、演じてきたかも知れぬ。しかし、作者小津と演者笠との間には、つねにある距離があった。佐分利とて同様である。時にはその人物に、作者の批評の目が鋭く光る。『秋刀魚の味』の終幕には、その距離がゼロに近く感じられる。小津独特の批評の目は、この時、作者自身にも向けられてはいないか。

笠の経営するパチンコ屋の二階の一間で、かつて戦友であったという笠と佐分利とが、戦時下の思い出を語り合う（『お茶漬の味』一九五二）。

『お茶漬の味』は戦時（一九四〇）に、小津が中国戦線から帰還後の第一作として企画され、脚本が検閲を通らずに放棄された、曰くつきの作品である。劇中話題になる（戦時の脚本にはない）シンガポールは、やはり戦時（四三〜四五、四六年に帰国）に小津が軍に徴用された土地である。小津の戦場・占領地体験とも微妙に関わる。

「だが、戦争はゴメンだね。イヤだね」と言う佐分利に、「同感。私もイヤです。真ッ平ですわ」と笠は直ちに応じる。続けて、椰子の林や南十字星を引き合いに、〝よかった〟を連発し、果ては「一番乗りをやるんだと……」と歌い出す。この場面は、『早春』（一九五六）の戦友会、『秋刀魚の味』の加東、また趣を異にして『彼岸花』(一九五八)の同窓会にもつながるが、日本人の戦争回顧とその心理のありかたに、作者の批評が直截に顔を出す。興に乗って「友よ、見てくれ……」と歌い続ける笠の表情は、小津の全作品中、唯一醜い。それを見つめる佐分利の二ショットは、笠から身を離して、小津の目を代行する。としても、これと対極にあると見られる『彼岸花』の笠の見事な詩吟と、その劇進行から突出した長い場面に、小津はどのような目を注いでいるのか。

酔眼朦朧の笠に、「オイ、お父さん」と三上が呼びかける。「オイ」の呼びかけは、『秋刀魚の味』における三上の性格を映す科白だ。が、終幕におけるその意図された繰り返しは、単なる若者のことば感覚ではない。姉の結婚話の際にチラと見えるように、三上には、父や兄の見せる感覚の凡庸さはない。終幕における父子の会話から「オイ」を抜き去った時に生じるであろう感傷と、父子間の距離の接近は、笠を孤独にさせず、彼から己を顧みる機会を奪うだろう。「私も苦労しましたよ」と言いつつ、戦時から戦後を笠は〃ひと続き〃のものとして生きてきた。「守るも攻むるもくろがねの、か……」という呟きは、その第三詞句まで続いて、岸田今日子のトリス・バーからずっと鳴り響いていたであろう音曲——海軍士官だった彼の自分史の通奏低音——との自己格闘を見せる。

『お茶漬の味』の笠は、パチンコ屋を営みつつ、「こんなものが流行るようでは世の中はいかんです」と言った。その笠が、戦争を否認しつつ、戦時をなつかしむ。小津作品でもこの音曲はしばしば鳴った。笠はそれと訣別し得るのか。結論はない。そしてこれは、日本人の日常意識をその深部でとらえてきた小津の、最後の問いでもある。

6 小津安二郎の世界 II——小津の方法と主題 2004. 3

ショットを繋ぐのは誰か

鶏頭の紅が雨に打たれている。土砂降りのなかを、道をはさんで、中村鴈治郎と京マチ子が激しく口論する。〃阿呆…ど阿呆……阿呆はどっちや〃と、罵声が飛び交う（『浮草』一九五九）。

〃ふん、偉そうに…言うことだけは立派やな……ようもそんな口がきけるな……誰のおかげで助かった思うとるんや……うちが居らなんだらどないなってると思うとるんや〃

〃何ぬかす…お前なんじゃ…山中温泉のししやないかい。……どうやら一人前にならしてもろたんは誰のおかげじゃ…ど阿呆……わいの息子はな、お前らとは人種が違うんじゃ、人種が。ようおぼえとけ〃

右に左に身を動かしつつ、たがいに悪罵を投げ合う二人を、鴈治郎越しに同一画面に入れ込んだショットが随所に挿入される。口先とは別に、喧嘩の落しどころをたがいに探っているのが見えて興味深い。が、それ以上に、鴈治郎・京それぞれに分割されたバスト・ショットが、相互間の距離を無視して、切り返されるのが注目される。後期小津作品に〝定番化〟されたバスト・ショットの特質を、最もよく見せる場面である。

道の両側に立つ二人の間に〝間〟があく。それぞれが相手に投げつける悪罵は、相手に届くよりも、己自身に突き刺さる。語る言葉が何よりも語り手自身を映し出す。小津作品には珍しい激しいやりとりが、小津のバスト・ショットの帯びる意味を、明晰に見せる。

雨中の口論は、戦前の『浮草物語』（一九三四）にもあった（坂本武・八雲恵美子）。ほぼ同じ構図、同じ科白であるが、当時として出色の場面も、サイレント映画の、人物と字幕とが分割された画面では、表現し切れぬものがあった。バスト・ショットのカメラ位置も、『浮草』に比べ、二人のそれぞれからやや遠い。生身の人間の吐く科白と、切れのある映像表現が、再映画化『浮草』の意味の一端を伝える。

佐分利信が「でも、まだ……」と言う。原節子が「でも、もう……」と答える。小津にとって、二人の視線がたがいに交わるかどうかよりも、刈り込まれたたがいの科白の余韻を含めて、二人の〝間〟のほうが重要である。その〝間〟を味わいつつ、二人の距離を埋めて、ショットを繋ぐのは観衆自身である。そこに小津の、観衆との対話法がある。

かつて美学者・中井正一は、映画のショットには、「である」「でない」のコプラ（copula 繫辞）がない、そのショットを繫ぐのは映画を観る大衆である、と述べた。劇の科白も同様に、小説のように〝と言った〟とは記されない。その科白が〝と仰しゃった〟のか、〝と言いやがった〟のかは、劇ではもとより先ず演者の読みである。が、そこにはまた、同一科白の読みに関して、演者と観客との〝対話〟が生じる（ちなみに、司馬遼太郎の諸作品には、〝とは言わなかった〟の繋辞が多い。司馬文体の特質の一つである。読者はそれをどう読むか）。中井の指摘は、今日では再検討を要する部分をもつが、小津のバスト・ショットを解く重要な鍵の一つを呈示する。

劇世界を日常に開く

故人の七回忌。その法事のために、親族・縁者・旧友たちが、寺の控室に集まる。生涯、家族とその親族たちの日常の様態、拡げれば会社の同僚、同窓の友人たちの交情を描いてきた小津の登場人物たちが一堂に会した、と言っても好い。僧の案内で、みな画面奥左手の廊下を本堂へと向かう。全員が障子のかげに姿を消すまで、カメラはずっと回り続ける。が、最後の一人が姿を消した途端に、本堂の鐘がボーンと鳴る。小津のみごとな〝間〟の感覚である。

一人遅れた佐分利信が、控室に姿を現わす。彼は帽子と鞄を控室に置くと、みなと同様に画面奥の左手に消える。が、彼が本堂に現われるのは、画面の左手からである。映像の単純な繋ぎ（画面の方向性）から言えば、右手から現われるのが自然である。が、小津はそれを逆に繋ぐ。不自然さはない。

小津の論理から言えば不思議ではない。控室と本堂とは、必ずしも廊下の片側に並んであるわけではない。小津の頭には、映像の繋ぎ以前に寺の構造がある。が、画面の方向性の理論は、その理論が作者の脳裏にあるかどうかを超えて、ごく自然に（経験的に）ショットの繋ぎかたを規制してきた。私の知る限り、それに初めて挑戦したのは、ルイ・マルの『恋人たち』（一九五八）であった。画面右から左へ走る車が、次のショットでは、左から右へ走る（ただ、そこには、カメラと対象との距離の、巧みな計算があった）。小津はそれを平然とおこなっている（『秋日和』一九六〇）。

小津の諸作品では、映像の世界あるいは劇世界が、それとして自己完結していない。人物たちの視線の交錯（映像表現としてのズレ）を気にしないのと同様、小津の劇世界あるいは映像世界は、現実世界あるいは観客の日常世界に対して、身を開いている。

山本富士子が、佐分利の客間から廊下の電話口に向かう。走る山本は、電話に向かう以前に、廊下の角を二つ走り抜ける。宿の構造がそこに見える。映像処理としては無駄とも思われるショットが、現実世界をチラとのぞかせる（『彼岸花』一九五八）。古いとも言われる小津作品に、新しさを感じる。

受話器を耳にあてた佐分利のショットが逆転されるのは、電話相手の田中絹代と、空間をへだてて向き合うためである。そのことで佐分利と田中との間の、微妙な心理的距離が生きる。佐分利の反応のなかに相手の言葉を包みこむ処理も面白い。田中の科白が〝聞こえる〟。小津の映像には、たえずそうした省略・飛躍と丹念さが交り合い、独自の世界を創る。

半ば劇中に　半ば現実世界に

劇の登場人物が、人物名よりも俳優名で憶えられるのも、とりわけ小津作品の特質である。三つの理由がある。登場人物たちが、戦前の〝喜八〟以来、異なる作品にも、しばしば同じ姓（男）や名（女）を名乗る。時には、同じ姓が異なる人物に与えられる。小津作品には、不思議な連続性がある。第二に、俳優が多く常連である。さらに、笠智衆、佐分利、中村伸郎、北竜二のように、それぞれの役割が微妙にふられている。それがまた、小津劇を連続させる。原節子はほぼ変らぬヒロインである。目立つのは杉村春子。劇ごとに、微妙に役割を、女のすがたを変える。それが小津作品のそれぞれを自立させる。『東京物語』（一九五三）の終幕（母の死の前後）をとりしきるのは、杉村の演じる長女である。杉村はつねに劇中にいるが、小津諸作品における杉村が見せるのは、日本女性のさまざまな顔であり、その総体でもある。日本女性はいつ小津の批評を抜け出すか。漱石が近代女性像の萌芽を、その是非・好悪を交えて描いたのは、二十世紀の初頭であった。

小津の人物たちは多くカメラを正面から見て話す。その視線は必ずしも相手に向けられない。クロース・アップもほとんど見られない。クロース・アップは史上、映画を映画たらしめる手法として誕生し、観客を劇世界に誘い込む有力な手段として生きた。が、人物たちに関して、小津のカメラは〝劇中の顔〟から身を離す。原の、笠の、佐分利の顔が、カメラとの微妙な距離（客観視といっても好い）から浮き上がる。演者名が記憶に残る第三の理由である。が、彼女や彼は、レンズを見て語ることはない。彼らは劇中にいる。が、劇世界をやや抜け出してもいる。相手役との〝間〟が、観客をそこに辷り込ませる。

クロース・アップはまた、語る科白の響きを弱める働きもする。表情が勝ち過ぎる。言葉が言葉になる以前の、人間の胸中に沈む多くのものを、その混沌を含めて、アップの表情は映し出す。だからこそ、クロース・アップはとりわけサイレント時代に、映像表現の重要な手段となった。表情が語った。これはトーキー時代にも無意味ではない。語る言葉と、語り手自身の内に潜む無意識部分や資質との矛盾・葛藤は、映像表現を豊かにするだろう。その例もすでに多くある。

小津はそのことをどう考えていたろうか。劇的表情も科白の抑揚も極力抑え、演技者にとっては、時に無表情とも感じられる表情・動作や語りくちを、小津は演技者にもとめた。個々の場面における演技者の〝解釈〟を嫌った、と言っても好い。俳優の自由を縛った。そのことで俳優を自由にした。演技者は自身の解釈から解放された。

サルトルはかつて〝作中人物の自由〟を称えた。それが作家を縛らず、逆に作家自身に自由を獲得させる、というサルトルの説は興味深い。そのことで作家は状況に身を開き、作家自身の主体を確立する。小津の世界は、一見それと逆の様相を見せる。小津は小津である、という頑固さの上に小津の様式は築かれたかに見える。が、それは彼の一面である。終始日本家族の様態にこだわりつつ、小津の目はその内面にのみ閉ざされてはいない。小津の描く日常風景には、しばしば彼の身辺雑事が顔を出す。が、小津のしたたかさは、彼自身をも客観視する。

「ちょいと戦争に行ってきます」。一九三七年、中国戦線に出征するさいの小津伍長の弁だという。そこに戦争否認の主張はない。戦争に参加する自己の行動への弁明もない。その自己への、自己をそこに追い込んだ状況への冷ややかな目がある。〝本音〟を伏せて時局に応じて見せる〝演技〟を批評する独特の演技が見える。小津の様式がその一言にもほの見える。小津自身の見事な〝バスト・ショット〟である。

相手を正視することのない人物たちのバスト・ショットは、〝ここが演技のしどころ〟を誘うアップの〝うそ〟を嫌い、カメラとの距離によって、日常に近い顔を引き出し、劇に窓を開ける。演技者の日常が問われる。常連が多い所以でもあり、〝演技以前〟がその様式を支える。

〝ちょいと〟と〝ちょっと〟

「ちょいと」が目立つ。固執に見えて、固執ではない。さきの『浮草』で、雨中の口論の直前、二階で川口浩と将棋を指す鴈治郎の前に、杉村が立つ。科白は「ちょっと」である。事態を感知した杉村の、「お迎えや」（名科白である）と対をなして、彼女の複雑な心情を映す。「ちょいと」では間に合わない。これはまた、将棋盤に向かう鴈治郎の、盤面に目を注ぎつつ、盤面と無関係に、〝こうやる、こう来る〟を繰り返す長科白の意図的なしらじらしさと対比的である。「待ちィなァ」の旅役者的科白も、直後の「ちょっと」を引き立てるが、名優の演技からリアリティーを奪う科白の構築はすさまじい。一方で劇世界を崩し、他方で劇世界を盛り上げる。それもさりげなく、というのも、考えてみれば小津の方法の一つである。


「困った子ね」と原節子が言う。

「ほんと、困った子よ」と岡田茉莉子が応じる（『秋日和』）。

〝困る〟の意味が両極に割れて、そこに呼吸の合った会話を成立させる。アパートの一室で交わされる会話が、当の岡田を含む周囲の誤解をもとに、原に〝ある決心〟を迫る。それが後に、母娘の旅先での笠と原との会話につながる。その榛名の宿（笠が経営する）の話は、劇の冒頭、寺の控え室での会話にあった。が、何故榛名なのか。宿の場面の後、画面一杯にひろがる榛名山の容姿が、私には気になる。

男たちの、北竜二を一種被害者にしつらえつつの〝遊び〟（原の再婚話）が、好意とお節介とを交えつつ、自分たち（中村伸郎、佐分利信）の過去に果し得なかった淡い恋への無意識の自虐的報復を内に包んで、原の前途を閉ざしはしなかったか。いわばそれが、〃世間〃でもある。原の内にも、同じ世間がある。『東京物語』の終幕に、原に手渡される形見の時計にも、笠の真情のこもった科白とは裏腹に、チラとそのことを思った。原の亡夫（昌二）は戦死である。戦時に〃誉の家〃の呼称があったことも、私は忘れられない。

画面に繰り返し現われる榛名の山容は、『麦秋』の古都大和の山を想起させる。これも小津の言う〃輪廻〃で語り得ることか。が、無常と言い、輪廻と言うには、小津の諸作品は好ましい俗臭に満ちている。練られた科白の数かずも、私たち日本人の日常のすがた・かたち・こころを顧みさずに置かぬものを呈示するが故に光を放つ。輪廻を仏語から解き放って、迷いの道から脱け出せず、同じ生死を繰り返す俗世間、それへの自己批評ととれば、小津の世界はそうなのかも知れぬ。『麦秋』でも『東京物語』でも繰り返される〃私たちはしあわせなほうだ〃は、誰も小津の心情吐露とは解すまい。が、一時期の〃中流意識〃のように、願望を〃事実〃と思い込もうとする自慰の心情にまで、小津の批評が刺さっているのが、どこまで届いたか。〃ちょいと〃は、生半可な科白ではなかった。

〃世間〃と〃社会〃と

明け方の道を、駅へと急ぐ人びとの姿がある。一人、四、五人、十数人と、ショットを重ねる度に数を増し、道幅も次第に広く、駅前の通りを埋める通勤者の群にふくれ上がる。満員のプラットフォーム、主人公たちがその一角にいる（『早春』一九五六）。

かつてプドフキンは、樹枝を伝って落ちる水滴が、ちろちろと山間を縫う流れを作り、やがてそれが小川のせせらぎに、街なかを走る河流に、さらに大河の奔流となるさまを描いた(『母』一九二六)。プドフキンはそれを〝連鎖のモンタージュ〟と名付けたが、小津作品に、それに似たモンタージュを見るのは珍しい。

プドフキンの狙いは、しかし、川の流れを人の流れに重ねて描出することにあった。一人の、自己の意志を表明する歩行が、徐々に共鳴する仲間を呼び、小集団が形作られ、それが次第にふくらみ、ついに示威の大行進が生まれる。その二重の過程こそが〝連鎖〟の意味であった。『早春』の人の流れは、これとは意味を異にする。『早春』の人は、『母』の川である。

小津の描く家族は、あるいは旧友・同窓の集いは、〝心情共同体〟である。個々人の意志はそのなかに埋もれる。若いサラリーマンのグループを描く『早春』は、小津作品としてはやや異色である。が、彼らとて彼らなりの〝心情共同体〟を形成している。

プラットフォームを一杯に埋める群集は、現代社会の相を映す。より正確には、現代機構の下に〝集められた〟人の群である。意志や目的を共にする〝集団〟(le groupe)を〝集合態〟(le collectif)と区別したのもサルトルだが、主人公たちのグループを満員のプラットフォームの一角に置いて紹介する小津の目は、この集合態の内情に注がれている。

劇の冒頭、池部良・淡島千景の家と隣り合う杉村春子・宮口精二の家とをつなぐ路地裏の名場面(とりわけ杉村と宮口との間に交わされる短い会話)があるが、その生活感は、無表情の群衆の内部にも、どこかで息づいているのであろう。そのフォームと路地裏とをつなぐのは、さきの、駅路を急ぐ人びとのモンタージュである。電車がその群衆を都心に運ぶ。

直後、ビルのテラスから、東京駅頭の群衆を俯瞰しつつ、池部が同僚と交わす会話がある。「俺たちだってたったいま、あそこを歩いて来たんだ」。これも小津作品には珍しい、登場人物が自己を客観視する科白だ。小津作品の〝世間〟が〝社会〟となる契機が、チラと目に映る。

設楽幸嗣が言う。

「……大人だってよけいなこと言ってるじゃないか。こんちわ、おはよう、こんばんわ、いいおてんきですね、ああそうですね……ちょっとそこまで、ああそうですか……ああ、なるほどなるほど……」

（『お早よう』一九五九）

〝世間〟を面白おかしく描く『お早よう』で、その〝世間〟に、少年設楽が文句を言う。文句をつけられているのは、あるいは小津作品の科白である。それを〝少年〟が言うのが興味深い。世間に充満している〝つまらぬことば〟、それを科白として吐くのは小津の人物たちである。が、練りに練られた〝つまらぬ〟ことばとは何か。それ自体が世間を評してはいないか。しかも、それ以外に、日常に息づくことばはない。ことばであってことばでない〝ことば〟。少年の文句は、小津の自己主張であり、あるいは日本人小津の自己批評であるのかも知れぬ。

7　願い・意志・言葉──木下恵介の創造　2004. 5

昨日につづく今日

海の色も　山の姿も
そっくりそのまま
昨日につづく　今日であった

原作第五章の冒頭に見える一文が、詩句に形を変え、スクリーンに、二度にわたってスーパーインポーズ（二重焼付）される。いずれも、ドラマの展開の主要な段落とともにあって、時代の推移・転変を見せる。〝昨日につづく今日〟は、その推移・転変を、一方で打ち消し、他方で強調する。再度のスーパーインポーズには、〝そっくりそのまま〟が消される。〝昨日につづく今日〟とは、変わらぬ日々であり、時流に流されてゆく日々である。日常意識における内と外との、日々の営みと時代の流れとの乖離を暗示するこの詩句は、冒頭の〝十年ひと昔〟とともに、映画『二十四の瞳』（一九五四年。原作・壺井栄、脚本・監督＝木下恵介）のキーワードである。

かつて、十年ひと昔は〝昨日〟のことであった。昨今は〝遠い昔〟である。病んだ世は、ひとびとから体験の記憶をも奪う。

瀬戸内の静かな海、その海を臨む岬の村道を、出征兵士を送る長い行列が行く。歌われるのは、〝天に代りて不義を討つ〟と、「日本陸軍」である。カメラは、小高い丘の上から、やや俯瞰気味に、この行列を見守る。長いショットである。平穏な海を背に、段々畑に村人たちの日々の営みを映す画面構図は、出征兵士の行列を内に包んで、美しい。〝海の色も　山の姿も　昨日につづく　今日であった〟の詩句が、この画面にかぶさる。

自然とひとびとの営みとを一体化してとらえる構図は、日本的情緒の世界である。対象を、撮影者の主観に沿って、外側から情緒付与するその視点選択は、しばしば、海外の風景を〝日本的風景〟に変えた。時には、忌まわしい過去をも思い出のなかに美化して見せる。

後に、ヴェトナム反戦の下に創られたドキュメンタリーに、同じ構図を見た。田んぼのあぜ道を崩しつつ進んでくる戦車と兵士たちの姿を、山なみを背景に、同じ画面構図のなかにとらえたショットであった。おそらく眼前の事態への危機感から、咄嗟に、そして無意識に、選ばれた視点なのであろう。が、日本的情緒に包まれたこの構図は、その美感を支えに、作品全体の意図を裏切る。映像表現において、とりわけ風景を撮るさいに、構図の枠組みに現われる美意識の怖さと、日本映画は、ドキュメンタリーと劇映画とを問わず、本格的に向き合っていない。物に即《つ》く姿勢に欠ける。『二十四の瞳』の出征兵士の画面も、一見これに似る。

が、木下恵介の目は、この情緒をこえて冷徹である。さきの詩句から〝そっくりそのまま〟が消されるのは、この場面である。海の色も山の姿も、昨日と変わらない。が、この島（小豆島）に押し寄せる時代の波は、明らかに様相を変えた。それを〝昨日につづく今日〟にするのは、誰であるのか。打ち振られる日の丸の小旗は、島の平穏であった日々に、美しく融けこんで好いのか。画面の〝美しさ〟は、その問いを内蔵する。

同一場面のうちに、静と動との、変わらぬ日々と流される日々との葛藤を、情緒に包まれがちの私の眼前に呈示する。

行列は、段々畑のなかを右に折れて進む。カメラはゆっくりとパンしつつ行列を追う。ショットが変わる。行列に寄ったカメラがとらえるのは、〝大日本国防婦人会〟の襷をかけた婦人たちの後姿である。続いて、明日の兵士である少年たちの姿がある。

既視感があった。『二十四の瞳』のちょうど十年ひと昔前の一九四四年、連隊の中国戦線出動に、隊列中に必死に息子の姿を探す一人の母、田中絹代の背後には、歓声とともに小旗を打ち振る大群衆がいる。そこに目立つのも〝国防婦人会〟の襷であった。同じ木下恵介監督の映画『陸軍』のラストシーンである。

しかし、私が両場面の関連を見るのは、一九六三年十月、『陸軍』をはじめて観た時であった。〝既視感〟は『陸軍』のこの場面で生じた。あらためて『二十四の瞳』を観た。私の目は、歴史の時間を逆行して働いた。

『二十四の瞳』に戻る。行列から一場面おいて、島の船着場、大石先生（高峰秀子）の教え子たちが戦場に向かう。歌われるのは、〝死んで還れと励まされ〟の「露営の歌」、「暁に祈る」（〝あゝあの顔であの声で　手柄たのむと妻が子が〟）が続く。作曲はともに古関裕而である。当時、出征兵士を送るさいによく歌われたものには、この二曲のほかに、〝わが大君に召されたる〟の「出征兵士を送る歌」（林伊佐雄作曲）等があり、いずれもヒット曲である。いずれにも、ある悲壮感が漂う。日露戦争時に作られた「日本陸軍」には、日中戦争当時、官製に近い臭いがあった。歌う者の情がこもらない。が、悲壮感は心中の根深い部分で日本人の美意識につながる。建前から本音への無意識の移行。内心の心情をよそに、時勢に乗る。ここにも〝昨日につづく今日〟の表裏がある。木下の緻密な歌の配列がそこに見える。

一九五四年に『二十四の瞳』はひとびとに深い共感をもって迎えられた。「週刊朝日」は〝文部大臣も泣いた〟（大達文相）の皮肉な冒頭の小見出しとともに巻頭特集を組んだ。その木下の名がいまどこに消えたのか。小豆島の『二十四の瞳』記念館の正面にも、監督木下、主演高峰の名はない。

波止場を埋める歓声のなかに、涙を拭いつつ小旗を振る大石先生の姿がある。赤児を背負う先生の黒い負い紐は、斜め十文字に彼女の国防婦人会の襷を覆っている。木下の周到な配慮に目を見張る。

みんなと一人

暗い灯光の下、狭いひと間に母子四人の姿がある。母は石臼で小麦を挽き、長男（大吉）は一升瓶で米を搗く。幼い弟妹はくず米を拾う。父は出征中である。母子の会話。

大吉は早く中学に入って予科練を志願したいと言う。母は子に、大吉はそんなに戦死したいの、お母さんが毎日泣きの涙で暮らしてもいいの、と問う。「そしたらお母さん、靖国の母になれんじゃないか」。ここまでは原作にも、戦後からの回想として、見える。

「人のいのちを花になぞらえて、散ることだけが若人の窮極の目的であり、つきぬ名誉であると教えられ、信じさせられていた子どもたちである。日本じゅうの男の子を、すくなくもその考えに近づけ、信じさせようと方向づけられた教育であった。」と壺井は書く。

「なあ大吉、お母さんはやっぱり大吉をただの人間になってもらいたいと思うな。……命を大事にする普通の人間にな」

「そんなこと言うお母さん、よそには一人もおらん」

「口に出して言わないだけじゃ、みんな心じゃそう思っとる」

原作に忠実な『二十四の瞳』の、原作には見えなかった母の科白である。原作にない戦時下の夜の場面である。〝口に出して言わないだけじゃ、みんな心じゃそう思っとる〟。この一言が、一九五四年、ひとびとの、とりわけ日本の母親たちの心をとらえた。

戦後からの回想を、戦時下の一夜に変えたこの場面は、尋常の改作ではない。戦時、とくに一九四〇年以降には、親子の間にも、容易に口外し得ぬ言葉があった。〝挙国一致〟の強圧的空気は、外の社会から、すでに家庭内にも入り込んでいた。それを木下は、明確に一個の言葉にした。その言葉が、この場面で、リアリティーをもって語られた。翻る日の丸からオーヴァーラップ（二重写し）するこの場面で、さきの波止場とこのひと間とが、戦時下の昼と夜と、戸外と室内とに、対比的に、そしてひと続きのものとして描かれていることに、目を留める必要があろう。波止場では、黒い負い紐の〝大石先生〟は、周囲の歓声からやや身を離して、一人で立った。石臼を挽く〝母〟は、母親たちみんなの心を代弁した。戦後から戦時をとらえ直す視点が、ここには生きている。

再びさきの『陸軍』に戻る。息子の出征の朝、母は一人家に残り、戸外を掃除している。が、心労からめまいに襲われ、倒れるように縁側に腰を下す。長い長い、母の苦悩をとらえたクロース・アップが続く。朦朧とした意識のなかで、母の口をついて出るのは、「一つ、軍人は忠節をつくすを本分とすべし」と、軍人勅諭の一節である。私の心を打つのは軍国の母の姿ではない。家庭の内部まで軍国色一色に染められ、縛られ、それに己を無理に従わせようとする一人の母の、心の内側での激しい葛藤が、ここにはある。この母の姿は、戦時下にリアリティーをもって、木下の確固たる戦争忌避の意志を呈示した。この母の姿を、軍国の母の象徴としてシナリオ検閲者は認めた。それは、視点を変えれば同一映像が逆の意味にもとれるといった二面性ではない。意図した検閲との勝負である。火野葦平の原作を脚色した池田忠雄の、全篇を貫く工夫にも、あわせて敬意を表したい。この時の、蒼黒く貧血した田中の顔と、ラストシーンで隊列のなかに息子を見出した瞬間の、パッと明るく輝く彼女の表情とを、対比させて見ればよい。隊列中の息子を追う母の長い移動ショットは、安岡章太郎に、「私は一瞬、目を疑う」(「軍隊・家族・母」『私の二〇世紀』所収)、こんなことが日本軍で許されるはずがない、と驚嘆させた、これは強烈な戦時下の〝母〟のリアリティーである。

ただこの時、田中絹代は〝一人〟であった。一人であるが故の、戦時における母のリアリティーであった。〝みんな〟はこの時、その対極に立って旗を振った。私も当時その一人であった。それは私自身の、戦時における社会認識の欠落、世間をはばかる姿勢をものがたる。

戦時下の〝一人〟を十年後に木下は〝みんな〟にした。冒頭の〝十年ひと昔〟は、ここでも光を放つ。「みんな心じゃそう思っとる」、それを戦時下の場面として高峰に口に出して語らせたのは、木下の願いであり、意志であり、その故に、ひとびとの心の奥深くにひそんでいた心情を探り出した木下の創造である。

原作の回想を敢えて戦時下の夜の場面に仕立てた。一人がみんなになった。口に出して言えないことが語られた。そしてこれが、軍の要請により、軍が大金を投じて戦意昂揚を画した『陸軍』を、戦争忌避の映画に変えた木下にして為し得た創造行為であった。後に木下は、『陸軍』についてのインタヴューで、「死んでこい」なんて演出、とても僕には出来なかった、と語っている。戦時下の、自身の〝生きかた〟についての発言である。

時点——昔と今

十年の歳月は、人の心を変えもし、鍛えもする。一九四五年八月十五日。〝青空を見た〟の言葉もあったし、〝爆弾が降らなくなった〟という端的な言葉もあった。最も多く聞かれたのは〝ホッとした〟という言葉だった。が、この言葉には、重層の意味がある。戦争が終わり、死を免れた。しかし、自らの意志で招いた日ではなかった。この日を、戦争を遂行した体制からの解放としてとらえた目は、この時期にはまだ数少ない。

同年の十月、「光」という雑誌が刊行された。その創刊号の編集後記に、〝外からの光を内から発するものに〟という言葉を見た。黒澤明は『喋る』という新生新派の台本を書く。戦時に喋れなかった言葉が、作品全体からほとばしり出た。自らの意志の芽生えを、私はそこに見た。

私はまだ言葉を持たなかった。それから、自分の言葉を探す日々が続く。私はいま、その十年の歳月を思う。

敗戦後の日々、飢えとのたたかいが続いた。自分自身と、また家族の、生命・生活の維持に翻弄され、日々を生きることに精一杯でありながら、戦後初期の日々は不思議に明るく、家もなく食もない焼跡の地で、同時に文化への飢えから、私はさまざまな活字を拾い読んだ。栄養失調を伴って、二・〇を誇った視力が、一年間で〇・二に落ちるのもこの時期である。それが自分の言葉を獲得するための、代償の一つであった。それでも明るかった。

戦後の〝虚脱〟と言われる。が、私はこれに承服しない。虚脱とは、人生目的の喪失であろう。若し虚脱と言うなら、それは戦時においてである。そこには異様な、不条理を伴った国家目的だけがあった。戦争への邁進の裏には、多数のひとびとの、〝どうにもならない〟の諦念がある。虚脱は、この諦念とともにある。戦時の体験を通じて、私は、この諦念が早く来ることの怖さを知った。〝花と散る心〟は、その推奨である。木下の〝死んでこいなんて言えなかった〟には、その諦念がない。

『陸軍』のラストシーンで、息子の無事を祈って一人屹立する母は、戦時から戦後への時代の転換に当って、〝一人〟ではなくなった。戦前・戦時の国家の呪縛から解き放たれ、自らの女権を、社会的にも家庭内でも、徐々にかち得てきた日本の母たちは、かつての忍従の強さとは異なる、あるいは忍従の強さの上に、新たな人間力を、戦後の日々のなかで、わがものにしていった。日本国憲法に女性の権利を書き込んだベアテ・シロタ・ゴードンらの、外からの助けにもよる。戦後十年の日々は、とりわけ日本の女性たちにとって大きな意味を持つ。

一九五四年の時点で、大石先生のような女性が描かれるのは、木下恵介の創造の力によるとは言え、単なる偶然ではない。この年、ジュネーヴ協定によって、インドシナ戦争は終結する。一時期、世界に戦争の火が消えた。中国とインドとの間で結ばれ、共同声明として発表された〝平和五原則〟は、この年の内にもアジア各国間に拡がる。私が、マンデス・フランスの、周恩来の、ネールの名を心に刻んだのは、この時期である。近江絹糸の女性たちの声があがる。後に原水爆禁止世界大会となるその端緒を作ったのは、この年、ビキニ水域での水爆実験による第五福竜丸事件とともに、東京・杉並区で署名運動を始めた女性たちである。日本母親大会が東京・豊島公会堂で、二千人の参加者のもとに開かれるのは、翌五五年の六月である。

日本人全体の自分史に〝八月十五日〟が書き込まれるのは、あるいはこの頃であったかも知れない。時代の大きな転換を、ひとりひとりが自分の内にとり込むには、ある年月を要する。文化とは、本来文治教化の略語だが、時に辞典には〝文明開化の略〟とある。文明開化は明治初期、〝文化〟が文化住宅から文化鍋まで〝モダン〟とともに流行語になるのは、大正期から昭和初期である。

戦後初期の〝民主化〟も、一流行語と言うには、私たちの社会生活全般にとって重い意味を持つ。いまもなお、私たちはその過程にいる。あるいは、第二次大戦後の世界にとって普遍的な、そしてこれも各地域・各国の事情とともに、重層的な意味を持つ語である。それ故にこそこの語は、誤って、あるいは短絡的な、言葉の上べだけの一色語として使われてはならない。

『二十四の瞳』は、そうした世界的な、また日本国内における時代的背景の下に生まれた。そのことはこの作品の独創的性格を傷つけない。すぐれた作品は時代が生み、時代を創る。

何よりも、戦後が十年になろうとする時点で、戦時下の母たちの内心にひそむ、あるいは戦時下に往々眠っていたとも言える、心情の根幹を掘り当てた。数多くの母たちが〝そうだった〟と思った、あるいは目覚めた。戦時下に、作家生命を賭けて一人の女を屹立させた作家にして可能な創造であった。

同じ年の五月、自衛隊法は衆院を通過、六月、参院において、海外派兵をおこなわないことを確認する決議をへて、同月、自衛隊法は公布された。

8 〈間〉を読む――『雪国』の冒頭文　2004. 7

幼少時の記憶に、丹那トンネルの、八分間の車中の時間がある。清水・丹那・笹子と、三大トンネルの名が記憶に残るのは、ひとえに、丹那の闇の長さゆえである。突然の暗闇に車窓風景が消え、一瞬おくれて車内灯がつく。子供心には、喜びにも似た好奇の瞬間である。やがて、退屈が訪れる。〝……思う間もなくトンネルの　闇を通って広野原〟と、瞬時に移り変わる日本風景を、〝箱庭文化〟と丸山眞男は呼んだが、その歌詞・歌曲には遠く、耳にはレール上を走る車輪の音だけが響く。閉じた空間に時間が静止する。〝時間が滞る〟を表現の妙と感じるのも、どこかでこの幼少体験と交錯する。清水トンネルは一〇分、と聞くのもこの前後である。

一瞬、サッと光がさし、汽車はトンネルを抜ける。風景がよみがえる。再び時間が走り始める。が、車窓に見えるのが山野であったか海辺であったか、幼児の記憶にはない。意識下に沈むのは、明から暗へ、また暗から明への、瞬時の転換への感興であり、その間の長い時間の静止の体感である。

中学時に読んだユゴーやフローベールの長篇小説には、作中人物の波瀾の人生に、しばしば諸史実の長い記述が入る。この〝トンネル〟にともかくつき合えたのは、やがてその闇を抜け出るという期待ゆえであり、幼少時体験が支えにあったかも知れぬ。やがてこの〝退屈〟は興味に変わった。いまもその記憶は、作中人物たちの人生と重層をなして生きる。私の歴史への関心は、諸小説の乱読から芽生えた。が、ふりかえると、この乱読は、時代のトンネル、戦時下の暗い闇からの、無意識の逃避とともにあった。逃避には時代状況と向き合う姿勢はない。結局は時流に乗る。トンネルはいつか抜けるという判断は、ここには生まれず、時代の闇のなかでの自己閉塞は、心情の屈折だけを育てた。横光利一の『機械』や川端康成の『雪国』に出会うのは、そんな時代下である。

後に知るが、当時、『雪国』は未完であった。五年卒業のはずが四年に短縮される、その卒業直前、学業は勤労動員によって放擲させられていた。敗戦は間近に迫っており、無蓋の狭い防空壕のなか——奇妙なことに、そこだけにささやかな〝自由〟な空間があった——で、少数の学友たちと、日本は敗けてるんだ、と洩れてくる噂を語りつつ、これも奇妙なことに、それが敗戦の予兆だとは考えなかった。社会認識の欠落はもとより、根のところで思考停止があった。

そのなかで、『機械』や『雪国』に惹かれたのは、何であったか。とりわけ『雪国』冒頭の一文をあらためて考えてみたいと思うのは、そうした戦前・戦中の、また戦後の現在の〝自分〟を解くためでもある。

〈間〉の感覚

国境の長いトンネルを抜けると雪国であった。

『雪国』冒頭の一文は、切れのいい、簡潔な表現、すっと耳に入ることばの響き、そのイメージ喚起力によって、数多い読者の脳裏に刻まれている。

前段（国境の長いトンネルを抜けると）と、後段（雪国であった）との巧みな接合は、入るべき説明の語句をそぎ落とす。そのことで、読者の感覚と〝波長〟があう。

トンネルの長い時間経過をへて、一瞬、闇から解放されると、眼の前に、雪に蔽われた世界が展ける。暗から明への瞬時の転換、黒と白との対照が文を彩る。〈間〉の感覚とも呼び得るものが、そこに息づく。

が、読む者の感受性に訴えるこの一文は、明晰さを表に見せて、その表現の奥に立ち入ると、必ずしも簡明ではない。

文の後段、〝雪国〟という言葉に読者一般の郷愁を誘いつつ、ある情景を一瞬、読者の眼前に浮かび上がらせる。が、それはまた瞬時に打ち消される。〝雪国〟には、一面の雪景色といった、自然の情景描写はない。続く一文は、「夜の底が白くなった」である。二文が一文となって、物語の冒頭を形づくる。

〝夜の底〟も〝白くなった〟も、作者独自の感覚を見せる表現である。夕闇に蔽われた世界に視野を閉ざして、僅かな周辺のみが雪の白を浮き立たせる。この情景は容易に目に浮かぶが、〝白くなった〟という表現が微妙である。〝白く光った〟とあれば、前文にすぐ続く時間を感じさせる。「白くなった」は、前文の「雪国であった」に続きながら、ほぼ同時制として重ねられる。〈間〉が極度に短縮される。二文にして一文、が強調される。が、同時に冒頭の一文は、その自己完結した表現によって、この作品の全篇を、その短い一行に凝縮する。

「国境の長いトンネルを抜けると」という表現の簡潔さは、主語の脱落による。しいて蛇足を付加すれば、〝汽車が〟という語句も浮かび上がろう。さらに付加すれば、〝旅人（島村）を乗せた汽車が〟ともなる。ここには、文の主語（汽車）と主体（島村）との交錯がある。主語の脱落によって、逆に主体のありかが暗示される。

現・新幹線には、各車輛に電動掲示がある。ニューズと案内とを兼ねるその掲示の案内文は、日本文と英文とで表示される。「まもなく小田原です」が、英文では、“We will soon make a brief stop at Odawara.” である。英文の主語・時制・短時間停車の明示に対して、日本文の表現は、すこぶる簡略だが、それで十分に通じる。〝われ（われわれ）〟を欠いた表現には、能に見られるような、あるいは和歌・俳句等の短詩型における、興味深い位相の自在の変化を含んだ、文化的土壌が見える。が、他方には、しばしば、日常の営みにおける自己主張・自己認識・自己批判の稀薄さが横たわる。自己は〝社会〟と向き合って生き、〝世間〟は自己を封殺する。それは昨今の、被害者の〝自己責任〟を問うてみずからの自己責任を顧みぬ為政者の態度、それに同調する〝世間〟の風潮に典型的に見られる――戦時下における私自身のあいまいな姿勢に密接にかかわる——が、あるいはこれは、それぞれが〝自己〟を問う、自己を生きる（〝生かされる〟という他力の問題を含んで）とは何かを問う、一機会であるのかも知れぬ。

文化と社会との不可分の関係がそこにひそむ。さらに、近代の〝自己〟のもつ強固な主観的世界をこえて、現代状況に対する主体の、受動と能動との交錯（葛藤）を含んだ関係の解明にも、それはつながり得る。

cogito, ergo sum（思う、ゆえに、在り）にひそむ二重の〝自己〟は、すでに暗々裏にそのことを提示していたのかも知れぬ。そして『雪国』冒頭の一文も、異なるアプローチから、無意識のうちにもそのことを示唆してはいまいか。

主語の脱落のなかにひそむ作者の厳しい自己観察を、「夜の底が白くなった。」と続く文の放つ香気——美意識を通じての共鳴——のうちに解消してはならぬと思う。〈間〉は魔物である、と誰かが言った。

実世界と想世界

『雪国』の冒頭部が、『夕景色の鏡』という題名のもとに、「文藝春秋」誌上に発表されたのは一九三五（昭和十）年、以後、六回にわたる改作・書き継ぎをへて、現『雪国』になるのは四七（昭和二十二）年である。その間、『雪国』はさまざまな雑誌・出版社を渉り歩いた。完結までに十二年の歳月を費している（刊行は四八年、創元社）。

『夕景色の鏡』には、現・冒頭文は、「国境のトンネルを抜けると、窓の外の夜の底が白くなった。」とある。それも文中にある。冒頭文は、「濡れた髪を指でさはった。——その触感をなによりも覚えてゐる。」と、現『雪国』よりも島村の心境に寄り添った形で始まる。両者を対比すると、島村はやや後景にしりぞく。主体があいまいに、と言うより、文体に人物の〝捨象〟が目立つ。

中心人物は島村でなく駒子であろう、と作者は書く。「島村は無論私ではない。……私は島村であるよりは駒子である。私は意識して島村を自分と離して書いた。」（創元社・四八年版・あとがき）「しかし……あまり確かには言い切れそうにない。『雪国』の作者の私に島村は気がかりの人物である。島村は書いてないと言いたいようだが、それも疑わしい。」（岩波文庫・五二年・あとがき）

終始島村の動きに沿い（終章の書き出し、〝縮〟の件を除いて——『北越雪譜』によったというこの件のみが、全篇と、文体をやや異にするのも、興味深いが）、彼の眼に映る情景や人物たちとその心情・心理を描くこの作品で、たしかに島村は存在証明を稀薄に、彼の実像は一貫して影が薄い。その生い立ち、妻子の存在、ヴァレリーやアランの翻訳を業とする等が、わずかに語られる。が、私には、むしろ、それらの叙述自体が気になる。駒子を映す〝鏡〟として、また、駒子の愛を受け容れつつ、それを自身の内部でしりぞける、あいまいさと厳しさとの入り交じった、不確定な像として、その存在証明をトンネルの彼方に消し去ったほうが、私には納得がいく。

〝実世界〟と断絶して、島村は〝想世界〟に遊ぶ。直截には描かれぬ二人の交情を含めて、駒子の真摯に、たえずもどかしさを感じさせる実像のあいまいさこそが、作者の描く島村の身上なのであろう。その上に、瞬間に燃え瞬時に消える愛の花火がある。

創造の経緯と作品内部の一部に触れた。それらが冒頭の一文に深くかかわり、その一文に凝縮されていると思われる。

コッキョウとクニザカイと

〝国境のトンネル〟の語感には、すでに〝長い〟のイメージが含まれる。それに何故この形容詞が付加されたのか。さらに、冒頭の一文の前段と後段とのあいだ、「雪国であった」の前に、読点が打たれないのは何故か。この二点が、長いあいだ解けなかった。

感覚の世界である。解こうとする試み自体が無理を伴う。が、『雪国』冒頭の一文が放つ文の光には、迫らねばならぬ。おそらくこれも、〈間〉の解明にかかわる。

〝国境〟をクニザカイと読むかコッキョウと読むかについては、研究者のあいだでもいまも論議があると聞く。この論議は、さまざまな点で興味深い。

「国境の長いトンネル」を〝清水〟と特定すれば、上野国と越後国の境とあって、国境は本来クニザカイであろう。後段の「雪国であった」という文自体からも、誰しも〝清水〟を思い浮かべる。が、読者にそう想定させつつ、作者ははたして、これを〝清水〟と特定しているか。作者の、『雪国』にふれた文章からも、その想定（〝清水〟）は妥当であるかに見える。が、その作者からも自立した、作品自体のなかにある冒頭の一文は、トンネルの実体よりも、トンネルの前後の世界を切断するための設定としてあるのではないか。作中、トンネルをくぐる前の、島村の実生活は、前記のわずかな説明以外に触れられない。実世界は、漠としてトンネルの彼方にある。〝長い〟と敢えて付加された形容は、二つの世界の断絶の強調とも考えられる。

加えて、クニザカイは、長年の生活習慣から、ある生活感を伴って、実体をもつ土地とその名から離れ難い。後段の〝雪国〟についても同様のことを考えさせる。島村が三度訪れるこの地は、雪国とはあっても、雪中に埋もれた人里の営みの様相を、あらわには見せない。

文のリズムの上からも、〝国境のトンネル〟と〝国境の長いトンネル〟とでは、読みかたが変わるだろう。前者をコッキョウと読んでは、文全体が慌しい。後者をクニザカイでは前段が重い。作者自身が、『夕景色の鏡』から『雪国』への改作にさいして、あるいは、読みかたを変えてはいないか。

総じて日本文には、一行のなかでも緩急を微妙に交錯させる性格をもつ。ここにも〈間〉の感覚が生きる。耳が細部の〈いま〉を辿りつつ、文を構成する。

が、『雪国』冒頭の一文は、そうした文のリズム以上に、さきに述べたように、〝国境〟も〝トンネル〟も、その実体を主張せず、その点では〝国境〟は、コッキョウとしてそのイメージをあいまいにしたほうが妥当かも知れぬ。もっともこれは、読むさいのことばの響かせかたにもよる。どちらか、という早急の断定は、好ましくない。

〝長い〟の付加とともに、前段と後段との間に読点が打たれないことにも、さきに触れた。『夕景色の鏡』には打たれていた読点、それが消えたことには、二点が考えられる。一つは、二文を一文に（前述）の構成を、読点が妨げる。一つは、読点を置くことによって、〝雪国〟のイメージが色濃くなる。

しかし、これも文章感覚の問題である。私自身は、二文を分けることによって、また、そのなかで冒頭の一文の自立をはかり、双方の働きによって、作品全篇を二重に象徴する作者の感覚に感嘆する。が、これもある解釈にとどまるべきことなのかも知れぬ。この構成にも〈間〉の感覚が働いていると思うが、その〈間〉自体を、私はまだ解明し切れていない。

〈間〉の問題性を考える

〈間〉を考え始める一契機に、中井正一『美学入門』（一九五一年、河出書房市民文庫）との出会いがある。この書を手にした時、著者は直前に故人となっており、じかに教えを乞う機会を失った。が、とりわけ〈間〉の問題について、この書の与えてくれた示唆は、図り知れず大きい。

〈間〉は pause, space とも通じるが、その働きは多岐にわたる。〝間違い〟〝間抜け〟など、思考・感覚の基準ともなる。際（きわ）、端（は）、あるいは機とも通じ、文の構成にもかかわる。日常、無意識に使う〈間〉の語は数限りない。意識に上らぬ使用は、ことば感覚の奥深くに沈むからである。晴間、雲間、雨間など、微妙な細部感覚を映して、古典の世界（あるいは古典、文字以前）から現代にまで、文芸・美術から武芸にまで、その発現の実例は枚挙に遑がない。

中井は以下のように、〈間〉の働きを述べる。

「お能で、あの太鼓がポーンと切り込むが、あれなどは、それまでの一切の時間を切り捨てたような感じのものであって、決して、オーケストラのリズムのように、次から次へ続くものの、その一つをうっているような太鼓ではない。前にも、後にもない、鋼鉄のようにしまりきった時間を、ポーンと、凝集しきった形できめつけるような太鼓なのである。頭の中のものを裂かれるような快さがある。モヤモヤした何ものもが、脱落しきった感じなのである。」（『美学入門』）

これまでの一切の時間を切り捨て、瞬時の転換のなかに新たな時間が流れ出す。能の、自在な位相の転換、シテの自在な変身も、これと呼応しよう。『雪国』冒頭文、その前段から後段への転換も、島村から駒子（の世界）への、主体の移動を秘める。さらに、両者の葛藤を暗示する。前段と後段とは、ひと続きであって、向き合っている。しかも両者の葛藤は、〝雪国〟の象徴する想念の世界にあって、実世界との境界を遮断する。

中井の指摘は、おそらく〈間〉の本性に触れるが、その全体にはわたらない。現実世界においても、〈間〉は日常の営みの随所に生きて、微妙で豊かな細部感覚を見せるが、しかし同時に〈間〉は、自己の生を包む歴史の時間を、たえず〝過ぎゆく〟ものとして、過去とたやすく訣別する〝流される〟感覚と、うらおもてに結びついてはいないか。みずからのうちに経験を蓄積しがたい資質は、〝思い出〟における不思議な、過去の〝生〟との断絶あるいは意味転換を伴って、〈間〉の世界を構築していないか。〈間〉の感覚のもつ独自で高度の文化的価値は、自身の生あるいは自分史に、どう働いているか。なお課題である。

9 いま〝劇〟とは何か――『巨匠』が問うもの　2004.9

真実の人生――真実の行為

「真実の人生は、いい悲劇に似ている。」

ロジェ・ヴァイアンの言葉である。

いい悲劇は、私たちひとりひとりに、それぞれの生きかたを問う、とも言い換え得るこの言葉に、劇作家木下順二は、〝真実〟の人生とは？ 〝いい〟悲劇とは？ と問い返す（「ドラマが成り立つ時」一九八〇）。木下は、その劇作を通して、また自身の日常の営みのなかで、この言葉をくり返し問い直している。

いい悲劇とは、私たち観客がそれを観て感動し、今日はいい芝居を観たと、いっときその喜びにひたって終る、そういう類いのものではない。その種の芝居は〝創造〟の名に値するか、と木下は自身に問う。作家自身の、また観客ひとりひとりの生きかたに関わって、この問いのもつ意味は厳しい。一九九一年に発表された木下の戯曲『巨匠』は、この問いの意味を、その重層化された劇構造に見せる。

一九六七年、木下は、ジスワフ・スコヴロンスキ作のテレビドラマ『巨匠』に深く感動し、同年、その感動をエッセー「芸術家の運命について」に綴る。劇の展開に、随所に評者が介入し、その意見、自身の思い、そして時に批評をも加えるこのエッセーの構築は、劇評を超えて、すでに一個の作品であった。二十四年後、木下はこれを独自の劇『巨匠』に結実させる。

幕開き。暗闇に響く音楽の終り近く、舞台の一角に一人の人物Aが立つ。Aは作者を代弁して劇創造の経緯を語り、同時に、いま開幕しようという『マクベス』の初日の楽屋で、演出家として、マクベス役を演じるはずの俳優と、議論を交わす。Aは作者と演出家役を兼ね、同時に語り手である。舞台は、ワルシャワの劇場の楽屋であるとともに、日本の〝素〟舞台である。科白と語りが交錯する。ばかりでなく、両者は重層をなして生きる。演者は同時に〝素〟の人間でもあることがもとめられる。議論のなかに〝真実の行為〟――劇『巨匠』のキーワードである――という言葉がくり返し現われる。その発声自体が、真実の行為であるかどうかを問われる。

木下の劇作では、作者である木下自身が劇世界の一角に身を置き、劇の展開に関わり、そのことで、自身がいま時代状況のただなかにどう立っているか、その生を、日常の営みを問い直す。演者たちにも、また私たち観客のひとりひとりに対しても、同じ問いが含まれる。それは軽く〝啓蒙〟の名で呼ばるべきものではない。

Aと俳優との議論は、俳優が二十年前、まだ彼が俳優志望の青年だった時に、身にしみて味わった〝ある体験〟に行き着く。舞台が暗転すると、ここはポーランドのある田舎町の小学校の教室、『巨匠』の主舞台である。一九四四年初冬、ナチ監視下にさらされたこの一室に、乏しい食糧をたよりに、寒さに震えつつ、さまざまな思いを抱いて五人の人物が住む。女教師、前町長、ピアニスト、医師、その四人に背を向けて、一人机に向かう老優。そこに一夜、青年が舞い込み、〝事件〟を目撃する。

劇中に、一九四四年の〝いま〟、テレビドラマが制作された一九六〇年代半ばの〝いま〟が重ねられる。さらに、木下が戯曲を書き、公演された九一年の〝いま〟、今回の第三次公演の二〇〇四年の〝いま〟。状況は異なるが、いずれもポーランドの、また日本の、危機的状況を背負っている。劇世界は、その相を実世界に身を開いて、生きる。

「しかしこれはメロドラマだぜ」と俳優は言った。本来、音楽入りの劇形式を指し、後には勧善懲悪の劇内容によって観客大衆を癒す言葉ともなった〝メロドラマ〟が俳優の口をついて出る時、これは強烈な反語性を帯びて、それを観客にどう語りかけるか、それ以前に、演者たちが劇中にどう役を演じ、また役を超えて、それぞれが〝いま〟、大戦下から今日までの時代状況にどう向き合って生きてきたか、それを演技のなかにどう呈示するか、を問う。

かつて、いまは亡き三國一朗氏と長い対談をした。いつも真摯な人生態度を示していた三國氏が、「近ごろの役者は、役者である時間が少な過ぎます」と言われた。私は同意し、続けて「役者でない時間が少な過ぎます」と答えた。俳優の演技にもとめられる〝真実の行為〟は、劇の科白を、その語りかたを通じて、俳優自身を照射し、そのことで自身をそこに立たせてゆく。〝らしく〟は役の人物をも、自己をもそこから遠ざける。劇の構造、劇の科白の構造自体が同様であり、それを客席に聴く私たちも同様に、ただ客席に身を置く存在を超えて、自身の日常にその〝人生〟のありかたを問われる。

〝巨匠〟が巨匠になるとき

木下の戦時には、一連の民話劇の創造があった。戦時下の、声高の〝日本人！〟の叫びに、それが声高になればなるほど、日本人から遠ざかる空しさを覚え、昔話と取り組み、そこに、本来の日本人の姿・心を見た。ただ、その昔話群には、人間の、〝生きるとは何か〟の、己の生きかたを自己批評する、根源的な問いが見えない。木下の、日本人である自身との格闘を含む創造活動が始まった。それを集約するのが、一九四九年に発表された現代劇『夕鶴』である。『夕鶴』は、あるいは劇作家木下の原点である。劇の展開自体への作家の介入が、すでに『夕鶴』には見える。そしてまたあるいは、その一貫した主題、みずからへの問い、劇作法の進化の上に、劇『巨匠』の主舞台は、〝現代の民話〟とも呼び得るものではないか。

一人の、四十年間芽の出なかった老俳優――加藤周一は、それを〝ふつうの人〟でもあると言う――が、その人生でたった一回、ナチのゲシュタポの前で、自分が俳優であることを証明するために、『マクベス』の独白を朗誦し、銃殺される。

「『巨匠』の主人公の選択は、自分が自分自身であるための行動（identity の確立）である。……誰からも強制されず、誰からも助言されず、ただひとりでその選択を決断したときに、彼はほんとうに〝巨匠〟になったのである。」と加藤は書く。

〝巨匠〟とは、たえず俳優だと自己主張する老人――俳優が何故俳優であり続けるのか、自己の俳優への執念をこめて、これを舞台上に〝語る〟のは、大滝秀治である――への、周辺からの、軽視を含んだ署名であった。自身を俳優だと証明する瞬間、彼は、黙って、生き延びることも可能であった。俳優＝知識人であること（この劇にしばしば顔を出す〃知識人〃という言葉は、六〇年代ポーランドの政治状況、ゴムウカ政権の変質と、それに対するとりわけ知識人たちの抵抗がからんでいる。そこにテレビドラマ『巨匠』の〃いま〃が息づいていた）は、彼にとって死を意味する。そして、死か生かは、同時に俳優としての生か死か、とつながる。その選択と決断の前の一瞬の沈黙の重さは、私に、チャップリン『大独裁者』（一九四〇年）のラストシーンを思い出させる。

独裁者の幕僚たちが、世界制覇の〃世紀の瞬間〃とみずから謳うその壇上に立たされたチャーリーが、一九一四年の誕生以来、はじめて自分のことばで喋り出す。その直前の、短いが重い意味を帯びた沈黙。何をどう語れば好いのか。そこに自分がどう生きれば好いのか。が、チャップリンは、独裁者の扮装をしたチャーリーに、独裁者を茶化し笑いとばす劇の場面を与えて、例の如く巧みに危機をすり抜けさせることも可能だったのだ。が、チャップリンは別の途を選んだ。『巨匠』の老優のように。

それはまたチャップリンの、二十七年間その分身であったチャーリーとの、チャーリー劇との訣別の瞬間であった。それはチャップリンが絶大な人気を博してきたその歩みの、現状況下における否認であった。もはやチャーリーの出る幕ではない。現にこの演説の半ばから、チャーリーにとって代わって、演者であり作者であるチャップリン自身が、スクリーンにその素顔を見せて、世界のひとびとにじかに語りかける。劇展開の途中で、劇世界が実世界に変わる。あるいは『巨匠』においても、大滝はその朗誦の過程で、役を〃演じる〃から本人を〃生きる〃境地に、達してはいなかったか。マクベスを演じるから、老優を演じるへ。そして、自身の〃いま〃を生きるへ。

役に生きる、また、役を生きる、と言う。同義語である。しかし、二つの言葉には、微妙な、そして決定的な差違も感じられる。役に生きるとは、他者を〝演じ〟ることであり、役を生きるとは、他者と向き合うことで、その向き合う姿勢を見せることで、己の〝いま〟の生きかたを呈示することだ。演技における〝真実の行為〟、〝巨匠〟が最後に見せた行為とは何かを、解かなければならぬ。答えは、それぞれに異なりはしようがひとしく通じ合う、己の生の〝真実〟とは何かの追求にあろう。それが劇『巨匠』の読みである。読み手自身の思考枠（の転換）にも関わる。

「俳優志望の青年が、物蔭から、やきつくような眼で老俳優を見すえている。」と、「芸術家の運命について」には記されている。能舞台のシテに向き合うワキのように、その、舞台の一角にはりついたような動かぬ位置。舞台上での〝観客〟の眼。その、人生体験としか言いようのないものを、二十年後に、その演技のなかで〝真似〟ようと言う。

「批判的継承は、全面的傾倒のなかに生まれる。」とは、内田義彦の言葉である。内田は、その敬愛する先輩を、諸古典の読みから、しばしば日常の趣味に関わると思われる事柄まで、〝真似〟た。ある時その一端を、私は垣間見ることができた。

生きるとは何か、を問う

「現代人は、あまりにも多くの未清算の過去を残したまま未来を急ぎすぎる。」ブレヒトの言葉である。木下は、この言葉を自身の内部に受けとめ、過去を、ともすれば忘却の彼方に置こうとする日本人の心性に、くり返し問いかけてきた。問う対象は、自身を含む個々の人生、社会の風潮から、国家の諸施策に及ぶ。

とりわけ戦時下の諸行為を、忘れる、忘れようとする、忘れた顔をする、仕方なかったと自己の責任を回避する。さらに、忘却を支えに、否認を是認にさえ変える。茫漠たる過去、それがいつか過去をなつかしむ心情を伴って、その美化に酔う。不可思議な〝自己愛〟の顕現である。そこにはかつての〝現実〟の相はない。

佐々木譲は、『ストックホルムの密使』(一九九四年)で、作中人物・海軍省の文官山脇(モデルは実在する)の口を通して、「この国は、この程度の敗戦からは、おそらく何も学ばない。何も教訓とはしない。何ひとつ変える契機ともしないだろう。この程度の敗戦では、四半世紀もたつころには、同じ程度に愚かであさましく厚顔な国家を復興させているだろう。」と語らせている。ポツダム宣言を受諾するかどうかの〝御前会議〟に当って、"be subject to" をどう解釈すべきか、山脇の苦悶を見せる言葉である。

〝国〟とは、時の施政者に向けられた言葉であったが、同時にそれを支える日本人、私自身に向けられたものとして、この言葉を聞いた。「どんな情報も、受けとるための感受性と認識がなければ、ただの雑音にしかきこえません」。同じ山脇の言葉である。

山脇の言葉は、単にシニカルではない。〝自分たちの国〟を考えるための示唆が、ここにはある。かつて日本は、一九三〇年代に、〝なしくずし〟に戦争に突入し、戦線を拡大し、泥沼にはまり、多数の人命を国の内外に殺傷し、そして敗戦を迎えた。戦後史の過程にも、戦争非体験世代を含めて、一方に、再びなしくずしの戦争指向が見える。〝なしくずし〟の伝承。

しかし、時代には、〝一方〟があれば、〝他方〟がある。ある時、同世代の友人O氏が、「何せ、私たちの戦後史は、連戦連敗の歴史でしたからね。……だから明るいんですね」と語った。その言葉に、私は深い共感を覚えた。高校入学時、配られた高校新聞の一面に、一年先輩S氏の、「危機とは無限の可能性を孕むものである。」という一句があったのを思い起す。

「どうしても取り返しのつかないことをどうしても取り返すために」とは、木下順二の戯曲『沖縄』における波平秀の科白であり、この作品の主題である。木下の〝未清算の過去〟の追及は、この一句に凝結した。

矛盾を絵に描いたような、にも拘らず、それ故にこそ、この一句は、強烈な説得力をもつ。どんな、過去に行なった、あるいは犯した行為も、不可逆的な歴史的時間の進行のなかで、取り戻しようがない。が、取り戻し得ないからこそ、これを忘却の彼方に押しやらず、その行為の責任を今日の行為のなかに生かすのが、人間的真実である。アラン・レネは、アウシュヴィッツとは人間にとって何か、を追求した映画『夜と霧』の最後に、「昔の、遠い国のことだと思うふりをする私たち」と記した。

一九六一年、先輩のO氏とともに『夜と霧』を観た時、私に衝撃を与える一つの出来事があった。『夜と霧』の最後の一句は、私を強く打った。O氏も全く同感だと言う。が、その直後にO氏の口から洩れたのは、「なァ、俺たち、〝思うふり〟をしなきゃ生きていけねえもんなァ」。その発想は、私のなかにはなかった。しかし、そう言われてみると、私は日常、いかにしばしば〝思うふり〟をして生き続けてきたか。私が抱き続けた理念は、一個の観念にしか過ぎなかったのではないか。そういう日常の現実をふまえつつ、回心とも言える自己改造を続けてこそ、理念は生きるものではないか。現実をくぐらぬ理念主義、自己の体質との絶えざる格闘をないがしろにした思想は、思想の名で呼べるものか。理念のない現実主義の無思想性と、それはどれ程の開きがあるのか。

現実的理念、という言葉が私のなかに生まれたのは、それからである。錯綜した現実に身を置いて、状況の転変に対応しつつ、そのなかに貫かれる理念、それでこそ現実の進行に好ましい方向性を探り得るのではないか。以来、O氏は私の恩人となった。あわせて、劇の〝虚〟と〝真〟の相剋に思いをはせた。日常にも〝作りもの〟は多い。

〝虚〟にして〝真〟とは

今回の劇団民藝による『巨匠』第三次公演（演出・守分寿男）にさいしては、劇団および各地の鑑賞団体に願って、神戸、京都、東京、長崎、横浜と、上演に立会った。計八ステージにおよぶ。一公演でこれだけの鑑賞を重ねたのは、『夕鶴』以来である。何よりも、公演の成果を、回を重ねる度の劇創造の深化を、そして私自身のこの劇に対する理解の深まりを、各地の人びとに交じって味わいたかった。一回ごとの異なる感動を、また幾つかの新たな発見を得られたのは、幸せな体験であった。

舞台は一回ごとに微妙にその様相を変える。俳優も人間である、以上に、これは各人の日々の営みの相——舞台も客席も——を厳しく問う芝居である。虚のなかに真を摘出するのが劇創造であるが、『巨匠』は〝虚〟自体に〝真〟をもとめる。その劇構造、劇の構築、劇展開は、演者たちに、日々の技術的習練とともに、人間的教養の深化をもとめる。自身がそこに生を営む同時代の歴史・社会の認識は、

〝常識〟の名で呼ばるべきものである、という前提が創造の根源にあって、それが演者にも、観る私たちにものしかかる。個々の科白がすべて〝語り〟の要素を含むのは、そのためである。日々の舞台の緊張と、客席を含む熱気は、その要請に応えるものであった。それぞれの舞台は、私にさまざまに訴えるものをもった。

今回の一〇〇ステージを超す『巨匠』公演は、それ自体で、現状況に対する一個の意志表示であった。とりわけその半ばを支えた九演連（九州演劇鑑賞団体連絡会議）の、ひとりひとりの、また各地域ごとのさまざまな意志や思考法や趣味を生かし、その上で公演ごとにこれを一つの方向に結集する活動形態に、私は、市民文化運動の一典型を見た。長年の苦闘を続けてきた人びとのみのもつ、ある〝明るさ〟に、私は打たれた。その四十年の歴史は、今回の『巨匠』において、老優の、俳優であろうと執念を燃やし続けた四十年と、図らずも合致する。

自身の生を問う。劇世界と実世界とを行き来するなかで、一過性の興奮と感動を超え、日々の自分を新しく変えるのは、おそらく日常の、多々の〝思うふり〟を交えて可能であるだろう。が、これも、演者が演者でありながら演者を超えて素の人間になると同様に、容易なわざではない。しかし、劇世界においても実世界においても、〝あるべき〟姿の希求のみでなく、時代の〝あり得る〟方向性を探り続ける姿勢が、いま、もとめられている。それは自己を、次代・次世代につなぐ思考・行為でもある。巨匠の、最後に青年に向けた微笑は、もはや、劇を、演技を超える。劇『巨匠』に、いま、〝真実の行為〟が生まれようとしている。

10 戯曲と映像『父と暮せば』 2004. 11

ありがとありました

「おとったん、ありがとありました」

この一語を最後の科白に『父と暮せば』は幕を閉じる。

野菜に包丁を当てる音が快く、去ってゆく父・竹造（原田芳雄）の背にとも、自身に向けてともなく、呟くように言う美津江（宮沢りえ）のその言葉が、重層の語意をこめて、劇の終幕を越えて響く。

台所に立つ宮沢の姿勢も、その表情も、抜群に好い。深い思いを湛えた目元と、柔かく結んだ口元が、三年にわたる苦しみ・悩みを乗り越えて、漸く取り戻し得た生きる意志を、さりげなく見せる。直前の、〝生かされとる〟という父の言葉が、彼女の胸中に、いま、響いている。

父と娘のあいだに交わされる「ありがとありました」を、原作者井上ひさしは四回にわたって記している。二幕目では、娘の、父の気づかいに対する謝辞として、三幕目では、泣き泣き父の骨を拾った娘への、父の謝意として、終幕では、原爆投下の直後、必死に父を助けようとした娘への、父の感謝の言葉として。同じ言葉が、劇の現在から原爆投下の瞬間に、時間を次第にさかのぼって、そして次第に重い意味で使われていることに注目したい。同時にこの言葉は、とりわけ父の、娘を勇気づける意味をもつ。それが娘の最後の科白に生きて、劇の全篇を受ける。起承転結が、この一語を媒介に構築される。「ありがと」は日常の間に、時には日に何度となく発せられる言葉である。が、ここには〝有り難く〟の原意が生きて、世に稀な事柄を、さらには現実に〝あってはならぬ〟事態の追求を裏に秘める。

劇の冒頭、ドンドロ（雷）に脅える娘を、マグネシュウムの光に脅えて写真家をやめた富田の信ちんを、竹造は〝被爆者の権利〟と語る。そう語る竹造は、原爆による死者の亡霊である。あるいは、死者にして正面から語り得る言葉でもあろう。「そがん権利（が）あっとってですか」と問う娘に、「なけりゃ作るまでのことじゃ」と父は答える。〝ピカ〟を浴びたための苦しみの日々、ドンドロやマグネシュウムの光にも脅える被爆者たちに、井上は〝権利〟という言葉で応える。

一九四五年八月六日午前八時十五分。広島。この、あってはならぬ歴史の一瞬は、一国内を越えて、世界に記憶されねばならぬ。『父と暮せば』はこれを、一組の父娘の悲惨と、娘の胸の奥深くにひそむ思いの数々をくぐって語る。作品の主題が、父娘の対話を通して浮かび上がる。さらに、そのすべての科白は、単に劇の科白でなく、現実の被爆者たちの思いを伝える。父娘は、その〝語り部〟でもある。

「うちが生きとるんはおかしい……うちゃ生きとんのが申し訳のうてならん」。眼の前に、一瞬にして父を、親友を、数々の知人を失い、自分だけが死ぬ身を生き残ったという〝負い目〟が、美津江に、生きていてよかった、と言わせない。「もっとえっとしあわせになってええ人たちがぎょうさんおってでした。……その人たちを押しのけて、うちがしあわせになるいうわけにはいかんのです」

死ぬのが自然で、生き残るのが不自然、という広島の地に降った不条理。かつて丸山眞男は〝「逆さの世界」の住人にとっては、逆さの世界が逆さとして意識されない……ここでは非常識が常識として通用し、正気は反対に狂気として扱われる。〟と、現代の日常にひそむ病理現象を説いた。核兵器の惨害は、その病理を文字通り被爆者の日常全般に振り撒く。井上は美津江のこの〝病い〟を、「うしろめとうて申し訳ない病」と記した。不条理が病いを強いる。

「むごいのう、ひどいのう、なひてこがあして別れにゃいけんのかいのう」。瀕死の父の、〝最後の親孝行に、共斃れになるな〟の叱咤に対する娘の言葉である。「こよな別れが末代まで二度とあっちゃいけん……わしの分まで生きてちょんだいよォー」。父の言葉である。いずれも語るのは、死者・竹造である。

美津江の〝再生〟には、自力とともに他力が、死者の言葉が必要であった。「おまいはわしに生かされとるんじゃ」は、その要の科白であった。あってはならぬことが、二度とあってはならない。そのことを記憶し、次代に、そして世界に伝えなければならぬ。「ありがとありました」は、〝生かされる〟の意味を受け、美津江自身の幸せを伴い、核兵器がこの世から消え去ることを伴って、生きる。

居っとってですか

竹造が突如、「あ、（これは）大変じゃ」と言う。「いけん」と美津江が応じる。それぞれの科白の、語り手は本来逆である。竹造が死者（幽霊）だと明示するのは、この〝逆さ〟を通してである。が、冒頭、「おとったん、やっぱあ居ってですか」の美津江の科白から、死者・竹造は暗示されている。

饅頭の話である。闇市で索めたという一個の饅頭から、美津江と木下青年（浅野忠信）との相思の仲に踏み込んでゆく井上の筆致は絶妙である。饅頭の意味を次から次へと探る一幕の喜劇的構築は、裏に、美津江が木下青年を一目見た時の〝ときめき〟から「わしの胴体ができたんじゃ」、その〝ためいき〟から「手足ができたんじゃ」、その〝願い〟から「心臓ができとるんじゃ」と畳み込む、死者のよみがえりを巧みに見せて、父娘の対話を死者と生者との、微妙な、死者にして語れる言葉と、生者の錯綜した思いとの組合せに仕立てあげる。やや強弁すれば、竹造のよみがえりの過程は、一瞬に人体をバラバラに砕く破壊兵器の非人道性への抗議を秘める。

あるいは、作者の語るように、竹造は美津江の〝こころの中の幻〟であるのかも知れぬ。〝うちにはしあわせになる資格はない〟とくり返し父に抗弁する美津江の強い口調は、木下青年のさまざまな依頼へのすげない拒否を含めて、口調の強さゆえに、彼女の逆の思いをのぞかせる。同時に、強い口調は、被爆者美津江の哀しい自己抑制である。そのすべてが、美津江の科白自体の中にある。作者が描くのは〝被爆者の心〟である。

その被爆者の心をくぐって、〝唯一の被爆国〟という言葉も生きる。原爆投下から三年後、かつての福吉屋旅館の廃屋に営む、一人の娘の日常の四日間が、劇の舞台である。「この三年は困難の三年だったです。なんとか生きてきたことだけでもほめてやってちょんだい」。その〝困難〟という言葉のもつ意味を、他者として少しでも味わい得た時、〝ノー・モア・ヒロシマ〟は世界へのアピールとなる。

美津江の内面に棲む錯綜を解くには、同じ被爆者である他者の助けが必要なのでもあろう。死者にして語り得る言葉を語るには、亡霊の存在があってはじめて対話を深め得ると、おそらく作者は考えた。すべての生者にとって、つねに死者との対話は必要であろう。歴史から〝見られる〟いまを自己認識することによって、多様な未来は拓き得る。それを美津江が木下青年に「あの夏（八月）を忘れよう忘れよう思うとります」と語るのは、記憶を捨てなければいまを生きていけない、これも被爆者の心である。ここにも、人間の歴史にあってはならぬ事――アウシュヴィッツにも通じる――が記される。そして、その一瞬を詳細に語るのが、死者・竹造の「福吉美津江エプロン劇場」である。この悲惨な現実を〝昔話〟の語りの中に織り込んだ手腕に、幽霊の設定とともに、感嘆する。

が、竹造はただの幽霊ではない。彼はこの世の出来事をすべて〝お見通し〟ではない。時折り彼の目は人間社会に届かぬ。単に過去からの到来者ではない。その白眉が、美津江の口から木下青年との愛の進行をひき出す場面である。そのために美津江の閉ざした心は、解けかかるのである。

竹造は実在もする。竹造を幽明の間に置いて、井上は悲劇を喜劇と交差させた現代の民話を創造した。民話が現実を鋭く映す。

冒頭の、「やっぱあ居ってですか」に続けて、二幕でも美津江は、「居っとったですか」と言う。三幕では、雨漏りに丼や茶碗や鍋を並べて働く竹造に、帰ってきた美津江が「……あ、おとったん」、竹造が「おお、いさせてもろうとるよ」と答える。終幕も、部屋の中から出てくる竹造に、美津江は「居っとった（居っとられた）んですか」と言う。幕の始まりの科白が、ひとしくこの言葉である。「居る」という言葉がどういう響きをもつか、作者はよく知っている。

なひてパー出さんのじゃ

竹造が奥の闇に姿を消す。

この舞台装置・映像表現は、幽明の間にある竹造の〝実在感〟を生かして、秀逸である。スクリーン上に人物の姿を浮かび上がらせ、また消し去るのは、映像処理としてはたやすい。黒木和雄の演出はそれを抑制して、竹造をスクリーン上に〝実在〟させた。

舞台では、幽霊の設定であっても、生身の俳優が演じることによって、否応なく、その人物の生きた呼吸を伝える。スクリーンでは像の実在感は希薄になりがちである。『夕鶴』の映像化が成立しなかった理由の一つである。鶴のつうへの変身（扉ならぬ扉を通って、つうははじめて人間の姿になる）が、明確な像を結ばないおそれからだ。映画『父と暮せば』は、それを巧みに避けた。映像表現の特権行使の誘惑を抑えるのは、演出の確固たる考えにもとづく。

逆に、戯曲・舞台では姿を見せない木下青年を、スクリーンに登場させた。木下青年が画面に姿を見せるのは、図書館の貸出係の前に立つ場面から、終幕にオート三輪の荷台に揺られている姿まで計七回、中に比治山公園の木立を二人で歩く画面。原作には、「……比治山の松林は涼しいけえ昼寝に一番ええ、そがい思うてきとった人らが、おまいがあげよった大声に魂消て……」とある。映画では、「……おまいがあまりにも恐ろしい顔で断るけえ、木下さんもたまげておられたぞ」と変えられている。美しく幻想的なこの場面で、黒木は他者を交じえず、二人だけにした。さらに同じ回想が重ねられる。二人だけの世界。それは美津江の、かなわぬ願いを抱えた心を映すものか。「できんことはできません」。二度の声は、木下青年に対してでなく、自身のその心を打ち消すように響く。

黒木和雄の演出は、原作に実に忠実である。科白の一字一句も、細部の微細な改変はあるが、ほぼ全面的に戯曲のままである。

目につくのは、終幕の冒頭、美津江が地蔵の首を手にして、原作に「……あんときの、おとったんじゃ」とあるのを、「おとったん……」と叫ぶ場面である。原作は〝いま〟に三年前の〝あの一瞬〟をよび起す。映画は、〝いま〟を三年前に一体化する。映画のもつ〝いま〟の働きを生かしたみごとな映像化である。

戯曲の科白をそのまま映像に移すのは、しかし、大きな冒険である。小説の科白と劇の科白との決定的な差異にも似て、舞台上に語られる科白と、スクリーン上で発せられる科白との間には、大きな働きの差がある。それぞれのもつ独自の時空間のためである。

戯曲の構成された科白は、映画の日常的な性格の中では〝作りもの〟に変わりやすい。黒木は敢えてその冒険に挑んだ。原作の科白にある父娘それぞれの語り部的性格——科白と語りの交錯——は、役の人物よりもこれを演じる〝本人〟に負うところが大きい。黒木はそこに目を向けたと思われる。映画『父と暮せば』は、原田も宮沢も、役を演じるよりも、役にどう自身の目をあてるか、に徹している。黒木作品の方法がまた、それを要求している。その作家にして、この新しい劇作法が戯曲から映像へと生きた。

さらに、父と娘の語り部的性格は、舞台よりも黒木の映像の中でより強調された。映画を秀逸な作品にしたのは、何よりもこの点が大きいと私には思われる。

圧巻は、さきの「福吉美津江エプロン劇場」の場面と、終幕の〝ちゃんぽんげ〟の場面である。いずれもショットを分割せず、カメラ位置を変えない。前者では、そのために原田の名演が光る。これはみごとな舞台芸である。後者は廃墟の庭で、原爆投下直後の場面が再現される。「逃げい」「いやじゃ」の押し問答の末、子どもの頃からの風習が、この切羽詰った生死の場に現われる。ここは回想映像としてでなく、いま〝遊ばれる〟のが痛く、また二人がスクリーンの右端と左端に離れて行なわれるのが哀しい。

父も娘もグーを出す。「いつもの手じゃ」「見えすいた手じゃ」「小さいころからいつもこうじゃ」「この手でうちを勝たせてくれんさった」と、ジャンケンの度に入る美津江の言葉が、続けて「やさしかったおとったん……」と突如時制を変え、しかも時を措かず、「なひてパー（を）出さんのじゃ」と現実に戻るのに驚嘆する。

名場面、という第三者の余所行きの言葉は使いたくない名場面である。戯曲と映像とが全く呼吸を合わせた。

原爆が投下され炸裂する一瞬。その前後を、映画はＣＧ映像を用いて再現した。美しい八月の空をＢ29が飛び、原爆の落下傘を落とす。爆発音と閃光。直前の美しい映像が、地獄の様相に変わる。映画にして可能な表現力、切れの好いショットの重ねが、一瞬に父と娘の生死の別れを見せる。一方に父娘の三年後の日常の、死者と生者との深い愛の交流を呈示しながら、他方に、〝あの一瞬〟の映像は、映画『父と暮せば』の要である。

しかし、ここにも黒木の抑制が見られる。「映画の可能性が無限に広がって何でもやれるようになったんです。と同時に非常に不自由になったんですね」という黒木の発言に、私は全く共感する。これは映画の未来に対する提言でもあり、警告でもあるだろう。

かつてロッセリーニは、アパートの踊り場に腰を下ろして語り合う恋人たちを、発言ごとにショットを割らずに、一定の距離からじっとその語らいを凝視した。現状への不満や、状況の進む方向への不安や、それでいて自分たちの未来への期待や希望や、しかしその未来がいつ来るのだろうと、さまざまな内心の揺れがその表情や口調の微細な動きの全体で呈示された。状況を対象と共有するカメラの目があった。これと通じ合うものを、映画『父と暮せば』の黒木の演出に、私は感じた。

〝異な気な〟という言葉

はじめて松山を訪れた時に耳にして、方言の豊かな生活感に、強い印象を残した言葉の一つに、〝異な気な〟がある。何とも言い難い不思議な含蓄をもつ言葉である。その〝異な気な〟に、『父と暮せば』では、二度出会った。

〝男は女子のハンカチに弱い〟と面白おかしく語る竹造に、「異な気なふうに気を回しちゃいけん」と美津江は反駁する。

二度目は、原爆投下の瞬間に発せられる。

「おとったん、ビーがなんか落としよったが」と、空を見上げて言う美津江に、「空襲警報も出とらんのに異な気なことじゃのう」。竹造もまだ異常を悟っていない。

映画では、この〝日常会話〟は、回想映像を重ねた中で語られる。直後に、爆発音と閃光である。日常が瞬時に異常に変わり、〝異な気な〟もその瞬間に異なる響きをもつ。その響きは強い。

〝あってはならぬ〟ことが、普通の日常生活に、いつ起るかわからない。核兵器保有の理不尽がこの世に存在するかぎり、それは〝あり得る〟ことである。チャップリンはそれを、『殺人狂時代』（一九四七年）の法廷場面で、"very soon" を二度くり返すことで表現した。明らかにヒロシマ・ナガサキを指している。〝異な気な〟は私にとって、忘れられない言葉となった。

戦後の歩みを共有して——奥平康弘氏にきく

——江藤文夫さんと親しくなられたのは、同世代でいらっしゃるのに、ずいぶん後になってからとうかがっています、いつごろでしょうか。

考えてみると大学時代に、学部は違っていても、おなじ時期におなじ大学にともかくも属していたのですから、どうして出会わなかったのかなぁと、不思議な気がするんです。おつき合いするようになったのは、それから半世紀近くも後の一九九〇年代です。湾岸戦争がはじまって、国内外の様相がますますおかしくなり、いろいろなことが現代風に変わりはじめたころのことですね。われわれはほんの少し違う領域で、それぞれに「現役」時代をすごし、「定年」期に入りかけるころにようやく知遇を得た。同世代人として現代の諸相について語り合う仲になったんです。日付は憶えていないんですが、一九九八年かな、岩波ホールの集会室でぼくがしゃべったことがある。そのとき、休憩時間に控え室で、会の仕掛人である江藤さんと話し込んだ。それが正面から顔を合わせた最初ですね。

——そのときに奥平さんが、「ぼくらの〝戦後〟は、連戦連敗の歴史だ。だから明るい」とおっしゃったことに、江藤さんがたいへん共感されて、ことあるごとに私たちにその話しをされていました。いつも、「……だから明るいんです」というところに力が入るんです。（笑）

そのときにはこのメッセージは江藤さんに、打てば響くように、響いたんでしょうね（笑）。先日、奥様からも言われましたね、家で何度もそのことを話していましたと。その「連戦連敗」については後で触れますが、江藤さんは一九二八年生まれで、ぼくは一九二九年、傍から見ればほとんど同年齢です。しかし出発点はずいぶん違う。まず彼は早生まれだから、学齢はぼくより二年上なわけです。もう一つ、彼は横浜という大都会に生まれ育ち、戦前も戦後もエリート・コースを歩まれた。ぼくは本州にも属さない北海道の、函館という田舎の港町に育って中学四年で弘前高校に入った。ここで、学校制度でいえば三年のズレがあります。江藤さんは途中海軍経理学校に行かれたり、病気をされたりで、大学卒業は奇しくも一九五三年で、ぼくと一緒になった。しかし彼は都会人で、府立一中、海経、一高、東大というのは、ぼくからみると天の上の存在（笑）、仰ぎみる存在だったんですよ。

没くなられてから『グラフィケーション』誌の追悼特集号「江藤文夫を語る」の写真を見たら、彼が所属していたのは東大経済学部の安藤ゼミなんですね。安藤良雄教授とは話をしたことはないけれど、弘前高校出身で奇しくもぼくの先輩でした。そういう不思議なつながりはいくつかある。

大学時代には、お互いに知らずして交流していた出来事があるんですね。東大ポポロ事件と血のメーデー事件です。

ちなみに血のメーデー事件ですが、あの年、一九五二年の四月二八日に、対日平和条約・日米安保条約が発効して、日本は占領勢力からいわゆる独立を果たす。五二年までは、やはり占領軍の強い支配下にあって、ともかくもそれから解放された年です。しかしぼくらは、全面講和か単独講和かの大荒れのなかで五二年四月二八日を迎えたわけで、あの二、三日後の五月一日の事件は後から考えれば考えるほど象徴的な出来事であるんですよ。独立後の初のメーデーをするのであれば皇居前広場でやるほかない。あのときには、皇居前広場でメーデーを行うということに非常に格別に意味があった。当時、江藤さんは学生運動のリーダー的存在であったはずなのであって、ぼくは一兵卒の学生です。しかしあの日皇居前広場でメーデーを祝うということの特別な意味は彼も感じていたと思うけれど、ぼくも強く感じていて、二人ともそれぞれ一個の市民として出かけて行ったわけですよ。

当時、警官はまだ軍靴をはいていたんです。軍靴というのは、ごつい編上げ靴で鉄の鋲がついていて、ぼくたちはそれでいつも蹴飛ばされてきた。血のメーデーはそうでした。しかしその前に二月のポポロ事件でも、本郷の本富士警察署に抗議デモに出かけるたびに蹴飛ばされていました。ぼくは怪我をさせられたわけではないけれど、メーデー事件のときは本当に怖かった。そのころ浦和に下宿していたんですが、ほうほうの体で下宿へ逃げ帰った。国鉄の各駅には至る所に警官が立っていました。幸いにしてぼくの下車駅北浦和には、警官がいなかった。まだテレビのない時代で、ラジオもちゃんと聞いてはいなかったんですが、風の便りにあそこに参加した連中はふん捕まると、出たら必ず捕まるというんで、ぼくは下宿で息をひそめていた。夜中も、カタッと音がすると、「あっ、来たか」と思って怯えていたんです。メーデー事件では、一二三〇人が検挙されたそうですからね。

ところで江藤さんの年譜をみると、彼も同じような危険を感じたから、その晩は自宅に帰らず清水幾太郎邸に泊めてもらったとある（笑）。もう雲泥の差ですよ。

——そのころは清水さんのお嬢さん、玲子さんの家庭教師をしていらしたそうです。学生服を、危ないと予感して持っていた背広に着換えてから、清水邸に向かったと聞いています。

清水幾太郎の著作は、当時、喰らいつくようにして読んでいたんです。ぼくは本当に田舎者だったわけで、客観的にながめるというのではなく、もう喰らいつきましたよ。そのぼくが北浦和の下宿でカタカタッと音がしただけで仰天して震えていた時に、彼は清水幾太郎先生のところで、いわば安全確保されていたんですからね（笑）。そういう時代を彼と共有したんだなあと切実に思いつつ、共有のしかたはちょっと違うんだという感慨もあります。そしてそういう一兵卒だったぼくは、翌年からたまたま研究者の道に入ってゆき、その後の江藤さんは、ぼくにとってまったくの未知数です。同世代で、同時代を呼吸しつつ、交流のないままに同じ大学を同じ年に卒業した。

しかし人間っておもしろいなと思うのは、その後五〇年近く経ってから、運命的な出会いがあったということですね。出会ってからは、終りに近くなればなるほど、交流の密度が深まったと思います。こういうことを考えたと互いに言い合い、あれをやろう、これをこなそうと、宿題を溜めていたところで、忽然と江藤さんは逝ってしまわれた。

ぼくは自分の生涯で、非常に親密な話し合いをしたいと考えているうちに相手が亡くなったというケースが、あえて言えば二度あります。一人は江藤さんで、もう一人は〝マッカーサー憲法〟という悪口で呼ばれる総司令部の憲法草案作成の総元締だったケイディス大佐なんです。ケイディスには、アメリカで何度か会っているんですが、また会えると思っていた。彼がぼくのことを「アメリカ憲法を知っている男」と思ってくれているということもあって、それまで他の人が聞き出せなかったことを聞き出してみせると思っていた。単に日本国憲法の制定過程がどうのこうのというのでないケイディスという人間の生涯全体を捉えてみたい、これからいろんな話ができると思っていた矢先に、ケイディス死去の報が伝えられたんです。江藤さんも同じような意味で、かけがえのない存在をかけがえのないときに失ったという思いがあるのです。

——江藤さんとの深いつながりのきっかけには、奥平さんが江藤さんに弁護士の中平健吉さんを引き合わされたことが大きいですね。

さっき江藤さんを仰ぎみる存在だったといいましたが、それは海軍経理学校のせいです。ぼくの親父は薬局経営者で小商人ですが、「軍隊の学校には行くな」といっていた。「どうしても行くなら経理学校へ行け。経理学校ならつぶしがきくよ」というくらいで、海軍経理学校は本当に名門でした。江藤さんはそこにスイスイ入って、しかし戦後、彼はどうして自分は軍の学校を選んだのかということをいつも反省していたらしい。江藤文夫年譜の一九四五年の項に、「半年に満たぬ在学中に一五二回殴られる。殴られた数で時間経過を知る」とありますが、あるとき江藤さんはぼくに、そうした鉄拳制裁が日常化していたなかで、たったひとり殴らなかった上級生がいた、と話してくれたことがあります。

海軍経理学校出身者を江藤さんのほかに、ぼくは偶然あと二人を知っていた。一人は経理学校で江藤さんの一年上に当たり、のちにジャーナリストの鑑として名高い原寿雄さん、そしてもう一人は、法曹界あるいはキリスト教界では有名な弁護士中平健吉さんです。中平さんは一九七〇年の、いわゆる第二次教科書裁判に右陪審裁判官として関わり、「杉本判決」として後世に伝えられる判決文を事実上単独執筆したすごい人ですが、敗戦のときには海経の最上級生だった。中平さんは長野県のクリスチャンの家庭に生まれ育ち、当時はクリスチャンは国賊呼ばわりされていましたから、その劣等感を覆すために、お父さんの反対をおして海経に進んだという苦い思いを戦後徹底して自身に問い続けた人です。

江藤さんは裁判とかキリスト教の世界はあまりご存じない。ぼくのような多少はクリスチャンの友人たちの知遇をもち、かつまた、ある程度裁判に関わってきた人間にとっては、中平さんはこれまた仰ぎみる存在であったばかりでなく、戦争とキリスト教の問題を考え続けてきた人だと知っていたので、自分から殴ることをせず、殴っている同輩に対して実に嫌な顔をしていた最上級生の話を江藤さんから聞いたとき、直截にひらめくものがありました。「それは中平さんじゃないですか。ぼく、いつでもご紹介できますよ」といったんです。そのときの江藤さんのうれしそうだったことといったら……。経理学校で「この人は本物だ」と思い、救いだったと江藤さんはいうんですね。江藤さんのあの述懐はぼく自身の経験としても強烈ですね。

一昨年、ご両人は中平宅で会って、憶い出やいろいろな事件について尽きぬ時間を共有されたんですが、残念ながらぼくは同席できなかった。で、今度は原寿雄さんにも加わっていただいて、経理学校の一年、二年、三年だった三人に部外者であるぼくも入って戦時から戦後にかけてのことを語り合う会をやりましょうといっているうちに、江藤さんが欠けてしまわれた。これも本当に心残りです。

ぼくは自分のことを考えると、憲法研究者、法律研究者ということで、自己拘束的に考えるものですから、何に対しても事柄の本質ということと同時に、現にある制度との関係、つまり制度的にものを考えながら、人間の思惟や活動を規定するものがいかに制度とかかわっているかを問題にすることを生業としてきた傾きがあります。そういう点に江藤さんは、それまでつき合ってきた人たちとはひと味違った側面をぼくに見出してくださったのかもしれない。それが出会いだったと思います。

江藤さんは逆に、イメージ、映像論の人ですね。ことばの問題はもちろん、映画・演劇の表現論、それが絶妙ですね。そのことが端的にあらわれていると思うのは、遺稿となった「戯曲と映像『父と暮らせば』」で、ぼくは生前に刊行されて直ぐ読ませていただいた。けれど、実に鋭利に耳でことばを拾っている。ぼくにはそういう、もの（ことばとそれが織りなすイメージ）を沈殿させて表現するリプリゼンテーションができない。たとえば映画一本観るにしても、映倫が作品をどうコントロールしたかというような制度的なものを先に考えちゃうんですからね。

――しかしお二人が出会うべくして出会われたと思うのは、奥平さんの著書『憲法の眼』ですね。江藤さんはあの本をたいへんお好きで、高く評価されていました。あの本には、奥平さんのそれまでの学術的な著作とは少しちがう要素が縦横に展開されてますね。その評価が川崎の市民アカデミーで奥平さんに講義を依頼されたきっかけだと思いますが……。

そう、特に二〇〇三年度前期の講座「一九三〇年代世界の名画・名場面」ですね。

ぼくの出番は二回あって、『スミス都へ行く』と『アラバマ物語』について話したんですが、あのときは、まさに彼の観点とぼくの観点がみごとに重なったんですね。加藤周一さんは江藤さんの資質の一つに「組織者」ということを挙げておられるけれど、ぼくも彼が企画し、主宰した川崎市民アカデミーの講座についてはつくづくそう思いましたね。江藤さんが世界の名画のことを構造的に把握しているのは当然ですが、映画の専門家ではない各界の著名人、たとえば針生一郎、岩淵達治、佐々木譲といった人たちを集めて、三〇年代がどういう時代だったかを考えさせる名画をそれぞれに割り振って語らせた。この企画は目を見張らせるものでしたね。「ぼくはいろんな人とつき合っていまして……」と彼はさり気なくいわれたけれど、人との接触に独特の才能をもっていて、何よりもそれを的確に目的のために組織するという隠れたる演出家だった。

そういう彼の組織者としての最後のあらわれは、ぼくは疑いもなく〝九条の会〟だと思います。彼なかりせば、設立後のあの会の絶妙な運用、みごとな展開はなかった。彼の演出家的な能力の賜物で、隠れたる編集者として江藤さんの名前を挙げておきたいですね。九条の会についていえば、彼はぼくのような人間にさえも、こうした彼自身の役割を決して話したことはありません。そのところの奥床しさというか「隠れたる存在」というのは彼の特性ですよ。

彼とぼくとが、違いがありながら近づいていくのは、ぼくがたまたま映画好きだということを、江藤さんの前でさらけ出していたせいでしょうね。川崎市民アカデミーでの講座の話に戻りますが、さっきお話しした講座の最終日がぼくの担当で、テーマは「一九三〇年代から一九四〇年代」。ちょうどグレゴリー・ペックが亡くなった直後だったので、江藤さんと相談して、本来の予定であった同じグレゴリー・ペック主演の『紳士協定』を取り止め変更して、彼の代表作のひとつ『アラバマ物語』をとり上げることにしました。これは一九六二年につくられた映画ですが、舞台は三〇年代初めの南部。そこにはびこっていた黒人差別とそれに裏打ちされてねじまげられた「法」の支配、ペック演ずるところの弁護士A・フィンチが敢然とそれに立ち向かうわけです。「正義」とは何かを考えさせる素材が、いっぱいつまった映画です。アメリカには、「法と文学」というジャンルが確立しています。この科目をロースクールの正式カリキュラムに取入れている学校はいまでは珍しくない。

『アラバマ物語』の原題は〝*TO KILL A MOCKINGBIRD*〟だということを、ぼくはこのとき初めて知ったんですが、実はこの原作小説は名も無き女性事務職員が生まれて初めて発表した作品で、刊行翌年、一九六一年に小説部門でピュリッツァー賞に輝いたという経歴のものなのです。この作品はアメリカ法律学界における「法と文学」を語る上では名だたる作品で、ぼくとしては長いあいだ探し求めていた小説だったんです。法廷あるいは陪審というのは、事と次第によっては社会の悪を、あるいは既存の誤った人々の意識を、温存するためにはたらくということを抉りだした小説です。そういうことを抉りだすには、研究者や法律学者の論文は無力なんですよ。そこが文学の力で、現実にはたらいている法のあり方を理解する一つの手段として、論文よりもずっと説得力があり、具体的に事柄の本質に迫るという好例です。ぼくは大岡昇平の『事件』という小説を、日本における「法と文学」のすぐれた問題提起作だと思って、多少の分析を試みたこともあるのですが、その意味でも『アラバマ物語』との出会いはおもしろかった。このことも江藤さんのお陰です。

――冒頭で伺った「連戦連敗……」について、もうすこし具体的にお話をうかがいたいのですが……。

ぼくのことばに共鳴された江藤さんがどのように理解しておられたかはわかりませんが、しゃべった側からいえば、たとえば自分が関わってきた裁判が、ほとんど連戦連敗であったということがあります。当事者の一方の側――ほとんどが公権力と対決する市民の側――に依頼されて書いた意見書や法廷に鑑定証人として召喚されて証言するという形でかなりたくさんの裁判に関わってきましたが、ぼくの考えと同じ内容の判決が出てきたというのは、高裁レベルでいうと、広島高等裁判所の出雲支部くらいですね。ぼくが主として主張している憲法論や法律論は、通らないけれども、相当程度のところまで食いこんだなあというような感じを抱きながら、いつも余韻を期待している。あいつはあんなことを言ってるよ、ということで痕跡を残してきた、ということはあります。

ぼくが挑むことを要請された闘いは小競り合いであるかもしれない。けれども大きな社会を動かしていくについては、小競り合いのどこかで勝っておかなければならない。小競り合いで、ぼくの言ったことは、その時期には実らなかったということがずっと続きますね。そういう意味では連戦して連敗です。

しかしたとえば裁判というよりも立法制度に関係することですが、ようやく実ることになった情報公開法というものがある。ぼくやぼくの周辺の研究者たちが立法の必要性・正当性を言い始めたのは、七〇年代の前半です。当時は霞が関はもちろんのこと国会の先生がたは見向きもしなかった法領域です。これは非常に限られた恰好で制度化しましたけれど、ともかくも一九九九年にはようやく実現するわけです。一九九九年は変な年ですよね。一方では有事法制とか国旗国歌法などひどい法案が成立して、第四五議会はとんでもない議会だった。そこにポカッと情報公開法というのが入っているんです。明るいということは、ぼくは明るいとはっきりいったかどうか憶えていませんが（笑）、敗けていてもそれを平気で受けとめて、落ち込むことはなかった。じゃあ、次の小競り合いを別のところでやろうじゃないかという展望になるんですね。

また川崎市民アカデミーが登場しますが、ぼくが江藤さんの講座企画に参加した最初は、二〇〇〇年度の後期で『自分史入門』という講座でした。これもすごいメンバーで、作家の永井路子さんが『吾妻鏡』と関連させて自分史を語ったり、原寿雄さんがジャーナリストとしての自分史を披露するというなかで、ぼくは「憲法といま・憲法とわたし」という話をしました。

そのとき、江藤さんに頼まれて、〝適正な手続〟（due process of law）ということの内容を結びのことばにしたんですね。ぼくたちは日本国憲法を手掛りにして、つまりことばによって書かれたものの中からどのような魂を吸いとって、その魂からまたことばに戻って、それを実践的な過程にふくらましていくかということを、ぼく流の憲法学研究のなかで、ずっとやってきたわけです。しかしそういう法創造的な営為をしたのはけっして国家じゃない。実は国民なのだと思います。国民がそういうことの原動力であるほかなかった。情報公開法のことをいいましたが、情報公開ということは行政が手の内を見せて、何か計画を立てたり実行していく過程で、人々の言い方をきく機会を与えるということなんです。それこそ基本的人権が守られているという当り前のことなんですね。つまり自分たちが対話、対応しうる機会を与えてもらうということが法の支配のエッセンスです。私の言い分を聞いてくださいということを、権利として国家に「物申す」――これがエッセンス。これを〝適正な手続〟を受ける権利といいます。ところがある不幸な偶然によって日本国憲法にはこの〝due process of law〟が明文化されていない。それにはそれ相応のアメリカ立案者の側の事情があるのですが、われわれ日本人の側がほぼ六〇年間かかって、憲法では明文規定がないにもかかわらず、「適正な手続を受ける権利」を除々に実践のなかで創り上げていたのでした。そういったものを創り育ててゆく権利意識、法意識をもつようになるという憲法の歩みがあったということです。ぼくたちはぼくたちなりに権利観念を育ててきた。敗けているよ、でも生きているよ、負け犬であることを自覚してその意味を考えると、まんざら捨てたものでもないよ、といえると思うんです。

江藤さんがこだわり続けた〝戦後〟とは、そういう意味で明るい展望を持てる余地がある。いまお話したことは、ぼくのことばでぼくの感覚で申し上げたことですが、江藤さんはそれを受けとめて、自分の世界でも〝連戦連敗〟の意味が成り立つと思われたんだと思っています。

（きき手・構成／藤久ミネ）

奥平康弘　憲法研究者、〝九条の会〟呼びかけ人　一九二九年生れ。著書、『憲法の眼』『治安維持法小史』など多数。

観世栄夫という人（「幽の会」公演パンフレット、1996年11月）
ことばの健康・不健康（『月刊健康』1997年2月号）
木下順二と「夕鶴」（『講座日本の演劇7　現代の演劇Ⅰ』1997年5月、勉誠社）
書評『天皇と接吻　アメリカ占領下の日本映画検閲』（『映像学』日本映像学会、1998年5月）
〈受け手主体〉とは何か—教養—リテラシー—について（『マス・コミュニケーション研究』57号、2000年春号）
日常を学問する（藤原書店「機」2000年7月号）
『歌行燈』賛（観世榮夫ゼミ「歌行燈」公演パンフレット、2002年4月）
テレヴィジョンの昨日・今日・明日（『月刊民放』2003年4月号）
〈平和の思想〉について（「戦争と日本人」公演パンフレット、2003年6月）
E・W・サイードを悼んで（『軍縮問題資料』2003年12月号）

＊

ことばを読む・映像を読む：
（連載『グラフィケーション』、富士ゼロックス株式会社　広報誌）

1　断章・眼と耳（2003年5月号）
2　〝青空〟という言葉（2003年7月号）
3　三つのラスト・シーン——チャップリン・一九三〇年代（2003年9月号）
4　名訳と誤訳の間——翻訳題名の魅力と魔力（2003年11月号）
5　小津安二郎の世界Ⅰ——小津の〝戦争〟（2004年1月号）
6　小津安二郎の世界Ⅱ——小津の方法と主題（2004年3月号）
7　願い・意志・言葉——木下恵介の創造（2004年5月号）
8　〈間〉を読む——『雪国』の冒頭文（2004年7月号）
9　いま〝劇〟とは何か——『巨匠』が問うもの（2004年9月号）
10　戯曲と映像『父と暮せば』（2004年11月号）

初出一覧

君はいかにとり戻すか—私の十代とその反省から（「十代」1983年6月号）
せりふを読むこと（『悲劇喜劇』1983年10月号、早川書房）
読点、を考える（『現代英語教育』1984年4月号）
テレビドラマは〝地〟がものをいうということ（『悲劇喜劇』1984年4月号）
兆民の文章を読む（『中江兆民全集』第9巻月報、1984年5月、岩波書店）
報道における〈主観の介入〉について（内川芳美教授還暦記念論文集『自由・歴史・メディア』1988年3月、日本評論社）
ジャーナリズム　あるいはジャーナリストの主体について（『綜合ジャーナリズム研究』124号、1988年春号）
龍馬の〝構想〟について（『坂本龍馬事典』1988年5月、新人物往来社）
対談が対談になるとき（『内田義彦著作集』第7巻月報、1989年1月、岩波書店）
戦後五十年の歩みの意味を問い直す—書評（『放送文化』1990年3月号）
既知のチャップリン・未知のチャップリン（『悲劇喜劇』1990年9月号）
木下戯曲における〝夕焼け〟（『悲劇喜劇』1990年10月号）
語りの意味について—『巨匠』を観て（『悲劇喜劇』1992年1月号）
あるチャップリン（『悲劇喜劇』1993年6月号）
報道の主体または報道のことばについて（『マス・コミュニケーション研究』42号、1993年7月号）
山本安英の声が聞こえる（『悲劇喜劇』1994年1月号）
ある人生に（岩波ホール「友」1994年2月号）
言葉の力とは何か（『世界週報』48号、1994年6月、時事通信社）
事件と報道・序説（『成蹊大学文学部紀要』31号、1996年3月）
ある戦後史—映画雑誌50年（『季刊　映画芸術』1996年秋号）

著者略歴

（えとう　ふみお）


映像論、コミュニケーション論専攻。本名・山口欣次。

1928年２月、横浜に生まれる。53年、東京大学経済学部卒業。

56年より『映画芸術』誌の編集者を経てフリー・ライターとして活動。71年－91年まで成蹊大学文学部で映像論、思想・文化論などを講じる。その間、山本安英の会、かわさき市民アカデミーなど多くの文化運動に尽力。2005年３月没。

著書に、『見る』『スター』『チャップリンの仕事』など多数。

『手掘り日本史』『新戦後派』を始め聞き書きによる著作や企画・編集に参画した講座も多い。

江藤文夫《えとうふみお》の仕事《しごと》　4
2006年7月14日　初版第1刷

著　者　江藤　文夫
編　集　「江藤文夫の仕事」編集委員会
発行所　株式会社　影書房
発行者　松本昌次
〒114-0015　東京都北区中里3-4-5
ヒルサイドハウス101
電　話　03（5907）6755
ＦＡＸ　03（5907）6756
E-mail : kageshobou@md.neweb.ne.jp
http://www.kageshobo.co.jp/
振　替　00170-4-85078
印刷＝㈱アズマ企画
製本＝㈱小泉企画

定価　3,300円＋税
ISBN4-87714-354-8